U0551419

風雲時代 風雲時代 風雲時代 風雲時代 風雲時代 風雲時代 風雲時代
雲時代 風雲時代 風雲時代 風雲時代 風雲時代 風雲時代 風雲時代 風雲
風雲時代 風雲時代 風雲時代 風雲時代 風雲時代 風雲時代 風雲時代
雲時代 風雲時代 風雲時代 風雲時代 風雲時代 風雲時代 風雲時代 風雲
風雲時代 風雲時代 風雲時代 風雲時代 風雲時代 風雲時代 風雲時代
雲時代 風雲時代 風雲時代 風雲時代 風雲時代 風雲時代 風雲時代 風雲
風雲時代 風雲時代 風雲時代 風雲時代 風雲時代 風雲時代 風雲時代
雲時代 風雲時代 風雲時代 風雲時代 風雲時代 風雲時代 風雲時代 風雲
風雲時代 風雲時代 風雲時代 風雲時代 風雲時代 風雲時代 風雲時代
雲時代 風雲時代 風雲時代 風雲時代 風雲時代 風雲時代 風雲時代 風雲
風雲時代 風雲時代 風雲時代 風雲時代 風雲時代 風雲時代 風雲時代
雲時代 風雲時代 風雲時代 風雲時代 風雲時代 風雲時代 風雲時代 風雲
風雲時代 風雲時代 風雲時代 風雲時代 風雲時代 風雲時代 風雲時代
雲時代 風雲時代 風雲時代 風雲時代 風雲時代 風雲時代 風雲時代 風雲
風雲時代 風雲時代 風雲時代 風雲時代 風雲時代 風雲時代 風雲時代
雲時代 風雲時代 風雲時代 風雲時代 風雲時代 風雲時代 風雲時代 風雲
風雲時代 風雲時代 風雲時代 風雲時代 風雲時代 風雲時代 風雲時代
雲時代 風雲時代 風雲時代 風雲時代 風雲時代 風雲時代 風雲時代 風雲
風雲時代 風雲時代 風雲時代 風雲時代 風雲時代 風雲時代 風雲時代
雲時代 風雲時代 風雲時代 風雲時代 風雲時代 風雲時代 風雲時代 風雲
風雲時代 風雲時代 風雲時代 風雲時代 風雲時代 風雲時代 風雲時代
雲時代 風雲時代 風雲時代 風雲時代 風雲時代 風雲時代 風雲時代 風雲
風雲時代 風雲時代 風雲時代 風雲時代 風雲時代 風雲時代 風雲時代
雲時代 風雲時代 風雲時代 風雲時代 風雲時代 風雲時代 風雲時代 風雲
風雲時代 風雲時代 風雲時代 風雲時代 風雲時代 風雲時代 風雲時代
雲時代 風雲時代 風雲時代 風雲時代 風雲時代 風雲時代 風雲時代 風雲
風雲時代 風雲時代 風雲時代 風雲時代 風雲時代 風雲時代 風雲時代
雲時代 風雲時代 風雲時代 風雲時代 風雲時代 風雲時代 風雲時代 風雲
風雲時代 風雲時代 風雲時代 風雲時代 風雲時代 風雲時代 風雲時代
雲時代 風雲時代 風雲時代 風雲時代 風雲時代 風雲時代 風雲時代 風雲
風雲時代 風雲時代 風雲時代 風雲時代 風雲時代 風雲時代 風雲時代
雲時代 風雲時代 風雲時代 風雲時代 風雲時代 風雲時代 風雲時代 風雲
風雲時代 風雲時代 風雲時代 風雲時代 風雲時代 風雲時代 風雲時代
雲時代 風雲時代 風雲時代 風雲時代 風雲時代 風雲時代 風雲時代 風雲
風雲時代 風雲時代 風雲時代 風雲時代 風雲時代 風雲時代 風雲時代
雲時代 風雲時代 風雲時代 風雲時代 風雲時代 風雲時代 風雲時代 風雲
風雲時代 風雲時代 風雲時代 風雲時代 風雲時代 風雲時代 風雲時代
雲時代 風雲時代 風雲時代 風雲時代 風雲時代 風雲時代 風雲時代 風雲
風雲時代 風雲時代 風雲時代 風雲時代 風雲時代 風雲時代 風雲時代
雲時代 風雲時代 風雲時代 風雲時代 風雲時代 風雲時代 風雲時代 風雲
風雲時代 風雲時代 風雲時代 風雲時代 風雲時代 風雲時代 風雲時代
雲時代 風雲時代 風雲時代 風雲時代 風雲時代 風雲時代 風雲時代 風雲
風雲時代 風雲時代 風雲時代 風雲時代 風雲時代 風雲時代 風雲時代

風雲時代

尋龍記
無極
著
第三輯
詭變百出
卷1
驚變

目錄

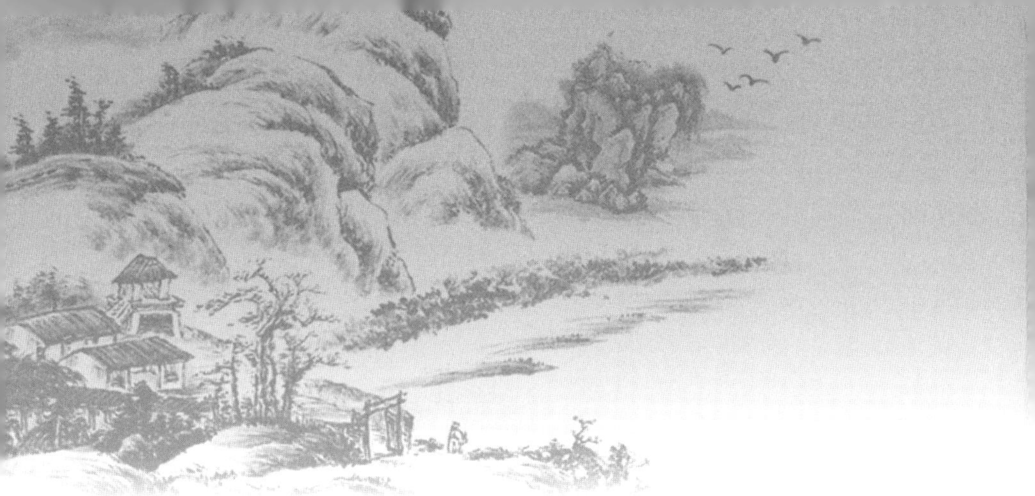

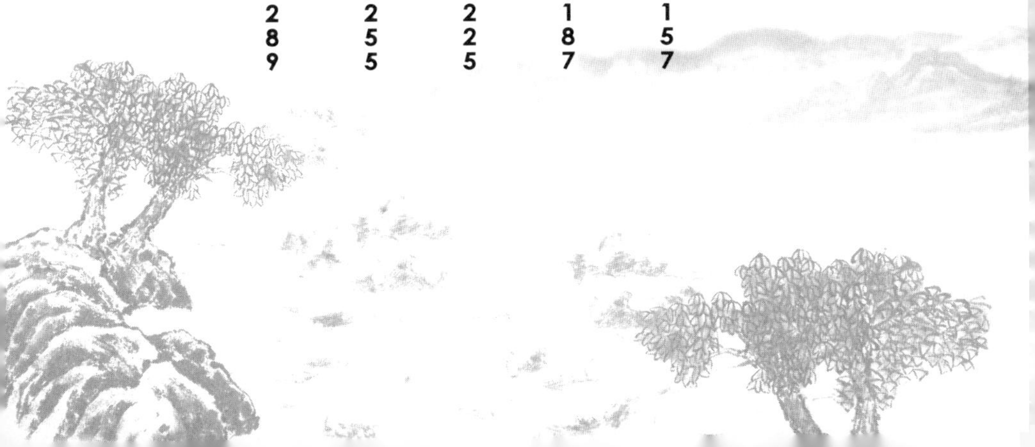

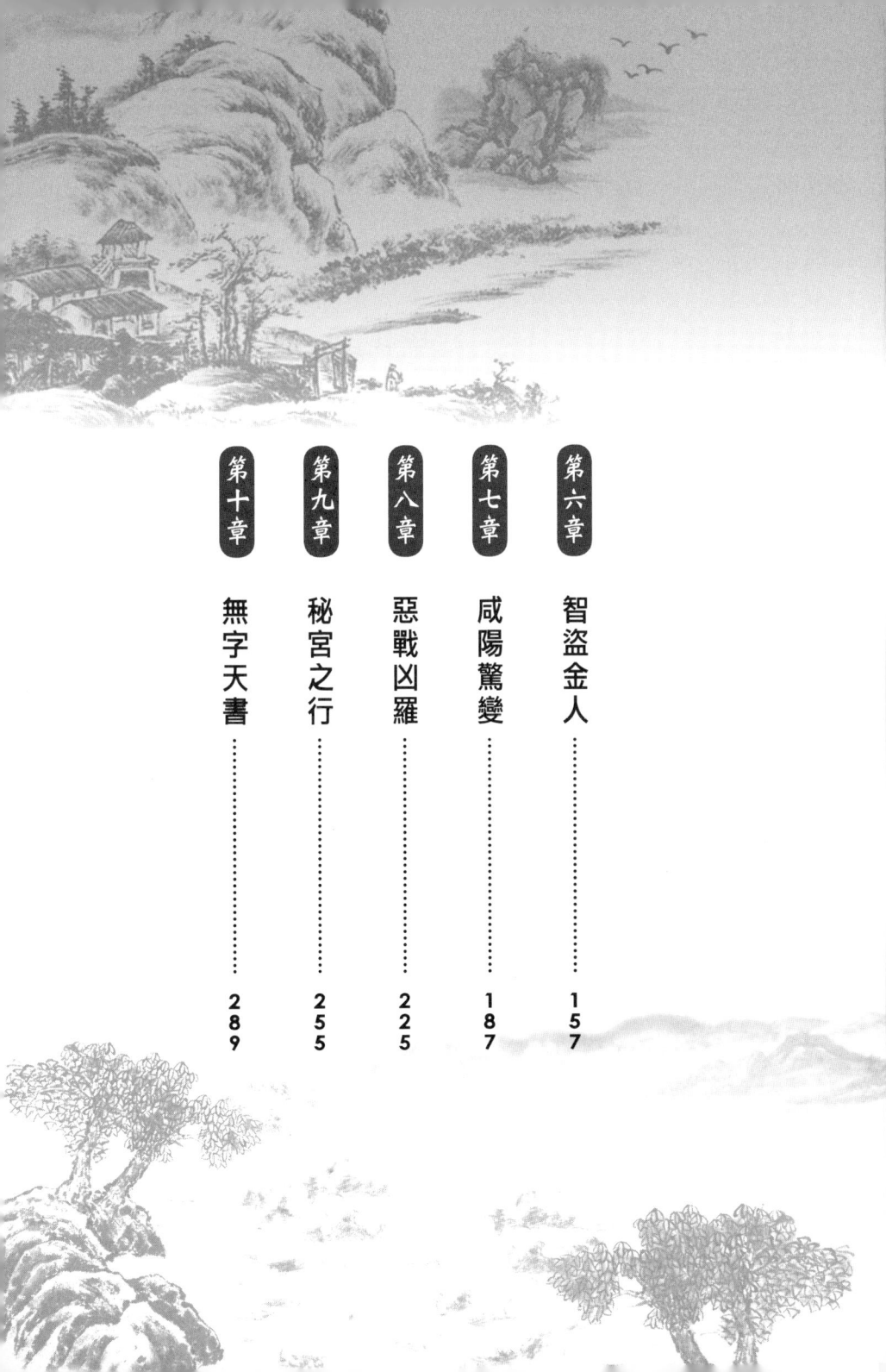

第一章 萬世活俑

所有人的目光都因項思龍的這聲大喝而投射在了他身上。

趙高是臉色怪異的變了變，但沒有吭聲說什麼。

劉邦和管中邪則是心中一震，都當即凝神戒備。

曹秋道、任橫行、田霸幾人又是怒目而視項思龍，似欲出手懲罰他這「大膽奴才」。

胡亥臉色是陰晴不定的變化著，緊緊的盯著項思龍，忽地仰天一陣大笑道：「有種！你是誰？報上名來！朕想看看你夠資格插手管這件事！」

趙高此時也「罩」不住項思龍了，因為項思龍在皇上面前如此放肆，已是可被誅連九族，胡亥無論怎麼說也是個皇帝，項思龍一介趙高手下的「奴才」膽大包天，只好是「自討苦吃」了，有什麼事也只有是他自行去想辦法解決了。

責打苦工的秦兵此時自是早就住了手，且嚇得已是屁滾尿流，呆若木雞了。

皇上、承相、國師等一眾大人物大駕光臨，自己沒有接駕已是犯了死罪！

項思龍聽得胡亥的話，已知他對自己身分產生了懷疑，心下怨自己太過衝動，心念電閃間，嘴上卻還是平靜的道：「奴才吳大，乃趙相新近聘請的手下，因不懂宮中規矩，所以適才衝動之下驚擾皇上聖駕，請皇上責罰！」

胡亥目射異光的「噢」了聲道：「不知者不罪！吳大，你起來吧！」

說罷，頓了頓接著又道：「看你樣子不是中原內地人氏吧！方才你為何要喝兵打手住手呢？那些刁民，不賣力做工，打死也是活該的啊！」

看胡亥對項思龍和顏悅色之態，似是想籠絡項思龍了！

哈，那你可就是引狼入室了！胡亥啊胡亥，你這次是要搬石頭砸自己腳了！

我趙高現在落得一敗塗地的下場，還不是栽在這項思龍的手上？

想挖我牆腳？求之不得呢！這幾個瘟神簡直就是死亡煞星，你胡亥膽敢在老子失勢時想整我，老子也就靜看著你秦家江山失敗吧！

趙高心下甚是興災樂禍的冷笑想著。

項思龍自是也聽得出胡亥話中的意思，當下即將計就計的道：「不錯！奴才三人均不是中原人氏，乃是西域人稱『空門三怪』的三個跳樑小丑，此次被趙相國從西域聘請回中原來。在我們西域，人的生命是極其寶貴的，他可以為我們這個社會創造財富，我們這些人要想享受，也必須建立在剝奪他人財富的基礎上。每死一個可勞作的人，我們也就少了一份可以剝削的財富，所以奴才見那苦工要被責打，便忍不住喝止了！喪失無法勞動的無用之人，倒不覺可惜，但可以勞作的人……」

胡亥聽得點頭不止的連連道：「說得好！說得好！原來閣下三人是江湖中的怪俠！我大秦能得你們效忠，可真是我大秦之福啊！吳俠士，可否露上一手，為朕懲罰一下方才毒打苦工的奴才呢？」

項思龍略一遲疑，胡亥已是暴飛過一條金鞭，帶著唬唬罡氣向項思龍迎面擊來，顯而易見是想看看項思龍的身手到底怎麼樣。

心中冷笑一聲，項思龍略一提氣，運用「吸」字訣和「黏」字訣把胡亥拋飛過來的金鞭勁氣悉數化去，讓其速度放緩下來，再瀟灑的接過。

胡亥和曹秋道幾人見了心中一震，這人看來功夫不俗，是個高手。

真不知趙高是怎麼物色來的這般高手，自己可得想方設法籠絡過來為己用！否則，趙高新羽翼又豐，自己要對付他可就難了！這老傢伙野心不小，自己這麼多年來受他的控制也夠了，好不容易趙高手下的四大法王和他賴以依靠的匈奴國全都垮了，自己可得好好的把握住這個翻身的機會，要不自己可就玩完了！

胡亥心下如此思忖著，拍掌為項思龍喝采叫好道：「不錯！吳俠士這一手接鞭功夫不但顯示出了深厚的功力，還施了不同手法的巧勁，當不愧為當世高手！好了，現在再來看看你輕身功夫和殺人手法！出手吧！吳俠士！」

項思龍對那耀武揚威、作威作福的秦兵心下本存怨氣，現在又為了取信胡亥，自是不得不痛下殺手了！當下泛喝一聲，身形如閃電般沖天而起，手中金鞭凌空一抖，那名已駭得昏死過去的秦兵，龐大的身軀頓被金鞭捲起。

項思龍再把金鞭一吞一吐，那秦兵身體如脫線風箏般在空中翻風疾轉，瞬間只見一團身影而不見身形。胡亥等又再發叫哄然喝采聲，項思龍趁眾人情緒興奮之際，長鞭發勁一勒，再倏然放鞭，眾人還沒反應過來，卻見那秦兵的身體和人頭已分了家，身體「撲通」一聲跌落地上，人頭則勁沉速猛的落在了胡亥身前。

項思龍淡淡說了聲道：「獻醜了！」

言罷，手腕一抖，金鞭穩沉的飛還胡亥。

場中氣氛怪異的沉寂了片刻，胡亥才驚魂稍定的連連叫「好」道：「厲害！吳俠士這一身功夫簡直已至出神入化的境地！朕一定會重重賞你的！」

項思龍跪身謝過，嘴角卻浮起一絲讓人捉摸不透的笑意。

進入阿房宮，除胡亥、趙高外，所有人眼睛都被蒙了起來，以防秘密外洩。項思龍、曹秋道等也不例外。待要進入一條地下秘道前，還要先在一個大輪盤上轉上數百遍，如此一來，更令人暈頭轉向，方向感失靈。

趙高因權重位高，當年又是秦始皇的親信，所以秦王朝所有的秘密對他來說已不算任何秘密，所以他也可如胡亥一樣自由進出阿房宮的秘道。

項思龍雖是耳目被封，但對他這超級高手而言，仍可用另一種感覺器官來辨方向，那就是皮膚。項思龍可憑皮膚毛孔，感應出進入秘道後的四周溫度變化，每經一處有多少盞油燈，油燈如何分佈，藉此就可了解身處方向了。並且皮膚還可感知氣流動向、振幅，而辨別距離高低遠近。

表面上，項思龍就如一個又聾又盲的人，事實上他憑皮膚的感覺，一路上燈火左轉或右轉，上落或低下，秘道秘密對他而言，也不是什麼秘密了。

但阿房宮的秘道又豈是這麼容易被人識破的？

項思龍也有一籌莫展的時候。

啊！空氣溫度急降！還有這味道……是冰的味道！阿房宮內有地下河？

正當項思龍如此思忖著，已身處在搖盪沉浮的環境裡，不消說，自己等正在不知去向的小舟上，而且速度越來越快。

冰冷的環境，浮游不定的位置，令項思龍也是算無可算，記無可記，這下真的也成了方向難辨了。

不過，管他胡亥把自己等帶至何處呢！憑自己的身手，也定可安然脫身！

並且，愈搞得這麼神秘，反愈讓自己好奇，哪管他是龍潭虎穴，今個兒自己也要去看他一個究竟，胡亥到底是在玩弄什麼把戲來著！

飄流了近半個時辰，才泊船靠岸，又高一步低一步的走了半個多時辰，才聽胡亥道：「到了！諸位可取下布巾和耳塞了！」

項思龍取下遮目布巾和掩耳耳塞，眼前的景象，連他這在現代見識了大場面的現代人也為之一陣目眩心驚，卻見眼前根本就是一個特大的閱兵校場，約略有三四萬個兵馬俑，陣容整齊浩大得讓人咋舌瞠目。

頭頂更是用寶石鑲嵌而成的星辰天花雕頂，其價值簡直無以數計。

這……難道是歷史上現代也沒發掘出的皇陵？

項思龍強抑心中的驚駭，劉邦這時卻禁不住哇哇大叫起來道：「哇咔！這是什麼地方？簡直是個地下皇宮嘛！」

胡亥哈哈大笑的道：「不錯！這裡就是朕父皇的地下皇宮！吳俠士，你看朕父皇的皇陵怎麼樣？是不是——前無古人，後無來者？」

項思龍這次倒是由衷的道：「皇上，這工程簡直是驚天地泣鬼神，古往今來，有哪位皇帝的皇陵能有如此宏偉浩大的構思？」

胡亥又大笑道：「說得好！說得好！朕現在還在擴建這地下皇陵，以待朕將來壽終正寢時之用！哈哈……眾位卿家，請隨朕一道來參觀一下這裡的馬隊、車隊，還有各種稀世寶物吧！」

胡亥就像擁有一件了不起的玩具，向其他朋友炫耀一樣，一路滔滔不絕。

參觀完奇珍異寶後，胡亥帶眾人來到了一處窨工所在，旁觀製俑過程。

只聽得一名製俑工罵罵咧咧的道：「封了全身的穴道還會悶叫！記著，能陪皇上護陵千秋萬世，是你們幾世修來的福氣！他奶奶的，你們這幫反賊，膽敢叛亂起兵作反，皇上沒下令殺你們已是皇恩浩蕩了！」

啊！他們……在利用戰俘製造活俑！

項思龍和劉邦、管中邪幾人看得目瞪口呆，心中怒火熊燒。

這些昏君庸君也太殘忍了！竟然如此賤視生命！

項思龍心下大是驚怒的同時，想起了現代考古學家在發掘出的秦始皇兵馬俑中曾發現過一具活俑，原來不但真有用活人製俑這回事，而且這皇陵內部還有著大批的活俑！真是太慘無人道了！

心下雖是怒火填膺，但卻為了更深一層的發掘秦王朝醜惡的暴行，項思龍強忍住了心下的衝動，眼睜睜的看著兩個可憐的士兵給陶泥封住了全身，不消片刻便窒息僵死，成了一具以活人製作的兵馬俑。

胡亥這時津津樂道的道：「兵馬俑分為泥俑和活俑，朕父皇的皇陵用的全是——活俑！至於驪山陵世人所見的，只不過是掩人耳目的泥俑罷了！若非要修長城、築馳道、建阿房宮、驪山陵，父皇在世時已不止這麼三五萬活俑了！近來，叛軍四起，章將軍擒回的大批戰俘剛好填補了無人製活俑的空缺，朕也便下令再造活俑了！吳俠士，看過朕和父皇的千軍萬馬，你看仍缺什麼？」

項思龍恨不得立刻殺了胡亥，但為了歷史大局著想，他不得不強抑住了這種衝動，對胡亥的突然發問一時也未作深思，不解道：「恕奴才愚昧，凡人能夠擁有的，皇上都已經擁有，敢問還缺什麼呢？」

胡亥雙目突地精芒暴射，威勢不凡的道：「嘿，父皇說過，這千軍萬馬也只不過是凡品，我們大秦現在缺少的乃是千秋萬世忠心耿耿的不二之臣！」

說到這裡，突地放緩聲音道：「吳大，你願作朕的——不二之臣嗎？」

項思龍心下納悶胡亥這話的用意，但口中卻還是敷衍的恭聲道：「奴才當然是我大秦皇帝的不二之臣！皇上有何吩咐，請直說就是！」

胡亥哈哈大笑道：「好！那現在朕命你把趙高擒下，製成活俑，為朕父皇守陵！」

項思龍和趙高聽得胡亥這話均是心中大駭，後者更是又驚又怒的指著胡亥大喝道：「你……胡亥！你這話是什麼意思？你可要知道你的江山乃是我一手為你奪得的！如我把始皇帝和太子扶蘇乃是你我秘謀害死的秘密說出去，你胡亥還能坐在這皇帝的寶座上嗎？不人頭落地才怪！」

胡亥嘿嘿冷笑道：「可是你現在沒有這個機會了！哼，趙高，自朕坐上皇位之後，哪一件事可以自己作主不看你臉色行事？我受夠你了！早就想除去你這大秦的敗類，可一直苦於沒有機會！這次無敵雙英去西域探知你的底細，你勾結匈奴和西方魔教，意圖謀反，已犯了十惡不赦的滔天大罪！只可惜老天自有報應，你手下的四大得力愛將——四大法王先後死在項少龍和項思龍手中，並且你賴以謀反的匈奴國和西方魔教都已被那項思龍收降和誅滅，你已經完了，已經沒有什麼可以憑仗的了！吳大，快擒下趙高，朕就封你為我大秦國師！」

趙高聽了不怒反笑的道：「胡亥，你以為吳大會聽你的命令嗎？嘿，本相收留的人從來對我都是忠心不二的！念在你是始皇兒子和我一手栽培你的份上，本相就暫不與你計較你這般對我，但是本相已決定要廢去你的皇位了！」

胡亥似還怯趙高威勢，一時之間倒也被他給唬住了，曹秋道這時卻開口道：「趙高，你也太過放肆了！皇上乃是一國之君，舉天之下唯有萬人服他，而無一人可以管到他的！你只不過是一介宦官，現雖貴為我大秦丞相，可仍是皇上臣子，你憑什麼廢皇上？哼，倒是你勾結亂黨，意圖謀反，已經犯了滅族之罪！所有親近你趙高的，全都當誅！」

趙高冷笑道：「曹秋道，這裡還輪不到你說話的份！我勾結亂黨意圖謀反又怎麼樣？現在大秦上下文武百官哪一個敢不看我臉色行事？李斯意圖脫出我的控制，還不是被我給誅殺了？順我者昌，逆我者亡！曹秋道你還是識相點吧！以你們這麼幾個人就可對付我趙高嗎？那我也不用在朝中混了！

「胡亥，你的事全都在本相的控制之中。還有你已中了我的『奪命追魂散』，每隔百日如無我的獨門解藥控制你的毒勢，你將萬毒攻心而亡！曹秋道，你的寶貝徒兒解靈還在我的手上，如你與本相作對，他將被五馬分屍而死！你們可都給本相想清楚了，跟本相作對，沒有一個人會有好下場！」

胡亥和曹秋道一時倒也真是左右為難了，但他們此次密謀殺死趙高乃是早就算計好了的，倒也並不是懼他的威脅，因為只要趙高一死，這些威脅就會迎刃而解，所以才把他引到這阿房宮秘殿中來，想來個毀屍滅跡，但他們卻又都見過項思龍所露的一手武功，確是不容小視，再加上項思龍還有兩個武功不知底細的同黨，如不能籠絡他們，再加趙高一身詭秘莫測的功夫，自己這方確是沒有十足的勝算把握，而如打了起來，自己等不能一舉除去趙高，讓他逃了出去，那可就是自己等的末日降臨了！只要胡亥一垮，曹秋道和無敵雙英也就全都有難了！這賭局賭資太大，他們可得想上一想。

趙高以為自己的恫嚇之言起了效用，當下又神氣起來道：「現在我大秦朝政不定，叛軍重重，待平定叛軍之後，我們再來算帳！」

胡亥臉色煞白，望了望曹秋道又望了望趙高，一副六神無主的樣子。

這等結局對項思龍來說可是再好不過的了，他此次挾趙高混入秦宮，本身為的就是挑起趙高和胡亥之間的矛盾，讓胡亥依歷史記載般死在趙高手上，想不到自己沒費心機這計畫就得逞了。

正準備隨趙高出秘殿時，突地一張熟悉的拿來作活俑的恐懼面容落入了項思龍的眼中，讓得他整個的心神為之一突。

陳平？那不是陳平嗎？怎麼他也被抓來製活俑了？

陳平可是劉邦身邊將來的得力大將啊！自己可一定得救他！

如此想來，當即衝趙高說了聲：「丞相，請等一等！」

趙高止步訝然道：「吳大，有什麼事嗎？」

項思龍點了點頭，一拍正被工匠澆鑄陶泥的陳平道：「丞相，這人是我的一個朋友，屬下想帶他出去！」

趙高訝然的望了陳平一眼，又轉向一臉驚異之色的胡亥道：「皇上，吳大要帶走這個人，還請皇上恩准！」

胡亥有些惱羞成怒的道：「趙丞相的話朕還聽了，難道連你手下一個奴才的話也要朕服從嗎？不行！這人乃是章邯將軍自項羽軍中擒得的一個重要戰犯，無論如何朕也不會放過此人！快把他製成活俑！」

眼看著陳平口鼻就要被塞上陶泥，項思龍再也顧不了那麼多的伸出二指，發出兩道罡氣點了正在給陳平身上澆鑄陶泥的兩名工匠，身形同時一閃，揮掌發功把陳平身上的陶泥悉數震落，同時解去了他身上被制穴道。陳平死裡逃生，正大口大口的喘著粗氣平定心神，曹秋道驀地大喝一聲「不知死活！」縱身揮掌分擊陳平和項思龍。

陳平因毫無防備，所以根本就沒有還手之力，眼看著他就要遭曹秋道慘手，項思龍忙沉喝一聲，施展分身掠影身法，掠到驚魂未定的陳平身邊，施出護體神功裹住二人身形，但聽得「蓬」的一聲勁氣炸裂之聲，曹秋道被震得連退三四步才穩住身形，而項思龍和陳平卻絲毫未退半步。

曹秋道臉色大變，還待出手，項思龍已沉聲喝道：「承曹國師高抬貴手，放過在下的這個兄弟，在下可懇請丞相放回解靈到你身邊。」

曹秋道聞言果也像被定身術定住了身形般，沒有再出手，只轉望向趙高道：「吳大這話是否可以實現？趙相國真可放過解靈？」

趙高淡淡道：「區區一個解靈，放了他也不足為患，本相就賣你個情面！」

胡亥這時卻是氣得身體直顫，臉上毫無人色。

他這個皇帝做得也實在太沒有意思，一點自主權也沒有！

項思龍、劉邦、管中邪、陳平四人在趙高的領路之下出了阿房宮，回到了趙高的宰相府，趙高向項思龍笑了笑道：「項少俠這下總該相信我對您忠心不二了吧？嘿，只要我花些時日，肅清一切與我作對的人，同時聯合起我這多年來培植的私黨，謀反雖不成，但迫胡亥下台的能力還是有的！到時我隨便找個秦氏血統的無能之人當上皇帝，你們義軍一定可以輕而易舉的滅了秦王朝的！」

項思龍對趙高的精悉人意大為欣賞，點了點頭道：「只要丞相與我們通力合作，我一定不會為難你，且還會讓你繼續享受榮華富貴，說不定會解去你身上的禁制，恢復你的武功的！」

趙高聞得此言，樂得連連點頭哈腰的道：「項少俠有什麼吩咐但請說來就是，我趙高定會全力而為的！」

項思龍見了趙高的神態，心下暗忖道：「反正你這老傢伙活不了多久的，現在開些空頭支票給你也無所謂的了，只要你全力與我合作就是！」

心下想著，口中卻是沉吟道：「要滅大秦，最主要的還是破去秦軍這道強關，而章邯卻又是這道強關的主要人物！所以要破秦軍，最主要的還是除去章邯等一批秦軍主幹人物！章邯和王離等現在正對駐守在鉅鹿的陳餘一軍進行圍攻，凶焰萬丈。趙高你在這段時間要儘量發揮出你手中的權力，儘量拖延後勤糧草的供應，使之變成一支饑餓疲勞的孤立軍隊，同時也斷絕一切兵力對他們的支援，以讓我們義軍有機可乘。」

趙高疑惑的道：「章邯、王離、蘇角他們現有三十來萬大軍在握，任何強大的義軍也不可能給他們致命的一擊，再說鉅鹿城糧草豐富，又偎漳河，在那裡為難章邯他們根本起不到什麼作用，我看……」

項思龍聽了心下大罵道：「你懂個屁啊！老子據歷史記載，推算鉅鹿之戰的日子不長了，此時刁難章邯他們正是大好時機呢！」

心下如此想著，嘴裡自是不會說出，只截口道：「這個山人自有妙計，你就不要管那麼多了，只依我的話去辦就是！」

趙高頓也識趣的連連應「是」，沒有再多說什麼。

劉邦幾人心下雖也滿是納悶，但他們相信項思龍這麼著定有妙用。

項思龍這時似想起了什麼似的道：「你們秦室中有沒有個叫作子嬰的皇子？」

趙高訝然答道：「子嬰？有！他乃是始皇之弟，乃是一介無庸小兒！項少俠提起此人來幹嘛？是不是想……」

項思龍可真有些佩服趙高腦袋瓜的聰明了，點了點頭道：「不錯！你廢了胡亥後就立子嬰為秦王，那時秦王朝大概已走到了窮途末路的地步，你可以秦地縮小，六國後人皆已繼立為由，立子嬰為秦王！要知道你惡貫滿盈，不知有多少人想殺你，所以絕對不可自作聰明的強出頭，否則，你小命將難保！」

項思龍的這一番話說得也太莫測高深，趙高和劉邦等聽得都是丈二和尚摸不著頭腦，但趙高還是笑著應承下來。

項思龍見處理好了秦室這邊的事情，當下望著愣愣的陳平，微笑著道：「陳大人，你還識得我嗎？項思龍啊！」

陳平聽得雙目發直的驚叫出聲道：「什麼？項……項少俠？你就是當年在泗水郡與我一道共同抗敵，後來失散了的項思龍少俠？」

項思龍點了點頭，感慨的道：「想不到是在這等境況下見到陳大人！」說到這裡，又轉口問道：「陳大人為何落得如此境地呢？」

陳平先向項思龍拜謝過救命之恩後，才長歎了一聲道：「這個說來，可就話長了！當日我們泗水郡告急，我在吳廣的勸說之下背叛了秦王朝，被迫逃亡，私心之下我與韓王成率先溜走，沒有救援項少俠和周昌將軍，虧得項少俠和周昌將軍福大命大，沒有遇害。

「我逃亡後，先投奔了魏咎，本想趁亂世能有番作為，可誰知我數次為魏咎出謀劃策，魏咎不僅不予採納，反而聽信讒言，疏遠我。我看出與此人不足為謀，於是憤然離去，投奔了項羽大軍，成為他身邊的一個謀臣。原本已頗受項羽重用，可誰知因我一次失守了一座城池，項羽頓即遷怒於我，把我給設計陷害了，讓我被秦將章邯擒住，以至被送進阿房宮內作活俑，還幸得項少俠不計前嫌的救了我，此恩此德陳平定當永世不忘！」

項思龍聽得不勝唏噓，據歷史上的記載陳平不是這般情況下投奔劉邦的，自己此刻為劉邦收服他，算不算違背歷史呢？

正如此想著，陳平突地向項思龍跪拜了下去：「項少俠如不收留我，陳平今天將長跪不起，直至你答應為止！」

項思龍看了一眼陳平的誠摯表情，沉吟了一會兒，點了點頭道：「好吧！日後你就跟著我義弟劉邦作他身邊的一個謀臣，希望你好好助他成就一番事業！」

陳平聞言大喜，向項思龍拜了兩拜，又走到項思龍介紹的劉邦身前，向他恭敬的拜了下去：「屬下陳平，參見主公！」

劉邦對這陳平的誠意大生好感，上前扶起陳平，哂道：「日後就跟著我劉邦好好幹吧！我項大哥介紹的人，我劉邦一定不會虧待他的！好，現在就封你為我軍都尉，可與我同進同出，並且負責對我手下諸將監督之責！日後論功行賞，我劉邦最是賞罰分明的！」

陳平一入劉邦軍中就受他如此賞識，感激涕零之下，又向劉邦拜下起誓道：「我陳平定將為劉公鞠躬盡粹，死而後已，以報劉公的知遇之恩的！」

劉邦笑了笑道：「你要謝就謝我項大哥吧！說真的，我對你只有好感而並沒看出你的才幹，但我相信項大哥的眼光！日後看你自己表現了！」

劉邦的坦言讓得陳平雖有些尷尬，但對劉邦的直性子卻大為欣賞，又分別向劉邦和項思龍拜謝後，才正氣道：「我在項羽軍中雖處時日不多，但對其軍中情況也略有瞭解，希望能給劉公一點幫助！」

說到這裡，頓了頓道：「項羽這人剛愎自用、神猛無敵，兵法一道造詣頗深，一身武功更是達出神入化之境，連秦將章邯也敗在過他的手下。他的叔父項梁為人雖是沉穩許多，但不久前被秦將章邯迫於定陶自盡身亡，這對項羽大軍打擊頗重，但不久前有一叫范增的人投入到他軍中。使得項羽如虎添翼，這范增智謀極高，對天下事似無所不知，是個厲害角色。

「所以欲除項羽必殺范增，而殺范增最好的方法就是用離間計挑撥他們二人之間的矛盾，使項羽不再信任范增。

「因項羽這個人疑心較重且頗為自負，若他對一人生了疑念，沒有好感了，那任他才能再高，也不會再被他委以重用了！」

項思龍聽得不斷點頭道：「那麼你知不知道項羽近來有什麼動作呢？」

陳平敬服的望向項思龍道：「方才項少俠對趙高的一番話我也聽到了，確是對秦王朝一針見血的打擊！項羽現在正在忙於佈署與秦軍的決戰，已把他的十萬兵馬都暗中調配至了鉅鹿城各處埋伏，現在正準備引魚上鉤，如能在後勤供應和軍餉方面斷絕下來，章邯必會按捺不住主動出擊。

「因他手中有三十萬兵馬自恃，又連打勝仗，所以氣勢正高。可驕兵必敗，項羽手中有八千江東精騎，又有眾路義軍相輔，此戰雖不敢說必勝，但給秦軍一個沉重的打擊，依我看還是做得到的！」

劉邦訝異項思龍有未卜先知超能的同時，有些洩氣的道：「如真讓項羽在鉅鹿城打敗了章邯，那這天下可就已是他的囊中之物了！我們還打個屁啊！唉，為何我就沒有這麼好的機會呢？」

項思龍見劉邦情緒如此消極，斥責又勉勵道：「邦弟怎可如此沒有骨氣呢？我們並不一定要得天下，但要去爭取去拚搏，以實現自身的價值。是的，項羽如打敗了章邯，那他是可成為天下霸主，但如此一來，對我們來說又何嘗不是一個機遇呢？章邯一倒，秦軍就成了喪家之犬，而我們則也正好趁此良機發展自己的勢力，屆時得不到天下，可能獲個王位也不錯的嘛！」

陳平接口道：「項少俠說得不錯，如章邯一敗，秦軍士氣必減，像劉公這等勢力強大的將領正好趁機發展勢力。楚懷王不是有過『先入關者，王之！』的承諾嗎？我們可以避重就輕，先攻打入咸陽，劉公也就可獲個王位了，那也並不比項羽差啊！要知道劉公率先攻打入咸陽最有機遇，一來有趙高在內中接應，二來劉公勢弱反成為優勢，不會成為秦軍反撲攻擊的對象。劉公倒是大可不必洩氣的呢！」

二人的這一番話讓劉邦又興奮起來，躍躍欲試的道：「是嗎？原來我還是挺幸運的啊！那我倒是希望項羽快點取勝的囉！」

項思龍此時不知不覺的想起了父親項少龍。

唉，老爹，你現在到底是凶是吉呢？

項思龍施展了移魂轉意大法，把歷史上所記載的趙高應做的事情轉輸入了他的腦域，同時加注了自己的一些指令，以徹底的控制趙高。

因為他不想把時間耗在這上面了，他要尋找項少龍！

要知道項思龍自打懂事時起，就發誓要尋找父親項少龍，他之所以不顧一切的甘冒生命之險乘時空機器來到這古秦，為的也是尋找父親項少龍！

雖然父親在這古代因為歷史的原因，使他們父子成了敵人，但項思龍對父親的那種刻骨銘心的思念，還是時時充盈在他的心中。

以前他被江湖中的諸多事情纏身而無暇有太多的時間去想起父親，但是現在，他可以說是基本上脫離江湖恩怨了，一想到將要因為劉邦和項羽的爭霸天下而使得自己父子相殘，項思龍的心中就有一陣陣恐懼的刺痛。

不！我一定要阻止這場悲劇的發生！歷史終究是歷史，自己和父親都是這古代歷史的局外人，本就應該做一個平凡的人，而不應該涉足歷史！

自己一定得勸說父親回心轉意！這場歷史的戰爭太過滑稽和殘酷了！因為它不僅僅是一場歷史的鬥爭，更是一場親情的仇殺啊！

項思龍的心情異常的沉重和難受，處理好趙高後，為了保護他不受胡亥等迫害，項思龍也向西域傳書求助，著人來咸陽保護趙高。

至於解靈，因他身中海棠花毒，所以項思龍費了一番手腳，運功為他逼出了體內毒素，著他回到了曹秋道身邊。臨走前，解靈硬是纏著項思龍結拜為了兄弟，項思龍也把父親告訴自己的解靈母親在尋他的消息告訴了他，著他最好是勸曹秋道脫離趙高隱居下來，如若不成，他自己最好能離開曹秋道，不要再助紂為虐與秦狗狼狽為奸了。解靈自是虛心受教，含淚與項思龍別過。

處理好這些事情後，項思龍與劉邦、管中邪等人離開了咸陽。

這一日，一行人到得函谷關時已是黃昏時分，項思龍決定在此地投宿一晚。進入一家客棧時，一容貌美豔但神態冷漠的貴婦人引起了項思龍的關注。只聽得這婦人悠悠地長歎了一口氣，對她的一名家將道：「唉，真是禍不單行，一老一少相繼失蹤，至今下落不明，如他們中任一人出了什麼事，叫我可怎麼生活下去啊！」

家將也是一臉愁容的勸慰道：「公子和上將軍吉人天相，定都會沒事的！主公不是傳信說他已有公子消息了麼？憑主公的能耐，他一定可以安然尋回公子的！現在趙賊失勢，他已沒有實力跟主公鬥了！再聽騰將軍說有位叫項思龍的少俠已答應他，定將尋回公子，並且他控制了趙高，已著趙高不可傷害公子，並且要把公子安然交到主公或上將軍手中，這項少俠在西域名震江湖，他的話應可信！夫人，你為了公子和上將軍的事勞碌奔波了好長一段時間，整個人都給消瘦下去了，可也得自己照顧一下自己啊！上將軍學究天人，當年那般的大風大浪他平安度過，這一次他也定會逢凶化吉，逃過那龍捲狂風的劫難的！」

聽到這裡，項思龍心下大震，這貴婦人一行似與父親項少龍很熟，並且似是秦王朝中有權有勢之人的貴夫人，與解靈也有著什麼關係，她到底是什麼人呢？

聽她和家將的話，似乎還沒有父親項少龍的下落，那……父親現在到底怎麼樣了呢？難道……真在那龍捲狂風中……這……不會的！父親一定不會有事的！我……我得儘快去尋找他！

項思龍心下又驚又慌的想著，這時那婦人又歎了口氣道：「我也祈願少龍沒事！只是騰大哥著人在出事一帶搜尋了這麼幾個月，活著的人他們已全都尋回來了，范老不也是被他尋回的嗎？只有少龍，生不見人，死不見屍的，真叫人心碎啊！」

說著，竟是豆大的淚珠兒滾滾而下，低聲抽泣起來，讓得店家和其他一些宿客都訝異的駐足觀看，其中兩名吊兒郎當的漢子嘻笑著與她道：「這位夫人，是不是你夫君欺負你了？不要怕，有什麼委屈儘管向我函谷二狼說出來，讓我們為你伸冤出氣，好不好？」說著竟伸手向她臉蛋摸去。

項思龍此時滿懷痛楚，正愁沒處發洩，見狀身形一閃，衝上前去「啪啪啪」

每人抽個十多記耳光後，才又怒喝一聲道：「滾！不要再讓本少爺看到你這種人渣！」說著時，又起腳把兩個無賴踢飛開去，跌成個滾地葫蘆。

二無賴痛叫著爬起，怒目而向項思龍大喝道：「小子，想英雄救美啊？你也不打聽打聽，我函谷二狼在函谷關一帶的大名？是不是活得不耐煩了！」

說著，二無賴身形竟也甚是快捷的直衝向項思龍，揮拳迎面就擊。

這等武功在項思龍眼中自是還不入流，連出手也不屑，只把功力貫身護體，待無賴拳頭擊至項思龍面門五六寸之遙時，只聽得「噹」的一聲，二無賴拳頭如擊在鋼板之上，頓然指骨斷裂，鮮血直流，痛得哇哇大叫。

店家和宿客似曾飽受過這函谷二狼平時的惡氣，今日見二人碰上對手，一擊之下就成了個落水狗，都不禁哄然為項思龍叫好。

二無賴知道自己等今日遇上扎手人物了，不敢再向項思龍攻擊，只色厲內荏的衝著項思龍道：「小子，等著瞧，我們會找你算帳的！有種留下個名號來！」

沒待項思龍作答，劉邦已是嗤笑著哂道：「就憑你們這麼兩個膿包，想找我大哥算帳？簡直是不知死活！我大哥今天沒殺你們，也是他心情好了！你們聽沒聽說過殺人魔王瘟神任橫行？連他也不是我大哥的一招之敵！想知道我大哥名號嗎？好，張開耳朵聽著，不要被嚇破了膽，我大哥就是江湖中大名鼎鼎，無人不知無人不曉的玉面修羅項思龍！」

「項思龍」這三字剛一落下，整個客棧的人都譁然起來，那函谷二狼嚇得臉色煞白的在項思龍被眾人包圍時，頓然狼狽而逃。

貴婦人面色激動直盯著項思龍，嘴角抖動道：「你……你真的是項少俠？」

項思龍點了點頭道：「小可方才聽夫人言起項少龍將軍，不知……」

貴婦人見證實了項思龍身分，頓然喜形於色的道：「太好了！為了尋找項少俠近日來我已跑遍了大半個江南，想不在這裡碰上你了！走，我們進房細談吧！」

聞聽得是名震江湖的項思龍大俠來店投宿，店主人和店夥計都異常的興奮和熱情，頓忙安排了客棧的幾間上等廂房給項思龍和貴婦人一行住下。

項思龍和貴婦人幾人進了廂房坐定，婦人先向項思龍謝過方才他的援手之恩，又自報了自己姓氏，原來她就是解靈之母曾柔。

聽得婦人曾柔略略敘說了一下她的身世，項思龍傾向曾柔躬身行禮道：「原來是曾伯母，小侄與解靈兄弟已結為兄弟，請受孩子一拜！」

曾柔聽了臉色稍緩的笑著扶起項思龍道：「靈兒能結識你這麼一個大哥，可真是他的福氣了！噢，不知靈兒他現在……怎麼樣了呢？」

項思龍恭聲答道：「曾伯母大可放心就是了，他已脫離了趙高那奸賊的魔掌，回到他師父曹秋道身邊去了，不過我已勸他離開曹秋道去尋找伯母的！」說著，把解靈被自己救和怎樣與自己結識的過程略說了一遍。

曾柔總算落下了心中的一塊石頭，對項思龍感激的道：「謝謝項少俠三番兩次對靈兒的援手之恩了！唉，這孩子要是能像你一樣有出息就好了！」

說到這裡頓了頓，又道：「騰翼大哥正在四處尋找項少俠下落呢！他不久前去過一趟西域，聞聽得項少俠已入中原，所以也在中原四下尋找項少俠！不知項少俠有沒有項少龍上將軍的下落呢？」

項思龍搖了搖頭，悠然一歎道：「項上將軍當年在吳中對我有援手之恩，沒有怪罪我殺了他眾多的下屬，我也正打算去尋他，以報此恩此德呢！」

曾柔聞言大是失望的道：「騰大哥在他們出事一帶已經尋找了近三四個月了，可說已是掘地三尺，方圓幾百里內無處沒有去搜尋過，可……」

說著，竟又悄然落淚，一臉淒苦之狀。

項思龍心情也是悲沉異常，靜默了好一陣才輕問道：「難道一點跡象都沒有嗎？比如說項上將軍身上的佩物之類的？」

曾柔慘然道：「如有一點發現還可以慰一下人心，可是大費人力多日，至今仍是一點點訊息也沒有，使得項羽也沒心思專心打仗，項梁將軍也就是因終日掛牽少龍而分心，被秦將章邯打敗逼死的！」

項思龍心下一陣駭然，想不到父親的失蹤竟然會影響歷史，但這到底禍還是福呢？若是項羽也因父親分心而沒有打贏鉅鹿之戰，那歷史……項思龍第一次感到尋找父親也關係著歷史的安危來。

鉅鹿之戰已經迫在眉睫，自己一定得在此戰之前尋回父親，否則項羽……乃至項家大軍還有紀嫣然伯母他們……都有可能會出問題的。

項思龍只覺心中一陣凌亂，有些六神無主了。

現在自己該怎麼做呢？劉邦看來是不能留他在自己身邊的了，免得耽誤了他的戰機，歷史可不能因自己而改變！

自己眼下迫在眉睫的事情就是尋找父親項少龍了！騰翼在死亡谷一帶搜尋了幾個月，至少對那一帶的地形大有瞭解，自己還是先去聯絡上他是好！無論如何，生要見人死要見屍，一定要找到父親！

曾柔見項思龍怔怔無語，訝異道：「項少俠想到什麼尋少龍的方法了嗎？」

項思龍被她這話驚回心神，「唔」了聲道：「當務之急，我們是要尋一位熟悉項上將軍失蹤之處地形的人，看看會不會有什麼突破！」

曾柔點了點頭道：「這點騰大哥也想到過，所以他把當地的地形堪察專家都找了來，可在專家的領路之下，搜尋仍是一無所獲！」

項思龍想起騰翼對自己說過，那一帶可能是樓蘭古國的遺址，突地心念一動道：「我們不但要有地形專家還要有考古專家，曾伯母……」

項思龍的話還沒說完，突聽得店外傳來一陣喝斥聲和慘叫聲，以及什物被砸之聲，只聽一個渾沉的聲音傳來道：「欺負我兩個徒孫的項思龍小子出來！人家怕了你威名，我瘋和尚可不怕！有種的出來與我大戰兩百回合！」

第二章　樓蘭古國

劉邦聽得這聲音，低罵道：「什麼狂人？知道項大哥在此，竟然也膽敢明目張膽的來挑畔，料是活得不耐煩了！走，項大哥，我們出去看看！」

項思龍心下也感納悶，當下幾人一同出了廂房，來到客棧大廳，卻見那剛被項思龍懲罰得狼狽而去的函谷二狼，此時領著幾個幫手又趕了回來，其中一個蓬頭亂髮，身披一件破舊袈裟，一臉污垢的老者特別的引人注目，其他幾人也都是一身乞丐打扮，可也真不知像函谷二狼這等地頭惡霸，怎麼會結交上如此般的幾個朋友。

函谷二狼正氣勢洶洶的威逼店主人說出項思龍幾人所宿的廂房號數，並且掀折著店裡的桌木凳，只嚇得店主是一臉的又驚又怒，只不過這店主竟也膽大，始終沒有出賣項思龍等。

其他圍觀的一些宿客也都是敢怒而不敢言的對函谷二狼怒目相向，卻還是無一人敢仗義出頭。

項思龍沉聲道：「怎麼又是你這兩個不知死活的小子？方才沒有被修理夠嗎？嗯，現在邀了幫手來了，又膽大起來了是嗎？快給本少爺住手！否則，可別怪我要下重手了！」

店主和眾宿客見得項思龍等出來，都是臉露喜色，但也都有一絲的擔憂，目光不時的瞟在那瘋顛老者身上，似是對他深懷顧忌。而函谷二狼一見項思龍出來，氣焰頓時減了幾分，退到老者身後，一指項思龍：「瘋和尚，就是這小子方才欺負我們了！」

瘋顛老者目射奇光的直盯著項思龍，突地大叫起來道：「哈哈，就是他！我瘋和尚等了幾十年的傳人終於出現了！這小子根骨奇特，心性善良剛毅正直，正是我樓蘭一族的最好繼承人！太好了，我瘋和尚幾十輩子傳下的任務，終於可完成了！」

說著，走近項思龍，上上下下的圍著他打量個不停，越看越是歡喜。

項思龍和函谷二狼見了老者的怪異行徑都是大惑不解，前者皺眉道：「前輩不是要找在下嗎？我就是項思龍！要為函谷二狼這兩個敗類出頭，但請劃下道來就是了！」

瘋顛老者似沒聽清項思龍的話，自顧自的邊打量項思龍邊道：「嗯，小子有個性！我樓蘭古國有望重見天日了！只要香香公主能脫出天外天的困制，我樓蘭古國定然可以重放光彩！哈哈，當真是功夫不負有心人啊！」

項思龍這已是聽老者多次提到什麼樓蘭古國了，不由心念一動道：「前輩對樓蘭古國很瞭解嗎？據聞此古國在世上已經消失了幾千年了，怎麼還會在這世上呢？」

瘋顛老者哈哈笑道：「這個你小子自是不會明白這個中原因的了！不錯，我樓蘭古國在二千多年前因地殼發生的一次自然大災難而自此消聲匿跡，但是我們國度並沒有全部滅亡，我們大半的國人還是存活了下來，只是過的乃是一種不見天日的非人生活。

「那次自然大災難使我樓蘭國的地域全部都下沉了幾百米，被深埋在了地底，但也該我們命不當絕，我樓蘭國下沉至的地方竟然連通著長江與黃河的地下暗河，那裡既有空氣供給，又有淡水可喝，並且有魚類可以捕食，所以我們國人並沒有全部滅亡，但是長年的地底黑暗生活和地底無名病菌的感染，使得我國人都發生了形體的變化，我們許多的國人變成了半人半魚的動物。

「這一現象，讓得我國君王大為焦惶，於是命宮中所有的太醫研究對策，然研究了幾代人不但毫無結果，反是更為嚴重。

「這時我們國中有一位香香公主，她在一次偶然的機遇中，在地下暗河裡發現了一個名叫天外天的宮殿，那裡並無人居住，內中有一種珍珠粉讓人服下後可以還原成原形。

「這一發現自是讓得我們國人大為興奮，在香香公主的帶領下，我們上千國人隨同公主一起前去天外天宮殿取珍珠，不料禍事出現了，一千國人被暗河中的漩渦吞沒了生命。只有公主一人僥倖活下，但她卻也被天外天的怪異魔力給控制住了，再也沒能回國，被困了二千年有多。

「直到一千六百年前，我們國人才有了她的消息，是公主訓練的一隻千年海龜傳遞的，公主把她在天外天的遭遇都刻在龜殼上，並且有一套神奇奧妙的武功，乃是得自天外天的，說只要練成了此種『養生訣』，就有解脫我們國人災難的可能。可那養生訣深奧難懂至極，我們國人無一人能夠看懂。

「據龜殼上所載介紹，此養生訣乃是傳自上古黃帝之師廣成子，以甲骨文寫成，全書共有七千四百種字形，並且配有七幅人體圖形，姿態無一相同，有各式各樣的符號例如紅點、箭頭等指引，似在述說某種修練的法門，但香香公主說她也沒能參透其中奧妙，只說經文中述若參透此養生訣，就可有遁天入地長生不老的異能，並且長生訣中載有天外天的秘密，如破解出我們國人就可重見天日。

「我們國君得香香公主傳遞來的消息後，又憂又喜半信半疑下召集了國中所有的武學高手和考古專家以及文字專家進行研究此長生訣，但幾百年過去，仍沒能參透出來，只破譯出了內中的三行多個字，可輔以文字卻比原文更使人摸不著頭腦，不少國人因參練此功走火入魔而亡，直至國中高手所剩無幾了，君王才無奈下令就此甘休。

「在這同時，我們國人經過多年的努力，開掘出了一條可直通地面的秘道，因國中大半的人都已變成了不人不魚的怪類，所以君王下令每百年放出十大武功高強的傑出族人出去覓偶配種，以保我樓蘭國不滅。

「同時被派出的人需負責起尋找能夠拯救國人苦難的人，希望有人能夠參透香香公主留下的養生訣，救出香香公主，破解天外天的秘密，使我樓蘭古國能夠重見天日。

「在這千多年中，已不知有多少被我們選中的人為此送命了，可仍無一人能夠完成此重任，所以我們樓蘭古國的消滅在世人眼中仍是一個謎，並且逐漸被世人遺忘，然我樓蘭國人從來沒有忘記我們的使命，也從來沒有放棄。雖受到了許許多多的挫折，我們仍在為我國人尋找救世主。

「少俠正是我們要尋找的人！香香公主在近百年裡曾傳信給我們說，拯救我們國人的救世主將要降世，並且傳給了我們每人一顆奇異的寶石，說只要是遇上了救世主，寶石就會通靈，內中現出她的影像。

「方才乍見少俠時，我瘋和尚就感到少俠身上釋發出一股讓人感覺異樣的氣質，隱隱的讓我感到救世主將要來臨了，我忙取出公主的寶石一看，果然寶石中出現了公主的影像，我雖然不認識公主，但我世代相傳有公主的一幅畫像。少俠，請你救救我們國人吧！我瘋和尚向你叩頭了！」

說著，竟真的向項思龍拜了下去，「咚咚咚咚」的連叩了十多個響頭。

項思龍感覺有若在聽神話故事般一頭霧水，愣愣不知所以，但心下卻還是有著一絲激動，他又想到了失蹤的父親項少龍。

看來這世界真存在著什麼樓蘭古國了，只不知父親……心下想著，不由脫口道：「不知前輩可知最近幾個月裡有沒有什麼人闖進了你們的地下樓蘭國裡沒有呢？」邊說著邊扶起了老者。

瘋顛和尚此刻一改先前瘋顛之態，一臉嚴肅的沉吟道：「我已有多年未跟我們國人有聯絡了，少俠若要知此事，不若與我一起去我們樓蘭一趟吧！」

劉邦聽了這話禁不住大叫起來道：「呸！呸！放你的狗屎屁！我大哥可不會同你一起去什麼見不著影的樓蘭國！也不知你是不是在虛編什麼故事想對我大哥圖謀不軌？再說即便有這回事，我大哥也不會與你一起去那等地方的！要知道我們還有事要去做呢！」

管中邪接口道：「不錯！思龍，你可不要聽這和尚的胡說八道！」

項思龍卻有自己的想法，不管父親有沒有落進神秘的樓蘭古國，他都必須去試一試，倘若父親真被困於樓蘭，而他沒去，不讓他後悔一輩子才怪。

當下向劉邦和管中邪擺了擺手道：「拯救世人乃我道義中人的職責所在，我們舉兵反秦，是為了解救天下萬民在暴秦統治下的水深火熱，那麼解救樓蘭國人的苦難我們也應當仁不讓，否則就失卻了作為一個俠義中人的本色。」

說到這裡，頓了頓接著又道：「這樣吧，岳父和邦弟先回軍中去與大軍會合，我則隨這位和尚前輩去一趟樓蘭國，三月後我如還沒出來與你們相見，便是我……邦弟你可要多多保重！岳父你可也要全力相助邦弟成就大業！」

劉邦聽得鼻子一酸道：「大哥，你要去樓蘭國，我也不阻攔你，可你無論如何也要活著回來見我們！這世上如沒了你，將是了無生趣了啊！」

瘋和尚念了聲佛號，神情嚴肅的道：「二位就放心吧！我們會盡力不讓少俠涉險的，如天要亡我樓蘭國，我們也強求不來，只要少俠盡了份心，如他實在無能為力解開養生訣之謎，我們會讓他儘快趕回與你們團聚！」

劉邦心想都是這瘋和尚，要不也不會剛與項大哥相聚，這麼快就又要分手了，當下沒好氣的道：「若是我大哥少了一根汗毛，我劉邦就誓要掘地萬尺，把你們樓蘭國的人殺個雞犬不留！」

項思龍本欲出言斥責劉邦，但也知他全是為了自己，只得苦笑的搖了搖頭，轉向曾柔道：「伯母，解靈兄弟已經沒事，你就去曹秋道那裡要人吧！至於項上將軍，我會盡力去打探他的下落的，如有消息我會即刻派人通知騰翼將軍，咱們就此別過，後會有期了！」

曾柔也不知怎的，與項思龍一見面就有一見如故的感覺，對他喜歡非常，又聞他是解靈的結義兄弟，那也等若是自己的半個兒子，不由難分又難捨的上前拉住項思龍的手，語音有些哽咽的道：「項少俠，你……可要多多保重啊！」

項思龍喉嚨發脹的點了點頭，再次與劉邦、管中邪互相叮囑一番，轉望向瘋和尚道：「前輩，函谷二狼的事……」

項思龍的話還未說完，那瘋和尚就已接口道：「這兩個無法無天的小輩，冒犯少俠，少俠出手懲戒他們一下也是應該的！嘿，我們為了找救世主，也在中原立了一個灰衣幫，幫中兄弟也發展至了二三萬左右，遍佈中原各地，其間自是不乏參差不齊的無用之輩，這也怪我們管治無方。

「項少俠現在答應隨我去樓蘭拯救我國，為表謝意，就把灰衣幫交由你兄弟打治吧！他舉兵反秦需要人手，或許也有可用之處呢！我灰衣幫雖然在江湖中不是什麼名門大派，但對於偵察之術一道也算頗為在行，對少俠兄弟應有幫助的！」

說著，自身上的破包袱裡取出一根不足一尺長的黑墨玉杖交給項思龍，接著又道：「這墨玉杖乃是我灰衣幫的幫主節令，持杖者即等若幫主，幫中數萬教徒無一人敢抗幫主聖令的，只是江湖中甚少人知道我灰衣幫。我瘋和尚乃是幫中第六代幫主，現在尋救世主的大任已了，灰衣幫也便無甚大用了，還望項少俠能夠接掌敝幫，讓灰衣幫不至消亡江湖。」

項思龍本待推辭，但一想劉邦有了這麼一支奇兵，對他日後大業確有幫助，要知道資訊無論在哪朝哪代對戰爭來說都是十分重要的，只是在現代是利用電子科技傳遞資訊，但在這古代呢，那還是要靠人了！心下想來，當即也毫不客氣的接過墨玉杖，笑了笑道：「那在下便卻之不恭了！」

言罷把墨玉杖遞給劉邦，又道：「邦弟你可要好好管治灰衣幫！」

劉邦知曉項思龍的話意，叫自己好好利用灰衣幫來為自己打天下服務，當下慎重而又嚴肅的道：「項大哥，你放心吧！我一定不會辜負你對小弟的期望的！只是你可一定要活著回來見我們啊！」

項思龍聳了聳肩的哂道：「又不是去打打殺殺，擔心什麼呢？相信我吧！我一定會好端端的回來與大夥相見的！」

瘋和尚這時又取出了一本小冊子，遞給劉邦道：「小兄弟，這裡面有我灰衣幫在各地的分舵地址及各地分舵主要人物的名號，還有一套『降龍伏虎』掌法和一套『百里飄絮』的步法和幫中的一些口令，你拿著，對你會有用處的！嗯，時候不早了，我這便要去聯絡我樓蘭國的十八位長老。項少俠，十天後，我們再在這家客棧會合！後會有期！」說罷，領了函谷二狼和幾個老者出了客棧。

項思龍長長的吁了一口氣，這世上巧然的事情可實在太多，想不到自己無意間懲治了函谷二狼一下，不但見到了解靈的母親曾柔，還給引出這樓蘭國的瘋和尚，又白白得了個灰衣幫幫主，嘿，「世事難料」這話可也真沒說錯，短短這麼個時辰之內就發生了這麼多事情！不過，自己現在還是尋父親下落要緊。

只不知父親到底是否被那次龍捲風捲入了樓蘭古國呢？

過不了多少時日，這結果就可揭曉了！

樓蘭古國，歷史上也是虛幻般提到的國家，想不到真存在於這世上！自己能去樓蘭古國見識一下，也算是成為歷史的見證人了！待自己日後回到現代，中國的史記不發生翻天覆地的變化才怪！

只要是保持這古代的歷史不至影響現代的情況就夠了，自己到了現代，即便史記發生了變化，可那是正在發展的歷史啊！也不會影響到什麼的。哈，自己回到現代，不成為個超級爆炸新聞人物才怪！

項思龍心下如此怪怪的想著，當目光落在劉邦身上時，心下不由一緊，又回到了這古代的嚴竣現實中！自己要做的事情還很多呢！劉邦一日不登上皇帝的寶座，父親一日不回心轉意，自己在這古代的使命就永沒有完！

唉，明日！明日到底是一個怎樣的結局呢？

第三章　江湖風雲

瘋和尚去聯絡人手，項思龍倒也有得了份暫時的清閒。

曾柔一行已是辭過項思龍向咸陽進發去了，只有劉邦和管中邪卻堅持要與項思龍再相處個十來天，沒有離開。

函谷關因是鎮守咸陽的重地，所以駐守秦兵足有十多萬，然因章邯大軍一路捷報頻傳，這函谷關的火藥味也不大濃，廣大軍兵都漫不經心的蹓躂逛街，這裡又靠近咸陽，經濟也甚發達，戰爭又沒打到這裡來，整個函谷關倒也熱鬧非凡。

這一日，項、劉、管三人到得函谷關一叫作達摩嶺的山峰遊玩，不想卻遇上一武林中大會在這峰頂召開，峰下處路口皆有人防守，當他們欲上峰，頓即有兩個勁裝漢子阻住了三人，其中一人道：「兄台等是來參加這次武林盟主競選大會的嗎？不知可有鐵手神劍大俠發放的請柬？」

劉邦最喜熱鬧事，聞聽得這達摩嶺上在召開什麼武林盟主競選大會，頓時歡聲雀躍道：「兄弟，我是……灰衣幫的幫主，請柬麼……卻是不知什麼時候給弄丟了！兄弟可否通融一下，讓我們上山呢？」

兩名漢子雙目不可置信的上下打量著劉邦，一人戒備的道：「兄台是灰衣幫幫主？據聞灰衣幫幫主乃是一介老和尚，何時卻成了個如此年青的後生了？哼，三位到底是什麼人？看你們行蹤鬼鬼祟祟的，是不是秦狗派來的奸細？」

說著，當即拔劍凝神指住劉邦，眼看大戰一觸即發，劉邦卻突地哈哈一笑道：「我灰衣幫前幾日才易幫主，二位自是有所不知了！不過我有幫主信物為證！」言語間已是自腰間取出了瘋和尚贈送的墨玉杖。

兩名漢子見過墨玉杖將信將疑，一下語氣緩和了些道：「兄台等在此稍候一會，待我去稟報鐵手神劍宋義大俠後再行定奪！」言此，此漢子疾身向峰頂馳去，身手倒也甚是敏捷。

劉邦聞言心下雖有氣，但自己等也確是沒有什麼請柬，當下只得忍氣吞聲。

管中邪似也想看看這武林大會，顯得甚是焦燥不安。

項思龍本是一直沉默不語，因他也確想見識一下這在現代時只有武俠小說裡寫到的武林大會到底是個什麼樣子，但聽得宋義之名！心下卻是一突？宋義？宋義是歷史上所記載的楚懷王手下的寵將，後來被項羽謀奪兵權所殺了的宋義嗎？

如真是他，他怎麼會成了武林中似頗受敬重的什麼鐵手神劍大俠呢？這裡面一定有陰謀！心下想著，當即低聲問劉邦道：「邦弟，楚懷王手下有個叫宋義的人你可見過？」

劉邦聽得一愣，卻是點了點頭道：「見過，卻不熟悉！怎麼？大哥懷疑……這不大可能吧？宋義可是個文將，他怎麼會……」

話未說完，項思龍已低聲喝止道：「有人下山來了！邦弟你仔細辨認一下！若這鐵手神劍真是楚懷王手下的宋義，我們可得小心點！」

劉邦點頭會意，這時上山通報的那漢子領著兩名中年老者走近了項思龍等，指著劉邦道：「就是這位仁兄自稱是灰衣幫幫主！」

兩名老者目光如電的一掃項、劉、管三人，最後落到了劉邦和他手上的墨玉杖上，其中一人冷冷道：「灰衣幫幫主瘋和尚是閣下什麼人？我們曾發請柬給貴幫主，可他卻拒絕了參加這次武林大會，閣下幾人冒然前來又是什麼意思？貴幫是幾時換任新幫主的？」

對這老者有若審訊犯人般的連珠彈發的盤問，劉邦聽了心下可甚是不舒服，要知道他平生除了項思龍之外，在其他人面前可一直是做老大，可還從來沒有人用如此語氣對他說話的，更何況自己現在手持墨玉杖，也可算得一幫之主。

還有項大哥，更是名震江湖的地冥鬼府和北冥宮及西方魔教多家大門派的主人，更是不容冒犯，當下語氣也生硬的道：「閣下似乎管得太多了！武林中是武林中人的有權參與，這墨玉杖可不是假的！我乃一幫之主，若不是為了客氣，哼……！」

二老者聞言臉色數變，一人道：「閣下高姓大名？可也狂傲得很嘛！我岷山二老，在江湖中可也是有頭有臉的人物，即便你是一幫之主又怎樣？沒請柬的一律不准上山，幫主還是請回吧！」

項思龍已是決心對這次武林大會的情況查個水落石出了，聽得這岷山一老這話，冷哼一聲道：「膽敢對我們幫主無禮，簡直是找死！」

說著，轉開「分身掠影」身法，身形一閃，「啪啪啪」已是連摑了這老者幾記耳光，對方連閃避的機會也沒有，就這麼不著防的被打了。

劉邦本也極想出手的，只是害怕項思龍責怪，所以一直沒動，這刻見得項思龍出手，頓大聲叫好道：「打得好！看你們這兩個老傢伙還敢不敢對老子不敬！項……項護法，給本幫主狠狠的教訓一下這兩個老雜毛！」

被打的這老者心中本是怒惱至極，再加上劉邦一陣冷嘲熱諷，更是暴跳如雷，他可也不想想項思龍能打得他連還手閃避的機會也沒有，武功是何等的高明，衝著另一老者道：「老二，這傢伙敢膽出手打我，咱們擒住他生撕了！」

另一老者顯是冷靜許多，對兩名守山漢子道：「快發出求救信號，說有敵闖山！」說完又轉向項思龍道：「閣下是誰？報上名來！江湖中似乎沒見過你們這麼幾號人物，是不是新近出道的？」

劉邦冷笑道：「告訴你也無妨，我大哥乃是名震江湖的玉面神龍項……」

話未說完，項思龍就已喝止道：「幫主，不得亂說！玉面神龍項思龍少俠咱們豈可冒充？還是先解決了這兩個老怪物上山吧！」

二老者當劉邦報出玉面神龍四字時本是臉色嚇得蒼白，因為近來江湖中誰人不知哪人不曉新近在西域鬧得翻天覆地，江湖中好事者取號為玉面神龍的項思龍？若眼前這人是他，那自己二人可就最好不要得罪了他們，要知道連西門無敵也被他殺了，還有他乃是地冥鬼府和北冥宮這兩大當年紅極中原的教派的少主，聽說還練成了道魔神功，惹了他簡直是自討苦吃。

又聽得項思龍的解說，頓是放下心來，斂了斂神，那岷山二老的老大喋喋怪笑道：「幾個無名小輩竟敢來搗亂武林大會！哼，小子，你手中的墨玉杖是不是偷來的？就讓我來為瘋和尚討回吧！」

說著，腳走八卦方位，出掌直擊劉邦，竟也掌風呼呼，剛猛異常。

原來這老大此時也覺出項思龍是三人中武功最為高強的，反看劉邦一副吊兒郎當模樣，以為他武功最弱，是以出手向他攻擊，想顯顯自己威風。

但不知劉邦因連續服食過「萬轉銀丹」和「元神金丹」，一身功力已入返樸歸真的超級高手行列，他這下可是找錯了對象。

劉邦見對方向自己擊來，哈哈大笑一聲，竟是毫不閃避，只把功力提升至七層左右凝成護體真氣，準備硬接老者這一記重擊。

要知道在與阿沙拉元首一戰中，已讓得劉邦對自己的武功信心大增！

項思龍自是知道劉邦的道行，倒也不以為然，而管中邪卻是不由自主的驚叫出來，這岷山老大的一擊足可開山碎石，劉邦只憑血肉之軀，又怎可抵擋得住呢？正待閃身去為劉邦接下岷山老大這一記重擊，項思龍卻拉住了他道：「不用幫忙，幫主可以應付得來的！」

而此時岷山老大見劉邦不閃避自己的拳勢，心下大喜，嘴角浮起一絲陰冷的笑意，驀地大喝一聲，掌勁全力擊在了劉邦身上。

只聽得「蓬」的一聲勁氣交擊之聲響起，卻見劉邦嘴邊掛著一抹微笑，夷然不動瀟灑的聳了聳肩，岷山老大可就不同了，「蹬蹬蹬」的連退了十多步才穩住身形，但嘴角已是滲出了血絲，已是被劉邦的護體真氣震傷了內腑。

雙目驚駭之極的直盯著項思龍，岷山老大臉色已是變得煞白，只不知是因驚嚇的緣故還是因受傷的緣故，或許兩者都有吧！

劉邦衝也是一臉驚色的岷山老二揚了揚眉道：「怎麼不來幫你老大？你們兩個老傢伙並肩上吧！本幫主一人接著就是！」

岷山二老嚇得卻是不敢吭聲，對於老大的功力之深他是知道的，自己的功力比他還要略遜一籌，可對方卻是毫不在意硬挨了老大全力之下的一記重擊而毫髮無損，反是老大被對方的護體神功給震成重傷，由此可見對方功力之高簡直是駭人聽聞，自己如也出手就是自討苦吃，還不如等救兵來了再說。

劉邦見岷山二老只顧目瞪口呆的望著自己，自知已立下威信，心下大爽，拍了拍手嘻笑道：「原來是兩個膿包！也想擋咱們的路，簡直是找死！」

話音剛落，突聽得山上傳來一陣喧嘩之聲，只聽一深沉的聲音道：「什麼人敢如此大膽？竟來擾亂武林大會，是不是活得不耐煩了？」

言語間，卻見一四十上下的中年漢子，身材瘦高，身著一身杏黃衣袍，看上去倒也有幾份威嚴，一雙目光雖是精光閃閃，但卻又讓人莫名的感到此人有些奸邪。

在他身後還跟著二三十個身著各式打扮的江湖漢子。都是一臉凶相的望著劉邦、項思龍和管中邪三人，似是甚為惱恨他們似的，倒讓人不知是為什麼緣由。

岷山二老見救兵一到，整個人像脫胎換骨般又復活了，老二趾高氣昂的指著劉邦對那黃衫老者道：「宋大俠，就是這小子冒充灰衣幫幫主，我們阻止他們上山，這小子反出手把我大哥打成重傷，你可要為我們兄弟二人作主啊！」

黃衫老者目光冷冷的望向劉邦，漫不經心的道：「小兄弟可知道我們江湖中的規矩？你們既然沒有收到武林帖，就不應該冒然闖山！現在閣下打傷了岷山老大，可也得還出一個公道來。這樣吧，只要你能在我手下走出三招，我便放了你們！否則，閣下就要留下灰衣幫的墨玉杖，以便讓老夫日後歸還灰衣幫！」

群雄中人聽黃衫老者要親自出手懲戒劉邦，頓即有人接口道：「殺雞豈用屠牛刀？宋大俠，還是讓我雲天一鶴來會會這乳臭未乾的小子吧！」

說著，卻見一身材高大一臉胳腮鬍子的漢子手持一柄判官筆走了出來，上下打量了劉邦兩眼，語態甚是傲慢的道：「小子，就是你冒充灰衣幫主又打傷岷山老大的？我雲天一鶴手下從來不殺無名之輩，小子你給我報上名來，讓我看看你到底是何方神聖？」

劉邦本一直都在打量那黃衫老者，看他到底是不是楚懷王手下的大將宋義，但看了半天沒看出破綻，正待示意項思龍時，聞得這雲天一鶴的狂話，不由心下一氣，冷笑道：「你這傢伙又是什麼人物，本少爺行不改名坐不改姓，乃是中原雙傑中的老二劉龍是也！新近剛承蒙瘋和尚幫主厚愛，授予灰衣幫幫主之職！你又是哪棵蔥？在本幫主面前指手劃腳的可不會有什麼好下場，岷山老大就是個例子！他一身武功已是給我廢了，此生再也無法在江湖中混了！」

雲天一鶴和黃衫老者以及岷山老二等聽得心都是一震，往一直都呆愣著的岷山老大望，卻果見他臉色煞白，雙眼無神，看來武功真廢了！

岷山老二身形一動，閃到老大身邊，伸手搭住他雙肩，聲音顫抖的道：「大哥，你……功力……真的被廢了？這……怎麼可能呢？那小子並沒對你動手啊！」

岷山老大如沒了魂般喃喃道：「完了！完了！我成了廢人了！我的武功沒了！對方的護體功有邪力，那小子吸光了我的功力！我完了！完了……」

黃衫老者這時面色一變道：「化功大法！這……這不是在江湖中消亡多年日月神教的武功嗎？你小子怎麼會這種邪功？難你是狂笑天的後人弟子？」

黃衫老者這話引起了人群的一陣騷動，日月神教已是千多年前的一個邪教組織，想不到今天又重現江湖，難道日月神教又死灰復然了？

項思龍也想不到現今江湖中還有人記得當年的日月神教，看來日月神教在狂笑天和巴浦洛夫以及日月天帝之後，還有後人傳了下來，以至在江湖中生生不息。

劉邦能吸光岷山老大的功力，看來是服了元神金丹之故，元神金丹乃是當年的日月神教歷代教主的元神精華所集，自是凝有日月神教獨門神功的功力，劉邦和自己各服了半顆元神金丹，已是不自覺的體內集有什麼化功大法的功力了。

雲天一鶴這時可也沒有那麼狂傲了，顯得有些外強中乾的指著劉邦，語音不自然的道：「說！你……你小子到底是不是日月魔教的傳人？今日來達摩嶺懷有什麼陰謀？是不是想重組日月魔教？哼，我們江湖中的各大門派不會允許你這幫邪魔外道在江湖中興風作浪的！

「當年，日月魔教在光明頂一戰，被江湖中的九派十三幫圍剿，狂笑天也被太虛上人、玄玉道長、君子劍敦峰大俠和天矛老人等八大合力圍攻後武功被廢，出走南海，自此隱居不出，巴浦洛夫也被印度烏里蘭教教主巴達漢所殺，至於再後來的日月天帝麼更是自動失蹤了，日月神教已有千餘年未再在我中原露面，即便有些餘孽，也已是不足為患了！

「今日這小子身具魔教獨門邪功『化功大法』，看來日月魔教經多年隱伏又想復出江湖了。宋大俠，你是我中原當今的泰山北斗。你的鐵劍山莊更已有江湖武林盟的威勢，這次在你的號召之下，我們江湖同道群集達摩嶺，準備重建當年自楚原盟主被孤獨無情擊敗後消散的武林盟！如今日月神教死灰復燃，希望你統領武林，消滅魔教，為我中原武林維護正義！」

雲天一鶴這番話說得甚是冠冕堂皇，只是如此一來，對付劉邦的事自是落到了黃衫老者身上！

群雄聽得「化功大法」之名，心下都已膽怯，自也如雲天一鶴同樣的心情，巴不得有人出頭，自己等則也好過一盤散沙，要不日月神教當真復出，他們各自為戰的話，那可就完了！何況今日天下英雄同集達摩嶺，本也就是為了選出個武林盟主來，以應付這當今的亂世，雖說王權與武林不相搭，但天下安危總會關係到武林的局勢，何況實質上武林與王權暗地裡也有著千絲萬縷的關係呢！

不乏野心勃勃者就是想藉此天下大亂之際，利用江湖武林來成就一番功名！這黃衫老者鐵手神劍就是其中一人，所以利用他的鐵劍山莊在江湖中的地位來發動了這次武林大會。至於他背後有沒有什麼勢力在為他撐腰，卻也是不得人知了，但大概是有吧！

這次武林大會的勢頭已隱隱有武林盟主非他鐵手神劍莫屬的動向，因為來參加這次武林大會的人大半都奉承他恭維他，這刻雲天一鶴一提出這個主張來，群雄中當即有大半的人為之附和叫好。

黃衫老者目光顯得甚是閃爍不定，此時聞訊趕來的群雄已是愈來愈多足足有二三百人之眾，大家紛紛交頭接耳著，知曉了此中內情的人又有不少隨之附和黃衫老者為武林盟主來，一時之間，聲勢倒頗是浩大。

當然也有對此沉默不語，冷眼靜觀其變之人。

黃衫老者此時臉上終於露出了一絲笑意，朝情緒激動的人群揮了揮手，示意眾人靜下後道：「謝謝各位對在下的抬舉！好，我宋義為了維護我武林正氣，也就當仁不讓了！但是我只是暫時代理武林盟主之職，待平定了日月神教後，我們再行選出一位才德兼備的人作我們的武林盟主！」

說到這裡，又望向劉邦道：「兄台，你們的底細已經暴露，還是束手就擒吧！只要你們自廢邪功，本盟主還可以通融一下，放過你們一條生路！」

劉邦心下是對這黃衫老者十八代祖宗都罵了一遍。

嘿，這老傢伙得了便宜還賣乖，說什麼待滅了自己等後再選盟主，那還不是為顯他的大仁大義，滅了自己等一眾「魔教教徒」，他更可堂而皇之的當他的武林盟主了！可也真是個老奸巨猾的老狐狸！

他奶奶的，說什麼叫本少爺自廢武功！簡直是癡人說夢話！

仗著人多啊！我手下的幾萬大軍和項大哥手下的幾十萬忠徒比你們可不少！

火併起來，不殺光你們這幫自以為是的狂徒才怪！

不過，本少爺今天也想弄了你們這什麼武林盟主來當當！讓你們這幫小丑作老子的狗腿子，這樣才方顯我劉邦聰明絕頂的才智！

想到這裡，當下突地發出一陣哈哈大笑道：「今天大家群聚一堂，開的是武林大會，為的是選出一位才德兼備的武林盟主來對不對？嘿，我橫看豎看這位什麼鐵手神劍大俠，怎也不像個才德兼備的人，倒有點像隻老狐狸！讓這樣的一個人當武林盟主，豈不是我中原武林的禍端？

「他說我是冒牌灰衣幫幫主，說我是日月神教邪教徒大家就信了？我說他這次召集大家來開這次武林大會，背後有著不可告人的陰謀才對！你叫鐵手神劍宋義對不對？楚懷王手下也有一名大將叫作宋義，你與他有沒有什麼關聯呢？」

黃衫老者臉色變了數變，甚是冷狠的直盯著劉邦，似巴不得一口把他給吃下去了似的，但還是強作鎮定道：「胡言亂語！我鐵手神劍在江湖中闖蕩幾十年，從來就不知曉不認識什麼楚懷王的！不要妄圖搗亂了吧！識相的話就給老夫乖乖的束手就擒，否則可別怪我不客氣了！」

群雄中這時也有人附和為黃衫老者辯護道：「宋大俠在江湖中鼎鼎有名，大家誰個不知哪人不曉？你這小子不要亂講污蔑宋大俠的名聲！」

但這時人群中卻也有人冷哼了一聲道：「鐵手神劍在江湖中是鼎鼎有名，但他本名乃是鍾離昧，根本就不叫什麼宋義！他這次冒用宋義之名，本就是在陷害宋義大將軍的名聲！這次的武林大會不但有陰謀，而且有著天大的陰謀！」

這話即時引起了人群的一陣大騷動，黃衫老者更是臉色變得煞白，目光冷厲的直在人群之中搜尋方才那發話之人。

這時一個冷面中年漢子從人群中走了出來，衝黃衫老者冷笑道：「鍾將軍不用再找了！我，田榮將軍應該認識吧！宋將軍早就懷疑你們有陰謀，所以派我……」

冷面漢子田榮的話還未說完，卻突見得黃衫老者話未發人先動的直射向田榮，手中一柄黑色鐵劍已是出鞘，如電光火石般疾劈田榮，口中才冷喝道：「與魔教為伍，污蔑老夫，實在是該殺！」

田榮似想不到黃衫老者會驟然向自己下殺手，閃避已是不及，臉色頓然大變，暗呼「我命休矣」！這時，他突見一條人影在這刻也疾馳而出，指中射出兩道罡氣，「噹噹」兩聲，把黃衫老者的鐵劍給彈了開，險救了田榮一命。

黃衫老者臉色又是一變，退身冷視著出手相救田榮的人道：「閣下是誰？功力不錯嘛！看來老夫今天是碰上可以大展手腳的難得對手了！」

劉邦這時冷笑道：「憑你這老傢伙也配跟我大哥交手？還是下輩子吧！」

出手相救田榮的人正是項思龍，只見得他面色怪異的望著黃衫老者，語氣平靜的道：「宋大俠何必如此火大呢？還是待這位田兄把話說完後再來找我們算帳吧！想來諸位群雄也想聽聽這位田兄後面的話，對不對？」

群雄這時看出了事態有異樣，當即氣氛怪異的沉寂下來，但這也無異於是贊同項思龍的主張了。黃衫老者臉色這時要說有多難看就有多難看，環視了一遍都用異樣目光看著自己默不作聲的群雄，突哈哈大笑道：「你們……你們口口聲聲的說要維護我武林正義，現在卻……卻聽信邪教讒言！好！我鐵手神劍今天總算是看清了所謂武林正義的面目了！你們愛聽讒言就聽吧！我鐵手神劍只要自己行得正坐得穩，就也不怕旁人對我的誹謗！」

黃衫老者這番慷慨激昂的話倒又贏得了不少武林人士的喝采，人群情緒又漸漸活躍起來，但這時只聽得田榮冷哼一聲道：「鍾將軍這番話倒也說得真是精采！但你只可以騙得過別人，卻是騙不過我田榮。經過一段時日的明察暗訪，我已掌握了大量的事實證據可以揭穿你的陰謀了！我本也懷有私心，想待武林大會入高潮時才揭穿你的陰謀，以謀武林盟主之職的，但方才局勢的突然變故不得不讓我改變了原來計畫！我現在是豁出去了，也要把你的陰謀說出來，以免爾等陷害宋將軍，讓項羽那小子的奸計得逞！」

項思龍聽得心下是愈來愈緊張了，這事情的變故看來真是奇峰迭起，宋義、鍾離昧、田榮這幾個歷史上有記載的人名進入項思龍耳中，已是讓他心中引起了滔天波濤，現在又牽涉到了項羽身上去，這……到底是怎麼一回事呢？

自己等這次誤打誤撞是發現了個大秘密了！項思龍心緒難平的想著。

田榮接著又道：「楚懷王封宋義將軍為此次北上攻秦的上將軍，項羽為次將，范增為末將，項羽心下不服，因為他自認為楚懷王的天下乃是他項家打下的，立下了汗馬功勞，這上將軍應由他來當，所以一直都陰謀對宋義將軍不利，思謀奪權。

「可宋義將軍早知項羽對他不服，所以對他防範也甚是嚴密，讓項羽毫無下手的機會。范增這時為項羽獻了一計，就是利用江湖中的壓力來迫使楚懷王釋解宋義將軍的兵權，並且發密函給已是暗裡投靠了項羽的鐵劍山莊莊主鍾離昧，叫他冒充宋義將軍存下芥蒂。

「當然這一切都需鍾莊主取得武林盟主之位後才可以行得通，因為這樣一來就顯得對楚懷王的威脅較大，使楚懷王除去宋義將軍的心情迫切，如此他們一石二鳥的計畫便可大功告成了！

「其一，可除去宋義將軍讓項羽奪得兵權；其二，可籠絡得天下英雄為他項羽所用。

「此計本也不可謂不周全，只可惜螳螂捕蟬黃雀在後，宋義將軍早就為防項羽，安插了大量人手到項羽和范增身邊作為內應了，同時也威逼利誘收服了項羽和范增身邊一些心腹，所以他們的計畫早在宋義將軍的掌握之中了！

「在下田榮就是宋義將軍派來識穿他們陰謀的頭領！鍾將軍不知我說得可對？我已經派人摘下了你佈置在這達摩嶺的人馬，你們所佈置的陷阱機關也已全都由我的人馬控制了！嘿嘿，鍾將軍還是束手就擒吧！」

黃衫老者此時臉色已是變得鐵青，身軀微顫，一句話也說不出來了。

群雄也是聽得撲朔迷離，似懂非懂，全都鴉雀無聲。

對於這權力的勾心鬥角，他們可確實是難以完全明白。

但項思龍可就聽得了然於胸了，心下不勝唏噓。

想不到歷史上項羽殺宋義奪兵權，還有這麼一段不為人知的秘密，看來歷史上所記載的項羽強行闖關殺宋義，是因這次陰謀失敗而不得不兵行險著之舉了！也不知自己這誤打誤撞之舉，對歷史來說是幸還是不幸？

項思龍的心情倏地有些凌亂起來，鍾離昧是歷史中項羽身邊的一名大將，自己無論如何也不能讓他落入田榮手中，要不田榮利用他來算計項羽，項羽可就有難了！

如此一來，歷史豈不也有會被改變的危機？

雖然項羽是劉邦將來的大敵，但自己來這古代的歷史使命就是維護歷史的不被改變。現在項羽有難，自己也就理所當然的要幫他一把！

項思龍心下正如此想著，田榮這時突地走向他抱拳道：「多謝這位兄弟方才的援手之恩！少俠一表人才，武功又如此了得，若是願投效我宋義將軍手下，在下願意向宋將軍舉薦少俠，少俠日後定當前程無量！不知少俠意下如何呢？」

劉邦這時插口道：「我大哥已是事業有成，不會投靠什麼人的！閣下不要花費什麼心思了！現在你解決了鐵手神劍的威脅，這武林大會麼，你們官方卻是不要插手了！武林中的事情，我們武林中人自會解決！自古武林、官家各成一方天下互不相干，閣下請帶了你的人離開吧！」

群雄聽得田榮揭穿鐵手神劍陰謀之後，都大感憤慨，有一種被人愚弄的感覺，劉邦這話頓然引起眾多豪傑的附和，群雄情緒一時激動起來，紛紛指責咒罵鐵手神劍是個偽君子、武林叛徒的同時，也喝叫田榮等離開。

田榮臉上露出一抹陰毒笑意的對項思龍詭笑道：「少俠可是考慮清楚噢！順我者昌，逆我者亡！這達摩嶺上上下下已全在我的人馬包圍之中了，少俠可不要怪我忘恩負義！」說罷，突地舉手揮了揮，卻見四面八方全都是手執箭盾的武士，把眾人給團團包圍住了。

群雄見狀均是臉色大變，喝罵聲頓然給沉了下來。項思龍連正眼也沒看虎視眈眈的武士一眼，只逼視著田榮，淡淡的道：「看來閣下今日不但要威迫在下對你降服，且還想用武力鎮壓天下群雄囉！好，我答應跟你去見宋義！不過，今天卻不許再干涉此次武林大會！還有，你必須放過鐵手神劍大俠！」

項思龍這話說來雖是語氣平平淡淡，但其口氣之大實也是沒把田榮的威脅放在眼裡了。

意。

不但是田榮聞之臉色大變，就是劉邦和那鍾離昧也同是不解項思龍此語何

田榮靜默，突地一陣喋喋怪笑道：「看來閣下是敬酒不吃要吃罰酒囉！好，那我就成全你！今天這裡所有在場的人，如不歸降我，就格殺勿論！」

一時間圍住眾人的武士全都凝神待發，這時突地飛竄出了八個彪形大漢落在了田榮身邊，看他們敏捷身手，看來武功也是不弱。

田榮有了幫手在側，神態更是冷傲起來。此時鍾離昧突地走向田榮對面，神情有些落寞，卻還是平靜的道：「田榮，今次栽在你的手下，我鍾離昧也認命了！不過這本是你我兩派的相爭，請也不要牽涉武林同道了！我跟你走！咱們下山吧！」

田榮嘿嘿笑道：「又來充什麼大俠了？這禍端可是你闖出來的！今日武林群雄陷入此等境地還不是你的傑作？你已經不再是什麼武林中德高望重的大俠了！你現在是武林的叛徒，項羽的走狗！又來什麼貓哭耗子假慈悲呢？今日是我田榮立功的好機會！我屈人之下的怨氣已經受多了，我要出人頭地！」

鍾離昧突地長歎了一口氣，凝注著手中的鐵劍，好一陣子向群雄抱拳道：

「我鐵手神劍一生縱橫江湖，從來行事都是無愧於心，這次……出賣了江湖同道，確是我此生的最大罪孽！為了彌補我此次的過失，只好以死謝罪了！」

說罷，手中鐵劍突地反手一轉，猛然向自己的心臟刺去。

項思龍率先驚呼出聲道：「不可！」

說著，人已閃電飛出，手掌在空中一轉，發出一道旋風般的螺旋狀勁氣向鍾離昧手中鐵劍捲去，在劍尖剛刺入鍾離昧胸前三寸左右時，這股勁氣已是把他手中鐵劍擲脫而出，飛入了項思龍手中。

鍾離昧臉色閃過一絲落寞的笑意望著項思龍道：「你……既要助田榮揭穿我的陰謀，現在又為什麼要救我？我當年被人救過一次，為了報恩，已經夠讓我受的了！你……你現在為什麼又要救我？我寧可死，也不願受你的恩惠！」

說完，手中又突地多了一把寒光閃閃的短劍，再次作勢欲自尋短見。

項思龍指射出兩道罡氣，點了他的穴道，使之不能動彈，見著鍾離昧胸前鮮血汩汩流出，衝一旁疑惑不解的望著自己的劉邦和管中邪道：「去為他傷口敷上金創藥！」

劉、管二人不知所以，卻還是依言去為鍾離昧包紮傷口起來。

群雄都沉默的看著這些變故，連雲中一鶴和岷山二老在內都向項思龍投去了敬服的目光，不過當眾人看著面含殺氣的田榮時卻又是心下一緊。

田榮本也擔心鍾離昧死去，那自己要揭穿項羽陰謀可就死無對證了，項羽大可以否認此事，宋義將軍的計畫可也就要落空，見得項思龍救了鍾離昧，心下才鬆了一口氣，對於項思龍再次顯露的這一手隔空攝物的功夫和群雄對項思龍的敬意，心下又是甚為驚駭和不舒服，冷冷道：「閣下果也是個少年英雄！不過，我希望你還是考慮一下我的話！閣下武功雖然厲害，但在下可也是有備而來。這達摩嶺不但埋伏有我方的上萬人馬，並且下山的各處路口都已被封死，我已派人在這達摩嶺埋下了大量黑油，還有宋義將軍把他的得力八大金剛也交由了我來統領，如火併起來，最多是兩敗俱傷，但今天這裡所有的人卻是不會有任何一人可以活著下山。我看諸位還是乖乖受降的好！投靠宋義將軍有何不好呢？榮華富貴黃金美女可任由盡取，總比死在這裡是好吧！」

項思龍想不到這宋義、田榮都如此奸猾歹毒，但宋義被項羽所殺，或許也正是因為他把大批得力高手都派來此次武林大會的緣故吧！

這也就叫作有一得必有一失了！但今天讓自己撞上了這武林大會，宋義可就要偷雞不著蝕把米，兩方皆失利了！誰叫他太過奸猾歹毒呢？

項思龍心下想著，臉上卻還是古井不波的道：「你似乎對勝利是成竹在胸了！可也沒把我們這裡數千英豪放在眼裡嗎？哼，我們江湖武林與王室是平起平坐的地位，幾千年來也沒敗亡過，今天難道會怕了你區區一個田榮？不怕死的就給我放馬過來吧！我項思龍可也是有好久沒有活動筋骨了！」

「項思龍」三字剛一出口，群雄就已一陣譁然，連本是聽得項思龍前半截話面露凶光的田榮也是一臉死灰之色，怔怔的看著項思龍。

氣氛一時是怪異的靜了下來，所有人的目光都複雜的落在了項思龍身上。

項思龍這兩年雖沒在中原活動，但他的名聲已傳遍大江南北。

後來他又降服了天絕地滅這兩個大魔頭，擊敗了趙高手下的頭號法王，擊敗了藥物殭屍，收了兩條金線蛇，挫敗了匈奴國達多真主，擊殺了聞名苗疆的天罡真人西門空宇，收降了苗疆的毒娘子，得了千年前風雲江湖的日月天帝的真傳……還有乃是地冥鬼府、北冥宮、匈奴國、苗疆五毒門、西方魔教等等一些令江湖聞之色變的奇門教派的少主，教主什麼的！

總之是項思龍的名聲太大了，以致江湖中人人都對這只聞其名未見其人的敬畏得不得了，也不知有多少慕名者欲一見項思龍而一直苦苦追尋。

想不到這名動天下的少年俠客今日竟真的出現在了眾人眼前！

也難怪田榮不為之色變的了，試問天下間有幾人敢跟項思龍作對？招惹了他的人簡直就是自尋死路！且不說他一身驚世駭俗的武功，他手下那股龐大的勢力就已讓人對之聞風喪膽！有誰能避過那些邪門高手的刺殺？恐怕是當今皇帝胡亥也不成，更不用說它田榮、宋義之流的了！

田榮整個人一時都給呆住了，他身旁的八大金剛也是臉色煞白。但叫自己等就此無功退下，這可實在教人不甘心！

也不知對方到底是不是什麼項思龍呢？難道自己只憑他一面之詞就嚇退了？這可也實在太丟人了吧！不行，還是叫八大金剛試探一下對方的底細再說！

心下想著，田榮當即強行鎮定的冷笑道：「嘿，你說你是項思龍少俠你就是項少俠啊！誰知你是不是在吹牛皮呢？方才你也否認過不是項思龍少俠了，現在又自詡說是他，誰信你啊！八大金剛，你們去試試這小……他的身手！如果閣下真是項思龍少俠，當不會在乎八人聯手進擊你吧！如果閣下能打敗八大金剛，我就承認你是項少俠，賣你一個面子，今天就不插手這次武林大會！」

群雄中有人大罵田榮「不要臉！」項思龍卻擺了擺手哂道：「好，就讓他們一齊上吧！不過刀劍無眼，八大金剛到時可不要全都變成了八條死魚！」

群雄聽了一陣哄然大笑，劉邦這時卻走到項思龍身後道：「大哥，讓我來教訓一下這幫小子吧！知道了大哥大名了，竟然還不知死活！」

說罷，自腰中包袱中取出了天劍，隨手抖出一片劍花，頓然幻起奪目精芒。

人群中氣氛更是熾然，不少人紛紛要求代項思龍出戰，更有人見得劉邦手中天劍，驚呼出聲道：「天劍！赤帝天劍！天劍出世，天下大興！我們中原戰亂得救了！」

這話更是引起一陣哄然大動，人聲鼎沸。

劉邦升起一股自豪的飄然感覺，朗聲長吟：「天劍一現，赤帝復生！天下黎民，苦難解脫！王朝反代，天下升平！」

劉邦這話更是讓得人群又了一陣哄然，有甚者竟跪地朝項思龍和劉邦伏地下拜起來！看來武林雖不參政，但普天之下莫非王土，普天之民莫非王臣，皇室還是在天下人心目中擁有舉足輕重的地位。尤其是有神話般的赤帝，根植於人們心目的地位印象更是何等的深刻。

項思龍看著劉邦英雄煥發的威武之念，心下倏然升起一股肅穆之感。

劉邦這刻的樣子可也真有幾份皇者霸氣了！

天子終究不愧是天子，有那麼一股油然而教人折服的威勢！

項思龍心下看著，八大金剛已是閃身站了出來，每人手中各執一件怪異的重兵刃把項思龍團團圍住，目射凶光卻又有些懼意的逼視著項思龍。

劉邦見了氣惱道：「說過了是由我來跟你們打嘛！你們怎麼又圍住我大哥？」

說著就欲提劍闖入戰團之中，項思龍對他擺了擺手，笑道：「他們既然找的是我，劉弟你就在旁觀戰是了吧！費不了多少時間我就可解決掉他們的！」

八大金剛見項思龍根本沒把自己等放在眼裡，都氣得哇哇大叫，連對他的畏懼也給沖淡了，大吼著舉兵器從不同方位疾出，氣勢倒也剛烈之極，平常之人在此八人的打擊之下必定都會被壓成肉餅。

群雄見了都暗為項思龍捏了一把汗之時，卻聽得項思龍冷笑一聲，身形如鬼魅般從八大金剛縝密的聯擊之網下閃了出來，只聽得「啪！啪！啪」一陣耳光之聲，八大金剛已被項思龍每人重打一記耳光，打得他們面頰高高腫起。

八大金剛又羞又怒又懼，重組攻勢，再次向項思龍進擊，劉邦見了冷哼道：「簡直是不知死活！要是項大哥方才出手都放重一點，此刻八人不變成八隻腦袋開花的死豬才怪！」

群雄也哄然為項思龍的精彩武技喝采，岷山二老和雲天一鶴卻是暗暗僥倖自己等沒有強出頭與這煞星作對，要不挨打了也只有啞巴吃黃蓮了！

項思龍對付八大金剛這等角色自是費不了多大精神力氣，只是為了給田榮一個下馬威，所以決定戲耍他們一下，讓田榮知難而退。因為田榮乃是歷史中有記載的人，自己是無論如何也不能殺他的，只要能嚇退他，自己的目的也就達到了！

項思龍只提升了八層左右的道魔神功功力，但也已驚世駭人了，要知道道魔神功可也是在中原稱霸一時的絕世神功，當年道魔尊者就是以此功威震江湖。

再次冷哼一聲，項思龍漫不經心的施展開自己心中所想的一些武功招式，信手揮來，已是把八大金剛的攻勢全都化解，待鬥了十來餘招，震得八大金剛粗氣喘喘之時，才突地哈哈大笑一聲，以指代劍，施展開李牧傳授的雲龍八式中的破刀式，卻見他身形倏地有若一個時開時合的幻影般凌空而起，在空中一陣疾旋，八大金剛手中的兵刃已一件接一件的被項思龍用內力給連成了一條「兵器鞭」。

再只聽得項思龍在顯出身形一聲冷喝，手中內勁一吞吐，「兵器鞭」被他內力給震得「轟轟」一陣炸裂巨響，化作了無數鐵片，而這些鐵片又若旋風般向八大金剛包圍過去，只聽得一陣痛叫悶哼之聲，勁風消散過後，眾人舉目一看，卻見八大金剛已被鐵片給包成了個巨大的鐵刺蝟。

一陣哄笑之後，群雄又無人不對項思龍的這手絕世神功感到震驚，如此功力天下間可以說除他項思龍外當再無第二人了，的確是名不虛傳的絕世高手。

田榮更是嚇得面無人色，雙目癡呆的望著項思龍，像失去了知覺般。

天啊！這是人具有的武功麼？簡直是太不可思議了！宋義將軍從數十萬精兵之中挑選出來經多位高手訓練的皇牌武士——八大金剛，在對方手中竟是如此的不堪一擊！

這項思龍莫非是武神降世麼？年紀輕輕，一身功力竟是如此讓人不敢相信！

別說是與他對敵了，自己即便有再多人手，他要殺自己簡直是易如反掌！

還是……還是保命要緊吧！人死了可就什麼功名也都沒有用了！

田榮強壓心下駭懼的斂了斂神，極不自然的向項思龍陪笑道：「項少俠果然是前無古人後無來者的絕世高手！好！好！有項少俠出面，我田榮即便有天大膽子也不敢擾亂這次的武林大會！我們馬上就退走，馬上就退走！」

邊說著邊下令全軍撤退，群雄卻是高呼道：「項少俠，不可放過這個小人！殺了他！」

項思龍舉手示意眾人靜下，道：「無論如何，人家也是反秦義軍中的人，所以這次就暫且放了他們吧！反正我們中也無什麼人受害！」

田榮連屁也不敢放一個，只眼巴巴的望望刺蝟般的八大金剛，又望望項思龍，似在求他放了八大金剛，當然他心下定是恨得在大罵項思龍十八代祖宗的吧！

項思龍見了田榮的狼狽樣，鄙夷的冷視了他一眼，抬手揮出一般柔和掌力，把黏住八大金剛的鐵片給吸了開來，沉聲喝道：「滾吧！」

八大金剛此刻已是魂都嚇破了膽，比田榮更加的飛溜入了他們隊伍當中，連頭也不敢回的下了山去，想來他們一輩子也不會忘記此戰的情形吧！

看著田榮等狼狽下山的身影，劉邦嗤笑道：「你奶奶的，不顯示厲害給你們看看，就當我們是病貓！這下知道我們是不好惹的了吧！能得我大哥出手，也是你們的福氣！」

說者無意，聽者有心，岷山二老和雲天一鶴以為劉邦是在指桑罵槐的說他們，當即走了出來，「撲通」幾聲跪到了項思龍身前，面如死灰的道：「在下等方才有眼不識泰山，不知項少俠大駕光臨，以致多有冒犯，還請項少俠恕罪！」

項思龍還沒有答話，劉邦已搶先道：「何必嚇得如老鼠一般呢？我沒說你們啦！我和我項大哥大人有大量，不會計較你們的無禮的啦！」

項思龍對這岷山二者和雲天一鶴雖無好感，但江湖中人本就大都有一股狂傲個性，自己也不必與他們計較，當下也微笑著道：「二位請起吧！說來也是我們強行闖山不對在先，你們阻擋我們也是理所當然之事！」

岷山二老和雲天一鶴千謝萬謝而起，對項思龍的恭維自是吹上了天。

項思龍聽了是不置可否的笑笑，對於自己在中原有這麼大的名聲他還是第一次聽到。

群雄中這時有人突地高喊道：「大家說，我們這次武林大會不必開了，推舉項少俠作我們的武林盟主，好不好！」

這話剛落，頓即有人接口道：「我贊成這建議！當世之中除了項少俠配作我們的武林盟主外，還有什麼人敢作盟主！」

這話過後，附和的人越來越多，此時一個和尚和一個道長以及一背負一柄古劍的中年三人越眾而出，走到項思龍身前，和尚、道長各自念了一聲佛號道號後，老年和尚道：「老衲圓正，乃是嵩山太平寺的主持，項少俠方才逼退田榮一行，挽救了我們武林中的一場浩劫，這武林盟主之位的確是非項少俠莫屬了。老衲的太平寺從今而後甘願聽命於項少俠調遣，為維護我中原武林大統出一份綿力！」

老年道長也道：「貧道青松，乃武當山逍遙道觀的掌門。項少俠武功超群，才德兼備，乃人中之龍，我中原武林能得項少俠統領，確是我中原武林的大幸！貧道逍遙道觀願唯項少俠馬首是瞻，重振我中原武林雄風！」

中年漢子向項思龍抱拳道：「在下向問大，江湖人稱『狂劍客』，執掌五岳劍派，向來目空一切自命不凡，只是對於項少俠方才的一言一行都佩服得五體投地！從今往後，項少俠如有什麼差遣，我五岳劍派定當赴湯蹈火，在所不辭！」

太平寺、逍遙道觀、五岳劍派三大門派已是當今中原武林的泰山北斗，現連這三大門派的掌門人都已向項思龍折服，其餘之人自是更不必說了，當下江湖中的一些三教九流之派也紛紛和項思龍誓言效忠，讓得項思龍手足無措的連推辭的機會也沒有！

劉邦卻是幸災樂禍的望著項思龍笑道：「項大哥，這下你又背上了一個大包袱了！威風是威風，可也往後有得你累的呢！武林盟主可也是個土皇帝啊！」

項思龍苦笑道：「我可不稀罕這什麼武林盟主！只要你事業有成，天下太平了，也就是我功成身退隱居江湖的時候了！我可只想懷抱美人逍遙自在，不想凡事纏身！」

劉邦嘖嘖道：「別人是費盡心機想得這武林盟主呢！想不到大哥你卻……」說著望了一眼已昏睡過去的鍾離昧，又道：「大哥，這傢伙怎麼處置？」

項思龍沉吟了一陣道：「人家不管怎麼說也是條漢子，也曾在江湖威名遠播，又是反秦義軍中的義士，他的過錯是身不由己罷了吧！我們還是放了他算了，只是從今而後不再算是我江湖中人，不得插手我江湖中事了！」

群雄聽得項思龍這話，有人罵說如此太便宜鍾離昧了，有人說如此也好，有人則是對此沉默不語不表言論。

昏睡中的鍾離昧這時卻突地站了起來，走到項思龍身前向他深深一揖道：

「我鐵手神劍以前自認武功不凡才智雙絕，今日在項少俠對比之下，簡直如螢火與日月之光！我鍾離昧是真正服了項少俠！中原武林能有你這樣的一位少年得志的少俠主持大局，確是我中原武林大福！我鍾離昧今日就此別過，但願他日有緣，能讓我再次一睹項少俠的絕世風采！」

說罷，又向項思龍揖了三揖，劉邦這時也目射奇光道：「想不到你這老狐狸竟會移穴換位的功夫，看來有些道行嘛！連我項大哥所制穴道也可衝開！」

鍾離昧本欲離去，聞言駐足道：「在下才疏學淺，方才項少俠點我穴道，所用力道只不過十之其一，在下僥倖解開，還教見笑！」

項思龍這時突地道：「鍾大俠，在下有一語相勸，望你不要因此事離開故主，要知道服君之祿思人之事，你還是回到你主帥身邊去的好，他定然還需要你的幫助！」

鍾離昧聽得怔了怔道：「多謝項少俠提點！唉，當年我鍾家曾受過主帥義父項少龍上將軍的恩，我……定誓死效忠主帥的，謝項少俠了！」

言罷，再也沒回頭的疾身向下馳去。

項思龍聽鍾離昧提到父親項少龍的名字，又給勾起無限心思，不由沉默了下來。

就在這時，山下突地傳來了一陣喊殺之聲，並且只聽有一冷沉之聲高喝道：「殺！不要放走一個叛賊！今個兒要所有的叛賊給悉數誅盡！」

項思龍只覺著這聲音甚是耳熟，心下不由猛地一突。

曹秋道？這不正是曹秋道的聲音嗎？怎麼……群雄這時也騷動起來，不知山下到底發生了什麼事。

剛剛離去的鍾離昧這時突地又飛返回來，面色緊張的到項思龍身前，衝他急促的道：「不好了項少俠，現在這整個達摩嶺已被秦兵重重包圍了，秦狗出動了大批高手，由國師曹秋道帶領，還有瘟神任橫行和田霸，他們兩人乃是秦始皇當年訓練出的超級殺手，再加上曹秋道創派的一些高手以及三四萬秦兵……我們現在該怎麼辦？他們已經快攻到這裡來了，田榮他們……」

鍾離昧的話還未說完，渾身是血的田榮和八大金剛跌跌跪跪著上來，到項思龍身前，田榮上氣不接下氣的道：「項……項少俠，秦兵……好多秦兵……攻上山來了！救……救我們吧！秦……秦兵……」

說著「撲通」一聲倒地昏迷過去，八大金剛也癱軟在地。

項思龍見自己果真猜對了，面色更加凝重，著亂成一團的群雄扶上田榮等撤上山頂，自己則和劉邦、管中邪幾人押後，鍾離昧、圓正大師、青松道長、向問天等一眾高手也要求留下來押陣，倒也有十多人之眾。

喊殺聲越來越近，眾多的田榮手下紛紛求項思龍保護，項思龍一一接應他們上峰頂，心下卻是又焦又火，這時衝殺上來的任橫行和田霸二人落在了項思龍等眼前，二人渾身是血，舉手投足皆斃人命，猶如殺人狂魔。

任橫行和田霸二人這時也見得了項思龍等，因上次見面時項思龍和劉邦、管中邪都易過容，這刻恢復了本來面目，所以他們只識得劉邦，當即大喝一聲，任橫行率先衝了過來，口中喝乍道：「原來是你這小子在搗鬼！上次在雲中城，你有救兵，現在呢？老子要把你撕成兩半，洩我當日被辱之恨！」

只可惜劉邦已非昔日阿蒙了，更何況有項思龍在身邊罩著，當即也衝迎向任橫行，笑嘻嘻的道：「大哥，可是好久不見了，嘿，我還要擒下你去向楚懷王領賞呢！上次雲中郡城讓你溜掉，我正苦於沒有機會再抓你呢！想不到你卻送上門來了，也好！可別怪我不念兄弟之情，誰叫你值千兩黃金呢？」

說著，天劍已是提在手中，「雲龍八式」中的「天殺式」應手而出，此時的威勢可大是非同往日，劉邦功力已入絕頂高手之列，使出來的任何招式都是教人不可小視，更何況他使的乃是戰無不勝的趙國大將李牧的看家本領，用的又是千古神器呢！威力更是奪天驚地，有若天馬行空般劍氣凝成的白火直擊向正怪笑著舉拳擊向自己的任橫行，迫得任橫行嚇了一大跳，還好閃得快，疾身閃過才避開了劉邦這一擊猛擊，面色驚異的望向劉邦，駭然道：「士隔三日，刮目相看！想不到你小子短短數日不見，武功竟精進如斯，是不是義兄項思龍傳你的武功？」

劉邦對任橫行以前是怕得要命，但這刻他脫胎換骨身俱絕世功力，已是信心若定，根本就沒把任橫行放在眼裡了，聞言哂道：「是又怎麼樣？怕了嗎？那就乖乖的向本少爺叩頭投降吧！如此我或許可以少讓你吃些苦頭！」

任橫行見劉邦如此狂妄，只氣得哇哇大叫，暴跳如雷的道：「小子，給你一份臉色，你就給傲起來了！嘿，你那麼點道行，老子還沒放在眼裡！」

說罷，大喝一聲道：「橫煉金剛身十重大功力！」

話音剛落，卻聽勁氣有如奔雷，轟聲不絕，地面也是一陣劇烈震抖，飛沙走石，威勢確是甚為駭人，教常人見之定會心神俱裂。

但可惜任橫行眼前全是一眾絕頂高手，只聽得劉邦嗤笑一聲，也學任橫行樣的大聲道：「化功大法一重大功力！」

只見他施出習自司馬穰苴所傳秘笈中的「雲絕掌」，一朵朵雲狀勁氣連綿不絕的向任橫行擊來的金剛勁硬接過去。

「轟轟轟」一連聲勁氣粗觸的巨響，教人聽了心浮氣動。

任橫行被擊得「蹬蹬」的連退了三四步，瞪著大眼望著身體只是微微晃了兩下的劉邦道：「不可思議！真是不可思議！這小子……怎麼可能呢？化功大法？這不是千多年前日月神教的獨門神功嗎？你小子怎麼會這種邪功？你是不是近來吸去了大批高手的內力，所以才具有這等功力？」

劉邦哼了聲道：「是不是關你屁事啊？你的內力方才已被我吸了四分之一左右吧！還好你見機撤招得快，要不本少爺就吸光你的功力，讓你變成一條死魚！怎麼樣！還打不打？要打的話，本少爺就用你方才被我吸過來的四分之一金剛勁敵你四分之三的金剛勁，有沒有膽子接受我的挑戰啊？」

田霸此時已躍到了任橫行身邊，關切的道：「大哥，你怎麼樣？」

任橫行沉聲道：「這小子的武功的確有些邪門，我的內力被他吸些許去，咱們可得小心著應付！方才他吸我內力時，讓我發覺他只有手太陰肺經和兩間的膻中穴以及乳下的期門穴可以吸取人的功力，我們儘量的不要去觸接他的這些穴道，同時在他發功時不要和他對峙，就可避免功力被吸的。」

劉邦聽得心下敬服不已，暗忖任橫行的確是個武學奇才，他自連吸了岷山老大和任橫行的功力後，也發現了這種情況，自己只有手太陰肺經和膻中穴、期門穴三處可以吸收他人功力，可想不到任橫行一招之後竟也能明白。

不過，自己只要以後學會了移穴換位的功夫，不就可以全身任何一處穴道皆可吸納他人的功力？嗯，以後要向項大哥討教這門功夫！

劉邦正如此想著，田霸似有些不相信的望了他一眼，沉聲道：「好！就讓我來會會三弟的奇功吧！」

說著，身形一閃，疾若靈蛇般向劉邦擊來。

劉邦對這田霸還略俱好感，因他到現在還叫自己「三弟」呢！當下沒有出身還擊，只轉開「迷幻十變」的身法閃了過去，笑道：「二哥有情有義，小弟就讓你三招好了，以報我們當日的結義之情，免得說我劉邦不講道義！」

劉邦不說這話還好，說了這話讓得田霸認為劉邦在小視他，氣得大吼一聲，「鏘」的一聲拔出了兵刃，怒喝道：「讓我三招？好！老子就讓你死不瞑目！」

招式勁風嘯嘯，疾若閃快，猛若奔雷，實不差任橫行的橫煉金剛身！

劉邦迫得險險遭劈，手忙腳亂，口中大叫道：「狗咬呂洞賓不識好人心！我只念著結義之情才讓你三招啊！好，現在三招已過，咱們結義之情也已了，本少爺要出手了！」

言語間，腳踏雲絕步，身若行雲流水飄忽不定，而使項思龍新近授予的「天殺三式」，一時間與田霸鬥了個難分難解，還是劉邦劍法初學，不能發揮出其十足的威力，再加上只使出了六成功力，所以田霸才可支持至了二三十招，可已是被劉邦迫了個手忙腳亂。

群雄見劉邦武功也是如此了得，紛紛哄然為他喝采，圓正大師喧了聲佛號道：「自古後浪推前浪，一代舊人換新人！看來當今武林真是沒有我們這些老傢伙的立足之地了！不過，卻也是我中原武林的幸事呢！阿彌陀佛！」

青松道長也邊看著打鬥場中的劉邦邊慨歎道：「這也就叫做後生可畏吧！我們中原武林自楚源盟主之後，又是後繼有人了！」

二人說著時，任橫行突地也加入了戰團，向問天面色一變道：「以眾敵寡？好不要臉！還說什麼縱橫十三郡的瘟神呢！」

說著，就欲閃身去相助劉邦，項思龍卻知劉邦連阿沙拉元首那等絕世魔頭也可擊殺，這任橫行和田霸二人自也不是他之敵了，為了讓劉邦在眾人的心目中樹立威信，當即揮手止住了向問天，淡笑道：「不用！劉邦還可應付得了此二人！」

向問天聞言愕然止步，似有些懷疑的望了一眼在任、田兩二人夾攻下顯得有些力所難及的劉邦一眼，心懷異情的在一旁駐步觀戰起來。

此時群雄已在山項布好了防備工事，又有不少人下了山來，雲天一鶴就在其中，見劉邦能力敵任、田二人而不敗，不禁暗暗咋舌，慶幸自己沒有找他麻煩。

不少秦兵這時也已攻上來了，見得激烈的打鬥場面，都不由止步觀戰起來，同時心下暗驚，想不到自己等所要對付的敵人當中竟有連任橫行和田霸合力也擊不倒的對手，方才攻山的鬥志不由一挫，膽小者更是已在思量著到時怎樣裝死逃命來。

在後方押陣的曹秋道不多時也上山來了，在他身後跟了大批重裝步兵，身著盔甲，手持大盾者有上千之眾，後面是弓弩手和手執長矛的攻擊手，陣容甚是壯大。

項思龍看得臉色一變，對方這麼強大的陣容，己方雖是武功高強者不乏其人，但硬拚起來，卻也是必敗無疑，看來此戰只可智取不可力敵了！

擒賊先擒王，先拿下曹秋道和任橫行、田霸幾人再說！

心下想著，當即低聲對圓正大師等低聲吩咐一番後，身形倏地閃出，口中高喊道：「邦弟，速戰速決！擒下任橫行和田霸！」

言語間已是拔出鬼王劍，人劍合一，如一道血光般向任橫行擊去，劉邦自然配合單戰起田霸來，手中攻勢已是凌厲一倍有餘，擊得田霸只有招架之力而毫無還手的機會，身上更是多次中招。

任橫行更是在項思龍的突然襲擊之下，一舉而被項思龍制住了穴道。

曹秋道見得此景，心下大震，這兩人是何來頭？連無敵雙英也不是他們一擊之敵？

心下想著，當即下令秦兵進攻，眾秦兵雖是懼怕，但軍令如山，如不聽令，就有被誅九族之危，當下也只得硬著頭皮向項思龍、劉邦等圍攻過去，但還是有若潮水般向眾人一批一批的圍撲上來。

劉邦這時也已擒下了田霸，項思龍手提任橫行沖天而起，衝躲在隊伍後面指揮的曹秋道大喝道：「曹秋道，快下令你的人馬停下進攻，否則瘟神我就要他變成死神了！」

說著手掌一舉勢欲拍任橫行腦袋。

曹秋道只靜默了片刻，卻又突地怪笑道：「無敵雙英能為我大秦捐軀，也算是他們的福份！他們既已敗在爾等手下，活該處死！你要殺便殺吧！本國師今天不會放過你們這幫反賊的！我要殺光你們，為無敵雙英報仇！」

項思龍想不到曹秋道如此陰險歹毒，氣得怒喝一聲，當即集掌力拍下，只聽得「啪」的一聲，任橫行的腦袋有若西瓜被擊破一般炸開。

這一生作惡多端的瘟神也終於就此了結了此生！

但是他死得安心死得瞑目嗎？連項思龍的身分也不知道，曹秋道更是豬狗不如的不顧惜他的性命！瘟神一定是死不瞑目的了！

不過這樣一個殺人狂魔死了卻也是天下之大幸吧！

項思龍揮手一道劍氣，殺死了圍攻劉邦的十名秦兵，又飛身提起田霸，衝曹秋道喝道：「好！本少爺今天就大開殺戒吧！」

說著手中鬼王劍一閃，田霸已成了個無頭之軀，而連眼睛也未來得及閉目，慘叫聲剛發出一半，嘴巴也未合上的田霸人頭，在項思龍再次大喝聲中已被他揮掌疾射向了面色陰冷的曹秋道，「送給你吧！」

曹秋道知道田霸人頭已暗含了對方輸入的勁氣，不敢硬接，當下提劍向田霸人頭發勁擊去，可當劍剛觸及田霸人頭時，只聽得「波」的一聲，田霸人頭口中倏地吐出一道罡氣，「噹」的一聲，他手中長劍被這道罡氣給擊斷，人也震得暴跌落地成了個滾地葫蘆，可禍不單行，田霸人頭又已接踵飛至，只嚇得曹秋道暗叫「我命休矣」時，田霸人頭卻倏地在他上空二尺來高處炸裂，肉漿腦漿鮮血頓然濺了曹秋道一身。

哇咔，聚物含功？不！遠不止於此！

這……這到底是什麼怪異神功嘛！太不可思議了！

其實項思龍這手人頭嚇國師的功夫，乃是記起上官蓮曾對自己無意說起的「真氣冰彈」一話，把真氣凝注入田霸人頭之中，時間掌握恰到好處的讓人頭裡暗藏的真氣依計畫發射出來，這份心計確是教人不可想了，簡直可比擬現代電腦嘛！

曹秋道在旁邊秦兵的扶持下站了起來，驚魂未定的呆望著項思龍道：「閣下是誰？江湖中以前似未有你這麼個年輕高手？」

劉邦哂道：「他就是我大哥項思龍啦！賣主求榮的老東西可記住了！」

曹秋道聽了又驚又怒的道：「你就是項思龍？好，我正要找你呢！說！你對解靈動了些什麼手腳？竟然讓他不再聽命於我，而且跟他娘善柔一起離開我，今天老夫要跟你拚了！殺！殺！殺光這幫反賊！擒住項思龍者賞黃金萬兩，賜世襲王侯！快上啊！殺光這幫反賊！」

曹秋道雙目發紅，歇斯底里的狂叫著。

看來他真是很氣項思龍了，對解靈他看來也是有著深厚的感情。

重賞之下必有勇夫，雖然明知項思龍不好惹，可橫豎都是死，還不如碰碰狗屎運的好！聞令之下大批秦兵當即如群蜂趕集般向項思龍層層湧去。

項思龍因不知善柔、解靈母子怎麼樣了，心下焦急，惱怒之下提起十層的不死神功功力揮劍發出，卻見劍光有若一條條血龍般漫天飛舞，所過之處無不披靡，秦兵根本沒有任何還手之力，就紛紛倒下，不多時就被項思龍殺出一條血路，漸漸逼近了曹秋道。

秦兵都被項思龍的瘋狂殺戮給駭得膽都快破了，若不是因軍令壓著，怕不早就作鳥獸散逃而去，但卻也只是重重包圍著項思龍，而不敢近得他身圍三尺之內，當他每走一步，眾秦兵卻也是後退一步，情形甚是怪異。

曹秋道見得項思龍的殺人手法也禁不住有些心寒了，呆了呆又強令秦兵進擊，自己則招了大批劍派的好手在旁保護自己。

想不到當年名震七國的「劍聖」曹秋道也有需要人保護的時候！可也真是可笑可悲又可憐！但也確實項思龍現刻身上所釋發的森寒殺氣和他的絕世神功太讓人膽寒了，沒有人見了他這刻的殺人手法而不為之色變的！

死在他手上的秦兵，怕不已有數千之眾！

其實這也難怪項思龍，他近來心情的積鬱太過重了，讓得他有些不能控制自己情緒的大開殺戒起來，或許也與日月天帝融入他體內的元神有關吧！

圍攻劉邦等人的秦兵此時也都已給嚇呆了，沒有再向他們攻擊。

圓正大師喧了聲佛號道：「阿彌陀佛！佛曰：我不入地獄誰入地獄？項少俠被迫殺人，其過無罪，望佛祖饒恕他吧！」

劉邦、向問天、鍾離昧此時也都被項思龍的大屠殺給看得呆了。

只見劍光一起，血光便現，慘叫便起！

地上已堆滿了秦兵的屍體，說是人間地獄也不為過份！

因為斷頭、破肚者數之不清，只聞血腥沖天，讓人目不忍睹。

終於項思龍已站立在有些呆了的曹秋道面前，滿身是血，一字一字的道：「曹秋道，你到底下不下令撤軍？還有，解靈母子你有沒有把他們怎麼樣？」

身體本是有些發抖的曹秋道聽得項思龍後半截話，似又看到了些許生機，強作鎮定語音卻是極不自然的道：「我……我下令撤軍！但你……不要殺我！我放……放過解靈母子就是了！但你要陪我去咸陽的劍道宮，因為解靈為了不讓我殺他母親，啟動了劍道宮地下秘道的封閉機關，連我也無法開啟，那……那是一個死亡機關，封死了地下秘道所有的進出口，你……或許有辦法救出他們！」

項思龍聞言心下又驚又急，因為他懷疑解靈是自己同父異母的兄弟，如他和善柔伯母出了什麼事情，不但無法向父親項少龍交代，自己也會不安於心。

只不知曹秋道這話會不會有詐？是不是想算計自己？

不過管他的呢！在這古代，便是魔宮地獄自己也敢去闖他一闖！

如此想著，當下冷笑道：「好！我隨你去咸陽劍道宮！」

劉邦這時也回過神來，聽得這話忙道：「大哥，小心這老狐狸有詐！」

項思龍嘴角浮起一絲冷酷的笑意道：「除非他曹秋道是不想活了！如他敢使詐，我就殺光他劍道宮的人，一個不留！」

劉邦也知無法勸阻項思龍，當下道：「那我陪你去！」

項思龍沉吟一陣，想著也需有個人來傳訊給瘋和尚，若是自己延誤了時日，也好讓劉邦提前通知瘋和尚，要知道尋找父親的事情才至關重要！當下點了點頭道：「好吧！邦弟就隨我去咸陽，岳父留在客棧等瘋和尚他們！」

管中邪聽了有些不情願，但也明白項思龍這般安排的意思，也只得不言了。

向問天這時也道：「不知項少俠可需我等幫忙否？」

項思龍搖頭道：「謝過好意！不用勞煩諸位了！我們就此別過吧！此地是秦軍勢力範圍重地，大家也還是各自回山的好，免得給了秦軍以可乘之計，中了他們的算計！要知明槍易躲暗箭難防，各位也還是小心些的為好！」

圓正大師舉掌合什道：「項少俠說得極是！但少俠就任盟主一職，重建武林盟一事……不知少俠準備何時發令舉行呢？」

項思龍正待答話，卻突地又聽得山下傳來一陣殺喊之聲。

第四章　重返咸陽

包括曹秋道在內的所有人聞聲都不禁為之一震。

又有什麼勢力殺上這達摩嶺了呢？看來今天的怪事兒倒也挺多的嘛！

項思龍虎目殺機又起，在這古代以殺止殺是最好的解決問題方式了，反正殺了人又不用坐牢。

眾人正舉目顧盼間，卻見一秦兵將領慌慌張張的跑上山來，見得遍地狼藉的屍體，臉色更是發白，到了曹秋道身前，連躬身行禮也直打哆嗦道：「稟……稟國師，大……大事……不好了！趙高丞相帶領人馬殺……殺上來了他……他說我們……聚眾意圖謀……謀反！」

曹秋道剛被項思龍嚇了個屁滾尿流，聞言先是一怔，接著是氣不打一處來的猛摑了這名軍官一記耳光道：「你他媽的是飯桶啊！他殺上來，你們就阻止唄！」

軍官苦臉道：「這……國師！是趙丞相啊！他……他……我們……」結結巴巴了老半天，卻是沒有說出一句話來，只氣得曹秋道又摑了一記耳光，怒喝道：「他是丞相又怎麼了？老子是國師！權力比他小嗎？快傳令下去，全力阻殺趙高他們！殺死趙高者有重賞！他奶奶的，說老子意圖謀反，他趙高才是狼子野心！想藉故除去老子！他趙高還沒這個能耐！」

項思龍也想不到是趙高帶人殺上來了，這傢伙膽子可也真大，一身武功被自己封住，卻還敢來動曹秋道這隻老虎，看來他是真準備除去胡亥了！這老傢伙倒聽話得很！

心下如此想著，當即出言喝去了那領命欲去傳令的軍官，轉向曹秋道冷冷道：「曹國師，這事還是讓我來解決吧！趙丞相乃是我西方魔教的弟子，我身為魔教教主，想來應可制服他的！」

曹秋道聽得一愣，但當即又想起任橫行和田霸對自己的報告，說他們跟蹤趙高去西域時，趙高就是聯合了項思龍的人馬來對付他們的，只想不到趙高真與西方魔教有勾結，而眼前這煞星項思龍卻又成了什麼西方魔教教主，看來江湖中對這煞星的一些傳言都是真的了！

唉，真倒楣！自己好不容易才得了個天下群雄同聚這達摩嶺舉行什麼武林大會的消息，本想一舉殲滅這幫江湖人物，立下奇功一件，好向皇上邀功，同時也撈一把江湖中各大高手的武功秘笈之類什麼的，可不想出師不利，遇上了這煞星，讓自己得了個「偷雞不著反蝕一把米」！

還想什麼找這煞星算解靈不聽命自己了的帳呢！他的驚世武功，自己能敵得過嗎！雖然自己在這些年來偷練了秦始皇的驚天武學「九天神功」，可因自己不是皇者之身，始終無法突破最高峰第九重天「唯我獨尊」而不能使武功達到登峰造極之境，這也就是自己多年不敢得罪趙高的原因了。

不過，看這項思龍的武功，自己即便練全了「九天神功」也不會是他的敵手吧！哎，自己空有「劍聖」之名而無「劍聖」之實了！是自己老了嗎？

曹秋道突地感覺心靈一陣空虛，所有的雄心壯志都給淡了下去，但當想到自己晚年的淒涼時，卻又頓然對項思龍生起一股強烈的恨意。

老夫本把畢生的心血都投注到了解靈身上，只要解靈能天下無敵，我曹秋道也就不會被人漠視！現在解靈要離開我，老夫一生的心血也就白費了！都是你項思龍這小子從中作梗，你可以殺死我，但也不可奪走解靈！他可是我生命精神的寄託！

我不會放過你項思龍的！我要殺死你！我曹秋道也就可遺芳千古了！聞名天下的項思龍死在我曹秋道手上，我曹秋道能不出名嗎？

想到這裡，曹秋道臉上浮現起一抹不易被人覺察的陰毒冷笑，對項思龍的話，卻是恭謹的笑道：「一切但由項少俠作主就是！」

項思龍在曹秋道沉默的當兒，已發覺了他的異樣，感應到了他對自己隱藏著的濃重殺機，但心底卻還是不屑的冷笑道：「無論你這老狐狸搗什麼鬼，本少爺都不會怕你的！你可不是什麼歷史記載中有名有姓的人物，如發覺有異樣，本少爺可以隨時隨地的幹掉你！」

如此想來，當即也衝曹秋道神秘的詭笑一聲，給他一些暗中警告，同時身形飛出，向山下電射馳去，遠遠的就見趙高領了大批人馬，正在陣後指揮隊伍向不敢還手、節節敗退、死傷無數的曹秋道的人馬攻殺，當下身形躍空而起，施出凌空飛度的絕頂輕功，從驚呼不絕的眾秦兵飛過，掠至趙高身前，沉聲道：「趙左使，想不到咱們這麼快又見面了！」

趙高似是知道項思龍在這達摩嶺上似的，對他突然出現眼前，並沒感到多大驚詫，只拔開驚駭的望著項思龍的護衛，走到項思龍身前，躬身行了一禮後，恭敬道：「教主沒有受驚吧？屬下聞得曹秋道這老賊派人來這達摩嶺圍巢反賊，而又得知教主幾人也在這達摩嶺上，所以當即帶領人馬前來救駕了！還好教主無恙，要不屬下可就罪大了！」

項思龍聽得奇道：「你知道我也上了這達摩嶺？你怎麼知道的？你不是在咸陽的嗎？怎麼也來到了這函谷關？還有曹秋道他們……」

項思龍的話還沒說完，趙高就已答道：「這個教主也不必有什麼驚奇的！我和曹秋道都收到了探子密報，說在近日這達摩嶺將有一批武林人物群聚此地舉行什麼武林大會，所以我和他都趕到了函谷關，可屬下於日前無意間發現教主幾人在這函谷關一帶遊玩，於是派人暗中喬裝保護你們，當然教主天下無敵，是不需人保護的，可這也是屬下的一番心意嘛！

「今晨據報教主幾人上了這達摩嶺，屬下暗下叫糟，可曹秋道這傢伙已經沒跟我商量，就已發兵達摩嶺了，屬下情急之下，當即也召集了一批人馬前來救駕！還好，教主沒事！

「這……不知山上情況到底怎麼樣了呢？曹老賊他們……嗯，教主，屬下有一計，我們就此機會除去曹秋道、任橫行和田霸他們，胡亥沒了這幾條左臂右膀，要除去他可就易如反掌了，不知教主意下認為如何呢？」

項思龍擺了擺手道：「任橫行和田霸二人已被我殺了，曹秋道麼，他目前還有一點利用價值，但也不會活得長久的，你放心去做你的事好了！」

趙高聽了大喜道：「有教主親自出馬對付曹老賊他們，屬下自是放心！不過，事成之後解藥……還請教主能賜予屬下！屬下會為教主誓死盡忠的！」

項思龍聽了突地怪怪想道：「嗯，如不是你這傢伙是歷史註定要死的，倒確是個討人喜歡的忠實奴才，本少爺也確不忍心殺你，不過，沒辦法的了，即便我不殺你，歷史也饒不了你的！你這等亂國亂民的禍患，死了也是天下之福！」心下想著，口中卻是道：「我到時會給你解藥的！嗯，這次我要與曹秋道同返他劍道宮，你派人暗中嚴密監視曹秋道行蹤，如得我命令，立即配合我行動！」

趙高聽說能有解藥就已歡喜得了不得了，當下連連應是道：「能為教主效忠乃是屬下的福份！屬下定謹遵令諭，嚴密監視曹老賊的！」

項思龍滿意的點了點頭，忽地望了旁邊的秦兵一眼，正待說話，趙高就已會意過來，頓忙道：「他們全是屬下的死心腹，不會有問題的，教主放心是了！」

項思龍「噢」了一聲，心想道：「難怪趙高敢肆無忌憚的與自己談殺曹秋道、胡亥等大膽話題了，原來這些人全都是他死心腹，看來實力還真不小嘛！他身旁這十多個護衛武士雖不是絕頂高手，但看上去也是一等一的好手了！」想著時，口中也道：「這就好了，你下令退兵吧！我要去與曹秋道交涉了！這裡的武林人士奉了本座為中原新任武林盟主，你也不要再打他們主意了！」

趙高連連應是的媚笑道：「恭喜教主！賀喜教主！榮登武林盟主之位！」

項思龍不置可否的笑笑，也不想再與趙高這等奸邪之徒多說什麼，當即又運功飛起，向山上飛去，那絕妙的身法，只看得所有秦兵都目瞪口呆。

項思龍飛回群雄身邊時，山下的喊殺聲已漸漸退去，圓正大師、青松道長、何問天，還有鍾離昧都怪怪的看著項思龍，愈發感到項思龍深不可測。

想不到項思龍與趙高這等權傾朝野的秦朝高官也有交往，可不知他是正是邪？

項思龍對眾人的怪異目光付以溫和的微微一笑，道：「諸位心裡對在下定有許多的疑惑了，但在下現在已無暇向諸位解釋這個中原委！在下現有他事要辦，與各位就此別過，至於新任武林盟主一事，待日後再說吧！」

說罷，與圓正大師等一一施禮別過，當到至鍾離昧身前時，伸手搭了一下他的肩頭道：「鍾大俠，你主帥是位英雄，並不是小人，他施計對付宋義也是有不得已的苦衷的！身為少年英雄，空有一身凌雲壯志而不能施展，也難怪他想除去宋義！你回去好好的相助你們主帥吧！終有一日你會發現他的偉大之處的！」

項思龍這話似是顯出他極為瞭解項羽似的，讓得鍾離昧一陣沉默後道：「謝謝項少俠指點！我鍾某會依你之言去做的！」

項思龍聽了大是放下心來，但同時又有一股沉重感覺，望了劉邦一眼，不禁喟然一聲長歎。

唉，自己這到底是在做什麼呢？鍾離昧是項羽將來的得力大將，是劉邦將來的勁敵，可自己不但不打擊他，反而勸他回到項羽身邊，自己這樣做到底是對是錯呢？

歷史啊歷史，你可真是一個大包袱！我何時才能放下你呢？

項思龍的目光顯得有些迷離起來，直到劉邦和管中邪過來依依不捨的與他道別時，才斂回心神，苦然的笑了笑，衝二人道：「又不是生死別離，何必那麼悲傷呢？岳父，你多多保重了！我和邦弟會儘快趕回來的！」

言罷，又對曹秋道冷冷道：「咱們上路吧！」

重返咸陽，讓得項思龍心下感覺沉沉的，似是興奮又似是沉重，總感覺將有什麼重大事情將要發生似的，果然剛至咸陽，在曹秋道劍道宮研究地下秘道開啟之法而始終沒有進展的第五天，當項思龍和劉邦出來在街上消悶蹓躂時，就聽了消息說，宋義被項羽所殺，搶奪了楚軍上將軍之職，同時在鉅鹿與秦將章邯大軍發生了首次大規模戰爭，章邯手下大將王離被項羽所擒，赤角被項羽所除，秦軍死傷不計其數，主將章邯被迫收拾十多萬殘軍敗北退守在棘原一帶，項羽聲勢已如炎日當天，名聲響震天下，讓述說這消息的人既是崇敬又是畏懼，但還是興致勃勃，說得眉飛色舞，手舞足蹈，而聽者則是大驚失色又不忍不聽。

聽得道旁一茶館中的一個中年老者對在旁的二十幾個旁聽者滔滔不絕的述說著這次鉅鹿之戰的事情，把項羽的神威簡直吹捧上了天。

項思龍和劉邦也是無意聽得項羽之名時才駐足細聽的。二人心下各是波瀾起伏，但又思想各不相同，項思龍邊聽邊思忖道：「想不到這麼快鉅鹿之戰就發生了，項羽從此尊定了他在中原眾路義軍的霸主地位！可邦弟呢，現在卻還在自己身邊閒逛！也不知張良他們領導邦弟的大軍情況怎麼樣了！依歷史記載劉邦大軍也在此時獲得了不少勝利，過不了多長時間就要攻入咸陽來了！自己可得讓邦弟儘快回到軍中去，否則，歷史說不定會因自己而改變！」

劉邦卻是又一種想法，他奶奶的，項羽這下可發達了！打敗了章邯，威震天下，連楚懷王也蓋過了吧！我劉邦算什麼呢？心底下還妄圖做皇帝過過癮呢？看來這希望是泡湯囉！不過……能做個小皇帝也不錯啊！有項大哥為我撐腰，我奪下一片領土，自封為個什麼王的還不是一樣啊！嗯，最好是能進這咸陽來做小皇帝，這裡寶物多多，有阿房宮，有十二金人，還有咸陽宮那豪華的大住宅，還有……還有好多美女吧！

劉邦心下想得，卻突地聽得一陣急促的腳步聲傳來，卻見一支四五十人的秦兵把茶館給重重包圍了起來，同時一名軍官領著十來個秦兵闖入茶館，不由分說就把那說書老者給捆綁了起來，口中同時衝其他旁聽者大罵道：「統統帶回去！這傢伙乃是楚軍的奸細，混入我咸陽城中散佈謠言妖語惑眾，以助長楚軍威風，滅我大秦軍威，想在我咸陽城製造恐慌。

「哼，說什麼我大秦軍隊敗了？章邯將軍乃是戰無不勝的戰神，我大秦軍隊也乃是訓練有素的正規軍，怎麼會敗給項羽他們那幫烏合之眾？我秦軍只是暫時失利，章邯將軍定可以打敗各路叛軍的。

「想那陳勝王當年百萬大軍，也被我大秦所滅，那項羽才不過十數萬人馬，又算得了什麼？」

茶館中人一陣騷亂，有甚者想翻窗越門逃跑，卻全被圍在館外的秦兵抓獲，只有那說書老者倒是顯得比較鎮定，面無懼色的道：「諸位差爺，老朽犯了什麼法呢？我們在此喝茶聊天也算犯法嗎？那大秦的律法還何在？」

秦兵軍官冷哼道：「喝茶是不犯法，但我們得報你自今晨出現在咸陽城後，就一直在各處傳播前線的戰況，並且吹虛楚軍的神威，漠視我大秦威嚴，說什麼不日楚軍定會攻入咸陽來的聳聽危言，蠱惑人心，製造混亂，這就犯了叛國之罪了！」

說書老者倏地一陣哈哈大笑道：「我說錯了嗎？楚軍現在殺得秦兵屍橫遍野，大將王離、赤角一擒一死，章邯統帥被迫逃亡，而咸陽城卻照樣歌舞昇平，根本就沒有絲毫戒備之心，這樣下去，大秦能不滅亡嗎？若是章邯的殘兵再次被滅，大秦就完了，就再也無可戰之將、可戰之兵了！這位差爺，你自己還是清醒一下吧！」

這名軍官被說得臉色煞白，心底似也虛怯，又是惱羞成怒的猛搧了這老者一記耳光，打得他口角冒血，怒聲道：「不要再說了！我大秦雄師百萬，有趙高丞相，有曹秋道國師等一眾大將，怎說無兵將可戰了？你這傢伙信口開河！你瞭解我大秦的實力嗎？始皇帝創立了萬世基業，靠的是什麼？就是我大秦國富兵強！現在天下一統，舉天之下莫非王土，舉天之民莫非王臣，區區一介項羽反賊又算得了什麼？」

說書老者毫然沒被這秦兵軍官的氣勢所攝，只截然不懼的冷笑道：「大秦江山就是毀在你們這幫狂妄自大的傢伙手中的！現在天下義軍四起，秦王朝已失卻了大半個天下，還說什麼萬世基業國富兵強？章邯一敗，秦軍就只剩下一副空架子，秦王朝被滅亡的時候也就不遠了，這些冥頑不化的人只會成為戰爭的炮灰罷了！哼，跟你們直說也無妨，老夫就是項羽的大伯父項伯，你們如動了我一根汗毛，待我侄兒攻入咸陽時，定會誅你們九族的！你們可是給我想清楚了！」

秦兵軍官和眾秦兵聞言全都是臉上失色，想不到這老者真是楚軍奸細，且還是個大人物，那他在城中自也還有同黨了，自己等如抓了他，他的同黨回去告訴了項羽，待時項羽如真攻入了咸陽，自己等豈不真要被誅連九族？

項思龍聽得說書老者不屈不撓的氣態，本也心下對此人甚是敬佩，但當聽得他自稱「項伯」時，心下卻又是一陣狂震。項伯？項羽的大伯爺？他曾助過劉邦呢！

對了，據歷史記載，此人乃是岳父張良的生死之交，有一次項伯犯了人命案，全賴張良搭救，才得以活命。後來楚漢相爭前夕，項羽在劉邦手下叛將和謀士范增的煽動下，說劉邦欲稱王關中，叫項羽進攻劉邦，把劉邦大軍除去，以除心腹大患。

在項羽決定翌日進攻劉邦的當晚，項伯為報張良的救命之恩，連夜趕到劉邦的陣營，秘告張良此事，叫他迅速離開劉邦以免遭不測，不想反被張良動之以情、曉之以理的說動，使項伯不惜冒背叛項羽的大罪，為劉邦說情，才使劉邦大軍得以僥倖，但後來被項羽邀至鴻門赴宴，也即歷史上的「鴻門宴」，又是項伯巧用身體擋住項莊刺殺劉邦，救了劉邦一命，那這項伯將來可是劉邦的救命恩人哪！自己可得助他脫過此次險關！

心下如此想來，當下一提功凝神戒備，以準備隨時相救項伯。

現在項思龍有趙高這「保鏢」，曹秋道又怯了他，這幾日也不知在搞些什麼鬼，終日不見他人影，項思龍即便在咸陽城大吵大鬧，也是沒人敢動他的了！

胡亥只是一個傀儡皇帝嘛！朝中大臣又分別是趙高和曹秋道兩黨的走狗，又有誰能動得了項思龍這身分特殊的人呢？且還不說他武功高強了！

正當項思龍凝功準備出手相救項伯時，突地又兩人竄進了茶館之內，其中一人赫然是騰翼，另一人項思龍卻不識得，較年輕，但顯見也是個高手。

只聽得騰翼護在項伯身邊，沉聲喝道：「不怕死的，就上來吧！」

眾秦兵本是都被項伯的威脅給嚇破了膽，現見得他又果有幫手，且是兩個看似身手不弱的漢子，還不知有沒有其他隱伏的幫手，更是嚇得連身體都顫抖了起來。

那秦兵軍官似冷靜些，想到自己如公然放過這眾反賊，若被上頭知道了，怪罪下來，可也是殺頭抄家之罪；如擒住了這眾反賊呢，那自己可就發達了，因為對方有項羽那邊的大人物項伯在嘛！橫豎都是或許要死，那還不若拚一拚，擒下對方，自己發達，哪怕是一時好，總好過既沒發達又沒命吧！

這軍官如此想著，強行打起了幾分精神，咽了兩口吐沫，衝身邊哆嗦的秦兵大喝道：「怕什麼？他們只三人，我們有四五十人呢？擒下這眾反賊，不要聽他們的胡言亂語和威脅！如有後退者，誅他九族！如擒下他們，大家發達！兄弟們，並肩子上啊！」

這軍官這話倒也真有幾分威力和吸引力，眾秦兵聽了也都意識到了自己等進退兩難的困境，那還不如拚一拚。當即都拔出了腰間佩刀，把項伯三人包圍在中心，倒也有幾分氣勢，讓得眾秦兵都定下了心來。

那些聽客則都嚇得退縮一旁，唯恐禍及自己。騰翼目光炯炯的一掃眾外強中乾的秦兵，冷哼一聲，緩緩撤出了腰間的墨氏木劍對旁邊的少年道：「靈兒，好好保護項叔，讓為父來解決這幫不知死活的傢伙！」

說著，手中木劍高高舉起，作好姿勢，準備隨時應付秦兵的攻擊。

眼看著一場血戰將一觸即發，項思龍不想騰翼他們把事情鬧大，當即對劉邦一使眼色，二人大搖大擺的從暗角裡走了出來向茶館走去，口中同時高喊道：「發生什麼事了？竟然在光天化日之下聚眾鬧事？」

項思龍的喝喊讓得茶館中對峙雙方的目光都向他和劉邦望來，騰翼見得項思龍，大喜過望的就欲向他打招呼，但項思龍卻邊向他使眼色邊接著喝道：「本聖士今日奉命負責巡城，想不到竟然有人在這裡鬧事？說，到底怎麼回事？簡短的說清楚！否則本聖士要你狗命！」

說著時，項思龍已步入茶館，走到了那在後正欲督陣作戰的秦兵軍官身前，目射殺氣的望著他，同時取出了向趙高要來以備不測的御賜金牌拿在手中，傲慢的在那軍官眼前晃了晃，又道：「可看清楚了，這是趙丞相所賜金牌！」

那軍官在項思龍取出金牌時已是瞪大眼睛在打量這玩意兒！這刻終於識出了真偽，嚇得面色蒼白的當即向項思龍和劉邦跪下，口中恭聲道：「恭迎二位聖士！屬下不知二位聖士大駕光臨，還望恕罪！」

劉邦衝上去突地猛摑了這軍官一記耳光，大喝道：「我大哥叫你說到底發生什麼事了，沒叫你這麼囉嗦！快說！否則老子打爛你的腦袋！」

這軍官被打得面無人色，渾身直抖，應也不是不應也不是，只急得冷汗直流了！

眾作勢欲攻騰翼等的秦兵見得自己頭兒嚇得屁滾尿流，一個個也都嚇得呆了，只提著大刀像被人定了穴道似的一個個呆望著項思龍和劉邦，動也不敢動，模樣滑稽極了，只讓得劉邦忍俊不住笑了出來，但又倏即忍笑肅容，衝眾秦兵大喝道：「他奶奶的，一個個都是木偶啊？見了我們兩聖士，竟不跪地迎接？」

劉邦這喝聲剛落，眾秦兵嚇得「撲通」「撲通」一個個都忙跪了下去。

項思龍見嚇得這幫秦兵也差不多了，當即又轉向那秦兵軍官道：「什麼事？慢慢說來吧！」

那軍官見項思龍語氣緩和了些，定了定神，忙把這事情經過從頭至尾說了一遍，就再也不敢開口了，倒也乖巧聽話得很。

項思龍「嗯」的點了點頭，衝那軍官冷冷一眼，慢慢的道：「這幾名反賊交給本聖士來對付就是了，你帶你的手下退去吧！記著，不許對旁人說起這事，免得我們的這樁功勞有人來搶，那時你可腦袋不保！」

這軍官如逢大赦，哪裡還敢說個「不」字，當即連連應「是」，在項思龍的示意下爬了起來，領了眾秦兵連頭也不敢回的狼狽溜去。

騰翼一直都心下詫異的靜看著這變故，直到秦兵退去，才望了項思龍一眼，似興奮又似有很多話要對他說似的嘴角動了動，但只說了句道：「我們有話去偏僻地方說吧！」

說著，與項伯、那少年出了茶館，還回頭看了項思龍一眼。

項思龍自己知曉騰翼心中對自己有許多疑問，同時自己也有許多的話要問他，當即與劉邦對視一眼，緊跟騰翼幾人而去。

一行人到了咸陽城北角的一處偏僻別院，院內還有騰翼這方的諸多人馬，其中猶使項思龍注意的是目中蘊藏著無限智慧的范增和英姿逼人威猛非常的青年。

騰翼走到那青年身前，語氣溫和而又恭敬的道：「羽兒，我帶一個與你一樣的少年英雄來見你了！」

項思龍聽得腦際一陣轟響，羽兒？什麼？難道眼前這青年就是……就是項羽！西楚霸王項羽？

項思龍只覺腦袋有些空白感覺，一時之間給怔愣住了。

劉邦這時的震驚也不下於項思龍，因為他是認識項羽的啊！在進見楚懷王時他與項羽見過面，並且還曾經並肩作戰過，怎會不熟識項羽呢？

不過還好，項思龍在劉邦與他重返咸陽時，為防有人識出他，所以為他易了容，項羽還不至於識得他，但對劉邦熟悉的感覺還是真的吧！

果然項羽的目光是先落在了劉邦身上，似有些詫然深思，但不多時卻又展眉淡笑道：「二伯，你所說的少年英雄到底是誰呢？」

騰翼一拉還在怔愣著的項思龍道：「就是他！曾多次救過我也救你義父的名動天下的項思龍少俠！」

項羽果然聽得劍眉一跳，但見項思龍直視著自己，還以為他景仰自己的名聲，當即面色又喜又怪的哈哈笑道：「項思龍少俠，本帥久仰你的大名了，今日能得以一見，果是人中之龍！項少俠在江湖中聲名如日中天，傳聞你武功天下無敵，有機會可要向項少俠討教討教！」

項羽這話說得甚是老氣橫秋，又一開口便向項思龍有挑戰的意味，讓得斂神過來的項思龍眉頭一煞，當即也強捺心中的緊張，淡淡一笑道：「想來這位便是名震天下的項羽上將軍吧！鉅鹿一戰，項將軍已是大有一統天下的基礎了，更是讓得項將軍的大名無人不知，無人不曉，在下今日有幸能見識項將軍，可正是在下的榮幸呢！至於在下虛名麼，卻是江湖中人吹捧的了，倒教項將軍見笑了，以項將軍的神勇，才是真正的天下無敵，在下哪敢與將軍相比？」

騰翼見二人語中各藏玄機似的，忙打圓場道：「羽兒，為叔和你乾爹不是常跟你說項少俠乃是我們的朋友麼？你爹還叫你日後要與他多多親近呢！你怎麼可以用這等語氣跟項少俠說話呢？難道忘了你爹的話了？還有為叔的性命也是項少俠所救下的！你應該對他客氣一點的嘛！」

說完又轉向項思龍，歉意的笑道：「項少俠，不好意思！羽兒就是這麼副狂妄自大的牛脾氣，你可不要介意！」

說罷，忽又似又觸起心思，臉色一黯，歎了一口長氣道：「思龍，不知你可有我項三弟的消息沒有？」

項羽本是被騰翼訓得面紅耳赤，聞得他後面這話，卻也神色緊張起來。

項思龍此刻心情複雜的搖頭又道：「沒有項將軍的消息！不過，我一定會盡力去尋他的！目前我已稍有些眉目了！」

項思龍這話讓得騰翼這方所有的人都緊張起來，連一直在細細打量項思龍和劉邦的范增也不例外，騰翼有些激動的道：「有眉目了！什麼眉目？思龍，快！快說來聽聽！」

項羽也迫切的道：「項少俠，方才我……我爹他到底怎麼樣了？」

項思龍望著項羽心情複雜的微微一笑，徐徐把自己欲去樓蘭古國尋項少龍的計畫說了出來，接著又道：「這是唯一的最後希望了！」

騰翼和項羽等都淒然的沉默了下來，項羽突地張臂高吼道：「我要去樓蘭古國！我要去尋找父親！」

騰翼身邊的少年也附和道：「羽大哥，騰靈陪你去！」

范增這時禁不住開口道：「主帥，我們此番來……大事要緊啊！可不能拖了，我們的軍隊現在急需武器裝備！否則章邯重組秦王朝各方的地方勢力，他就有再翻身的可能，我們要一舉消滅章邯大軍可就困難了！主帥可要三思呀！」

騰翼也歎氣勸慰項羽道：「大家都知道羽兒你尋父的迫切心理，但推翻暴秦，拯救天下萬民這也是你父親對你的厚望，你不可辜負了他對你的期望啊！這去樓蘭古國尋你父親的事情麼，就讓為叔陪項少俠去吧！現在前線戰事少不了你的指揮，你可已是我們幾十萬楚軍的核心動力了！」

項羽顯得有些氣餒，卻又不甘心的道：「可以把四伯王剪請出關外的嘛！有他坐鎮軍中，難道還對付不了章邯嗎？」

項思龍聽得王剪之名，心下一突，王剪可已算是自己岳父了呢！只不知王菲她們現在可都怎麼樣了？已快有兩年沒見面了呢！

項思龍心下想著時，騰翼衝項羽苦笑道：「你四叔會出馬嗎？他的牛脾氣比你還僵，你爹在剛出關時就邀他一起出關，可他始終沒答應！羽兒，還是聽我勸吧！讓為叔去就夠了！」

項羽這才沒有再爭，只面色顯得甚是痛苦，可見他對項少龍感情之深。

項思龍看著只覺心下有些激動和無奈，還有刺痛。

項羽也是個有血有肉的人啊！歷史上他是個不敗戰神，說他有些近乎冷血，但從他對虞姬堅貞不渝的愛中，不也可以看出他內心深埋的感情麼？

他是自己的義弟，也是劉邦的義弟！但……歷史卻讓得這親情要以一場悲劇結局。

這……是何其的殘忍啊！

項思龍只覺心中的鬱結讓他想大哭或大叫一場。

為何老天要給人這麼多痛苦的折磨呢？難道痛苦是這歷史的主流嗎？

父親至今生死不明，歷史的嚴酷卻又壓得自己喘不過氣來……自己到底要到什麼時候才可以功成身退，過上快樂開心幸福的日子呢？

項思龍呆望著劉邦和項羽，心下都快滴出血來。

而就在項思龍發愣的這當兒，項羽突地咬了咬唇，走到他身前，「撲通」一聲向他跪了下去，雙目含淚的道：「項少俠，我謝謝你能為我爹的事情操心了！我項羽這一輩子還從來沒對人跪求過什麼，但我這次卻求你一定要救回我爹啊！要不我打下這江山又有什麼用呢？還不是為了要向我爹證明，他的兒子也是個像他一樣頂天立地的英雄？若不是爹給我的力量支持，我項羽早就什麼勇氣和信心也沒有了，所以我求項少俠一定要救回我爹！」

說到最後，項羽竟是已泣不成聲。

項思龍的眼角也是禁不住一陣發脹，剎那間他突地覺得自己與項羽的距離一下子拉近了許多，只覺以前一直對項羽存著敵意隔閡都消散了。

激動的扶起項羽，項思龍沉重的點了點頭道：「放心吧！我會盡自己最大的力去尋找項伯父的！倒是項將軍應以當前應敵為重才是！」

項羽露出一絲純真笑意的感激，握住了項思龍的雙手。

騰翼也只覺心中有一種怪異的感情在升騰著，他是知曉項思龍與項少龍的父子關係的，可項少龍嚴囑他絕對不許說出去，他不知道這兩父子之間到底存在著什麼隔閡，難道是為了劉邦和項羽嗎？

他們二人同為反秦義軍的將領，大可以大家齊心協力抗秦啊！這樣大家豈不可以開開心心的相處在一起了！也不知三弟為什麼那麼神秘固執，對劉邦這人竟然那麼仇視，三番兩次的密令自己帶人去刺殺，可又不告知自己刺殺劉邦的原因，且不許自己把刺殺劉邦的事告訴項羽，這裡面到底隱藏著什麼秘密呢？

難道三弟與項思龍有仇不成？他要刺殺劉邦就因劉邦是項思龍的結拜兄弟？總不成是三弟與劉邦有仇吧？劉邦可只不過是個二十來歲的小夥子啊，三弟與自己等隱居塞外草原也有十多年了！

這裡面到底隱藏著什麼秘密呢？騰翼想痛了腦殼也沒想明白，他只覺得愈與項思龍接觸，自己就愈喜歡他和敬服他，對於三番五次刺殺劉邦的行動不但不氣恨，反而感覺有一絲莫名的欣慰。

當然，這些都是他心底深埋的東西，從沒有對人講過。

現在見得項羽和項思龍如此親熱，他心裡只覺甚是高興和激動。

為什麼要打要殺呢？這樣不是更好嗎？三弟要是能與思龍也化解他們心中的那道神秘隔閡就好了！唉，他們父子其實都相當關心對方，可偏偏要……

心下想著，騰翼拍手笑道：「這才對嘛！大家應和氣一點！哦，對了思龍，聽說你與那狗官趙高……這到底是怎麼回事？」

項思龍收回心神，心情顯得少有的輕鬆道：「這事可說來話長！」

當下把自己收伏趙高，與趙高打交道的事簡說了一遍，當然言語間儘量不提會使項羽不快的話，不提自己的一些戰績，不提與趙高的約定。

騰翼和項伯、項羽等聽得都是恍然大悟，騰翼笑道：「想不到趙高這傢伙竟是外族血統，也幸得思龍你滅去了西方魔教，要不我中原可就有得大亂了，趙高這傢伙可也就會更加興風作浪了！」

范增側目聽了項思龍的話，目光舉棋不定的望著他，似在思考什麼似的，突地拉過騰翼，附在他耳邊低聲說了一番話，騰翼聽了哈哈笑道：「范軍師對項兄弟不必有什麼顧忌的了，說來他殺死了那把元神附入你身體裡的天風令主，使軍師完全脫離出了天風令主的精神控制，可也是對軍師有恩呢！這盜金人的事麼，既然需思龍幫忙，只要我們說出來，思龍定會答應的！」

范增被騰翼這直言不諱的話給說得尷尬難堪非常，衝項思龍嘿嘿乾笑兩聲，平定了一下情緒，但還是有些不自然的道：「項少俠……這……還請不要見怪老朽對你懷有疑心，只要這偷盜秦狗用天下兵器打造金人的消息漏傳出去，讓秦狗加強防範，我們這裡的人偷不了金人不說，還說不一定將遭封城追捕，尤其是項羽主帥入咸陽城的消息傳入秦狗耳中，所將要遭的不測更是讓人不敢想像，所以老朽不得不多加小心，請項少俠多多見諒！」

項思龍聽得一愣，什麼？他們偷進咸陽原來是要盜阿房宮前的十二金人！這……那每座金人怕不有十萬金以上，怎麼盜走呢？他們盜金人又有什麼用呢？項思龍心下雖是滿懷疑惑，但臉上卻還是不動聲色的對范增道：「范軍師小心些才是的！不是有句話說『小心行得萬年船』麼？在下不會見怪的！如有用得著在下的地方，范軍師但說無妨，在下定當全力相助！」

范增聽了這話，向項思龍深揖了一禮道：「項少俠心胸寬廣，真讓老朽深為敬服！好，那我也就如實向項少俠求助了！」

說到這裡，頓了頓接著又道：「鉅鹿一戰，我們雖是獲得勝利，但是也發現了一個問題，就是章邯所統秦兵的武器裝備太過精良了，我們的武器根本也無法與之相比，如再次交鋒的話，我方會因短少兵器和兵器落後而將要吃大虧，而章邯又乃秦方猛將，秦兵更是訓練有素之師，他們的再次反撲威力也甚為巨大，所以為了平衡兵器上的缺陷，我們只好打秦狗十二金人的主意。然那些金人一座座都巨大無比，要想盜走不被發覺也非易事，最主要的是轉移秦狗的力量！項少俠乃是趙高的主人，如能有你出面疏通一下，我們盜金人的計畫進展將會順利許多，只要放倒金人，載入船中，即便秦狗再追擊，我們也就不怕了！」

項思龍聽得心下一沉，如被項羽盜走了金人，鑄造了堅利的兵器，那劉邦異日與他大軍敵對，豈不……這……如何是好呢？

也不是項思龍私心太重，只是這始終是關係歷史的大事，他不得不慎重。

劉邦見項思龍沉吟不語，頓知他的心事，眼睛一轉，當即道：「引開秦兵這自是不成問題，不過我們如此冒險，卻對我們有什麼好處沒有呢？比如說偷來的金人大家對半分？」

騰翼聽得一愣，但又似明白了些什麼，笑道：「這位兄台是……」

說著望向項思龍，似在期待他的回答。

項思龍心下早就擬定好劉邦的身分，聞言答道：「他是在下的結義兄弟劉龍，乃是地冥鬼府的總護法，這次陪我一道進入中原見識見識的！」

項思龍的謊圓得並不高明，但騰翼等也沒有深究，只聽項羽沉聲道：「原來是項兄的結義兄弟！他的話說得有理，咱們無功不受祿，就把金人對半分吧！」

口中說著卻是走到劉邦身前，目光緊緊的盯著他，並微笑著伸出手去欲與劉邦握手。

劉邦知道項羽還是看出了自己的什麼破綻，對自己有些懷疑，所以想試試自己底細，但他如今身懷絕世功力，對項羽也沒什麼怕的了，當下也笑著伸出手去與項羽握手。

項羽確定是覺得眼前的「劉龍」有些似曾相識的感覺，劉邦的影像在他腦海掠過，心下生起警覺，所以想試探一下劉邦虛實。二人手剛握住，當即默運起了六成左右的功力於指，對於劉邦的武功他是知道的，六成功力的指勁已可讓他出醜了。

劉邦心下冷冷一笑，也提升起了八層左右的功力與項羽相抗，因他服過的元神金丹具有「化功大法」的功力，所以使得項羽的內力悉數被他吸去。

項羽很快便發覺異狀，這「劉龍」不但功力深厚，並且內力怪異，竟然能吸去自己內力，那他也就不是劉邦了，心下想著，當即鬆開手來，哈哈大笑道：「劉兄弟想不到也是個武林高手，真不愧是名震天下的地冥鬼府總護法啊！失敬失敬！」

劉邦雖是化去了對方的指勁，但手掌被項羽捏得還是有些酸麻，可見項羽內力之深了，他自身具絕世功力以來，還是第一次遭挫，不禁心下有些氣餒。不過想著素有不敗戰神之稱的項羽，自己竟還是能與之一較長短，心下又有些飄飄然。當下也道：「項將軍才是教人佩服呢！在下的手指可都被你捏得發痛了！」

眾人都知項羽與劉邦方才通過握手已考較過一場，各是放下心來，項思龍是放心劉邦的身分終於沒被項羽識穿，要不項羽知劉邦也入了咸陽，不對劉邦不利才怪，要知道劉邦是父親項少龍下令他們必殺之人。不過放心的同時卻又是暗暗心驚，他也看出二人方才握手各自所使了幾層功力，項羽能用六層功力輕勝劉邦八層功力，可見項羽內力是如何的深厚，或許比之自己也相差無幾了，也不知他的武功是如何練習的。

騰翼、范增等也是放下心來，經項羽對「劉龍」的一番試探，看樣子已可證實他不是「劉邦」了！

范增這時哈哈大笑的轉過話題道：「好，我們現在來討論一下怎樣盜金人吧？」

劉邦聽了皺眉道：「金人那麼龐大，要想偷走，我看沒那麼容易！我們雖然可以疏通趙高關照一下，但金人倒下發出的驚天動地的巨響，卻不可能不讓人知道啊！秦兵發覺了有人盜金人，總不會眼睜睜的看著人偷吧？咸陽城乃是秦朝京城，雖然大秦沒落，但高手還是不乏其人的，何況還有上十萬的秦兵！」

范增道：「這一點，我們自是想過了！所以我們已經製好了牛皮筏和木製大環。牛皮堅韌，不怕利石，耐磨耐壓，所以我們可以利用牛皮筏來減低小金人倒下的聲音，並且可以利用它把金人運至阿房宮的渭河，利用水浮力運走金人。

「是這樣的，我們用最堅硬的木材造成大環，環外包上牛皮筏。木環內搭建並形軸心，派人用粗繩固定在金人身上。每個金人套上兩個木環，直徑要均等，兩個木環同時安裝，務求快捷，節省時間。同時在金人像前，再一組人以風箱灌氣入牛皮筏內，再推金人。

「在金人落點的兩個牛皮筏包裹木環處，前後安放兩組牛皮筏，卸減萬斤墜力，因為像座較重，所以下層木環應放低點，以平衡重心。為求迅速，兩組風箱要同時灌氣。這樣我們既可減小聲音，又可節省時間，還可少去金人過重留下的痕跡，只待金人滾入渭河，我們的計畫便成功了一半！」

項思龍心下不得不佩服范增的才智，此等方法盜金人，的確既可省時又可省事，但還是皺眉道：「金人極重，牛皮筏承受得起嗎？如金人被陷可就麻煩了！」

范增點頭道：「問得好！牛皮筏爆裂的可能性確是極大，但只要金人順利推倒，木環沒損，牛皮筏的第一任務已完，爆了也沒關係，只要將金人轉動，立即更新木環上的牛皮筏即可！最後一著，便是以金人為軸，只要發力推動，金人便會沿坡道滾下渭河，由於有牛皮筏吸收壓力，金人便易滾動及留下極淺痕跡。因此時正值十二月的嚴冬，地面都已結堅冰，磨擦更小，我們的計畫應可成功！」

劉邦這時也禁不住讚歎道：「好計！確是好計！」

可項思龍卻又問道：「但，怎樣控制好金人倒下的時間呢？如果太快的話，重力倍增，不論牛皮筏，甚至連木環也會當場爆裂！」

范增得意的道：「項少俠的顧慮極是，所以我早已算出一個拉倒金人而放緩速度的辦法！由於金人有十二個，分左右六個並列，正好助我們一臂之力。我們可以利用金人來緩重平衡拉力，分成三組人馬，一組負責拉倒金人，另兩組可利用金人作支點扯住，控制金人下墜速度。所以，金人應是背脊先著地。不過，遺憾的是，我們因需有金人作支點，所以只能盜走四座金人，其他的要拉倒因距離太遠，所以無法施計。可推倒四座金人，我們的氣力也損耗得七七八八了，總得留些力氣應付對不對？再說我們雙方能各得兩座金人，項少俠已發達了，我們也已足夠打製大量精良兵器。」

項思龍拍掌擊好，但還是提出了心中最後一個問題道：「金人沉入河底，又如何運走呢？」

第五章　驚人之舉

項思龍的話剛說完，劉邦這次卻是搶答道：「浮力！只要派人潛入河底，將金人縛上牛皮氣囊令其浮沉，捕魚般以船拖行，便大功告成也！」

范增笑道：「劉兄弟說得不錯，運走金人便是利用水的浮力！只不過，這一絕計都是需以不驚動秦方為前提，要不他們大批人馬一到，又封鎖河道，我們要想全身而退便很不容易！不管怎麼說這裡是秦人的地方，我們不能與其正面對敵，所以還得全仗項少俠的幫忙，轉移秦人的注意力。」

項思龍沉吟了片刻道：「好！這事就交給我吧！我當盡力而為的！不過，如此一來，只怕我身分洩露，也再難在這咸陽城待下去了，因為曹秋道這傢伙對我深懷敵意，而解靈和善柔伯母還被困在這廝手裡，所以我得先救出他們再說！」

項思龍這話剛一出口，騰翼、項羽就都臉色大變道：「什麼？善柔伯母她……這……項少俠，我跟你一道去救人吧！」

要知道善柔可說是項羽的岳母大人了，而解靈則也是他的表弟——善柔與善蘭是姐妹嘛！怎叫項羽不擔心呢？

自義父項梁在定陶被迫自盡，項羽就深受痛失親人的悲痛，而父親項少龍在西域被龍捲風狂襲失蹤，更讓他的心都在滴血，他已發誓，從今以後，決不再讓自己的親人受到傷害，可現在……項羽的心，自是焦急緊張起來了！

項思龍卻苦笑道：「不用了！他們被曹秋道關進了他劍道宮的地下秘室裡，秘室通道全被封死，我已搜尋了好幾天了，仍是沒發現，所以項兄弟著急也是沒用的，曹秋道目前已受我威脅住了，所以我可以自由出入他的劍道宮，也可在宮中到處走動，營救解兄弟和善伯母的事，還是讓我去做吧！待我救人之後，再與你們聯絡計畫盜金人的事情！」

騰翼點了點頭道：「項兄弟可要小心些，曹秋道那老賊老奸巨猾，可不能不防！」

項思龍淡笑道：「我會小心的！咱們就此別過吧！後會有期！」說罷，領了劉邦與眾人一一別過，臨走前深深的望了項羽一眼。

項思龍的心情非常沉重，回到劍道宮，曹秋道卻終於出現了，那怪里怪氣的模樣，讓項思龍真有一股想一劍殺了他的衝動。

曹秋道走到項思龍身前詭秘的笑道：「項少俠，可找到救人的辦法沒有？」

項思龍心情不好，沒好氣的道：「如救不出解靈和曾柔，我殺了你陪葬！」

曹秋道聽得顫了顫，卻是突地哈哈大笑道：「殺了我陪葬沒關係，只怕有許多武林同道卻要與我陪葬了！項少俠不會眼睜睜的看著他們死吧！」

項思龍聽得一顆心直往下沉，冷聲道：「你這話是什麼意思？」

曹秋道不緊不慢的道：「沒什麼意思！只是圓正大師、青松道長和向問天他們不小心落在我一位朋友的手上，如果我出了什麼事，我朋友自會為我報仇的了，那幫武林中人可能就是受害者了，誰叫項少俠是他們的盟主呢？」

項思龍聽這話，心下大震，恨聲道：「你……施了什麼詭計抓住了他們？曹秋道，我曾告訴過你，如你使什麼花招的話，本少爺會讓你死無葬身之地！」

曹秋道卻也發狠的道：「橫豎大秦王朝也快完了，我的榮華富貴也就完了！死！我怕什麼？我曹秋道活了近百餘歲，死了也沒什麼大不了的！但是我要死得轟轟烈烈，項思龍，你偷走了解靈的心，讓他背叛了我，我巴不得食你肉飲你血！在達摩嶺我好漢不吃眼前虧，對你低聲下氣的忍了下來，為的還不是報復你？嘿，你著趙高的人來監視我的行蹤，幾個膿包對付得了我嗎？

「項思龍，你還是乖乖的給我束手就擒吧！我要你生不如死的作我曹秋道的走狗？這裡是一顆『噬心丸』，比之趙高的什麼迷魂丹之類的藥物可是厲害萬倍，它乃是用萬毒之王——七步金線蛇的毒液煉成，配合以九九八十一種罕世奇毒混合一起，乃是當年與道魔尊者和乾坤真人齊名的七絕毒王無涯子窮畢生心血研製出來的，我知道你降服了兩隻金線蛇，且服下了天下七絕中排名第二和第四的七步毒蠍和冰蠶，一般毒藥根本就對你沒什麼效用，所以不得不拿出我的珍藏，想來你項思龍即使武功天下無敵，也無法解去此毒的吧！」

說到這裡，一陣狂笑後，接著又道：「如果你願意眼睜睜的看著圓正大師他們死去的話，那我曹秋道也便認命了！來人，把那幫反賊帶出來！」

話音剛落，卻見得一隊秦兵果真押出了圓正大師等三十餘人，項思龍又驚又怒又急時，卻看著一個披著散髮，渾身散發出一股邪惡之氣的黑衣人趕了出來，因他長髮掩面，所以無法看清他的面目，曹秋道這時卻揭穿了他心中的謎團道：「秦始皇當年能一統中原，還不是因他手下奇人眾多，所以他統治天下的期間天下太平。胡亥這無能的昏君一上台呢，秦王朝內部當即四分五裂，所以才給了陳勝之流的反賊以可乘之計，興風作浪。這或許也叫作秦朝氣數已盡吧！秦始皇座下的頭號殺手種子，卻是他！名號黑鷹，七絕毒王無涯子的後人！一身毒功得傳他先輩精華，堪稱天下無敵！當年始皇伏黑鷹費了九牛二虎之力，不知讓多少武士死於非命，才查知了黑鷹的弱點。

「便是在月圓之夜雞叫時分，會痛不欲生，毫無反抗之力，始皇得著這秘密後於是抓住這點制伏了黑鷹，黑鷹本是生活在一個終年不見天日的黑谷裡，以吃各類毒蟲為生，所以患上這種怪病。

「始皇制伏他後，施法鎮住了黑鷹體內的毒性不再發作，並且對之施以色利誘之，黑鷹對利毫無興趣，對色字卻是興趣甚濃，始皇投其所好，自此黑鷹也便對始皇盡心盡力。

「因始皇早就看出了趙高這傢伙野心，所以沒把他親自訓練的這些殺手交由趙高管治，而是交給了我來統領，任橫行和田霸只是始皇訓練出的二流殺手，黑鷹才是真正的超級殺手，他舉手投足皆可取人性命，這次我被迫施出這張皇牌，便是為了對付你項思龍。

「始皇本對我說過，黑鷹的威力太大，並且魔性甚重，著我最好少動用他，否則便有玩火自焚的危險！但我曹秋道要完了，他秦王朝也要完了，我還管他那麼多呢！玩火自焚就玩火自焚吧！至少他可以為我殺了你洩很，這世上也會永無寧日！哈哈，項思龍，你身為天下人所景仰的俠士，不會見死不救吧？不會視天下蒼生的性命於不顧吧？要作英雄麼，你就給我服下這顆噬心丸，我就可考慮不放出黑鷹來讓他為患人間。一切可就全看你的了！」

項思龍聽得心頭不禁一緊，可看著神情癡呆的圓正大師等，中了厲害的劇毒是無疑，只不知這黑鷹是否真有那麼厲害？

項思龍的手掌都不禁給冒出冷汗來，如黑鷹真有曹秋道所言那般厲害，那讓這等魔頭出世，這世上可就真會永無寧日了！

怎麼辦呢？這毒丸自己到底服不服下？如服了自己真會喪失本性，成為曹秋道的殺人工具嗎？那簡直太可怕！自己成為喪失本性的殺人魔王，其禍端並不比黑鷹小啊？還有歷史，還有父親項少龍……自己絕不能冒這個險！如真如曹秋道所言，自己體內的七步毒蠍和冰蠶也無法抗抵這「噬心丸」的毒性，那自己……還有八大護毒素女……項思龍內心痛苦的劇烈鬥爭，冷汗愈冒愈多。

曹秋道似看出項思龍的難以抉擇，漫不經心的泛笑道：「要做俠士自是比常人痛苦的了！項思龍，你快點考慮！再給你半刻鐘，時間到後，我便每隔盞茶光景，便下令黑鷹殺一個人！」

說罷，意是去端起了一杯茶輕品起來。

項思龍只看得目中冒火，真後悔為何沒早殺了曹秋道，現在竟讓得這等小人得意，可自己又實在是難以抉擇下來。

這時那長髮怪人突地手掌一伸，吸過一名正在為曹秋道沏茶的婢女，喋喋怪笑著，伸出那十指泛綠，長著綠毛的怪手，伸入婢女的衣襟，「嘶」的一聲，撕開了婢衣的衣衫，露出了一對雪白堅挺的乳房。

長髮怪人再次怪笑一聲，俯首向婢女雙乳吸吮過去，只嚇得那婢女尖叫起來，臉色煞白的在怪人懷中拚命掙扎，雙手拔過怪人長髮，讓項思龍終於看清了怪人面目，卻見他雙目突出，泛著螢螢綠光，一張臉上醜陋不堪有若地獄魔王，讓人見之欲吐，更讓人駭然的是他的下巴和上唇沒有肌肉，露出了森森白骨，是個妖怪嘛！

劉邦也看清了怪人面目，嚇得舔了舔嘴唇，喉嚨「咕嚕」作聲。

項思龍則是心下的不安之感愈發深切，看來這人確是個殺人魔王！

長髮怪人突地怒叫一聲，張開那森森白骨的大嘴向婢女咽喉咬去，只聽「咔嚓」一聲，婢女喉管頓被咬破，鮮血疾噴，怪人狂笑張口吸進，白骨大嘴沾上鮮血，更增幾份恐怖。

待血液吸盡，怪人拋開婢女屍體，卻不消一會，婢女屍體發出「嗤嗤」之聲，一陣白霧冒出，竟是化作了一灘碧綠血水，只剩一縷青絲。

項思龍看得心下駭極，由此可見此怪人當真是個毒王了！

屋內瀰漫著濃烈嗆人的屍臭，項思龍突地感到腰間革囊一陣騷動，心中不由一動，又不由一陣遲疑。

看來大飛、二飛這兩隻金線蛇是聞毒王奇毒之味吸引了牠們了！但牠們能對付這魔鬼毒王嗎？他乃萬毒之王無涯子的傳人吧！無涯子可是不懼金線蛇之毒，那他傳人是否也有此份異能呢？

若是大飛、二飛被怪人制下或殺死，那……項思龍心下遲疑之際，革囊中的金線蛇騷動更為厲害，並且發出了尖銳的叫聲，項思龍暗一咬牙，打開革囊，兩道金光當即沖天而起，直射向那長髮怪人。長髮怪人聽得金線蛇叫聲來，已是顯得既是不安又是興奮的四處張望，一雙綠耳朵更是豎起細聽，見是兩金線蛇突地竄向他，還是嚇得怪叫一聲，身形快捷閃快，倏地撤出一把黃色毒沙，金線蛇本可避過，但毒沙所置之處正是圓正大師等人頭上，雙雙尖叫一聲，張嘴一吸，毒沙頓然凝成兩道煙霧，被牠們吸入體內。

長髮怪人見了又驚又喜，倏地又自懷中掏出了一個天蠶絲網，目光一瞬不瞬的盯著兩隻金線蛇似在待勢捕捉。

曹秋道見項思龍放出金線蛇對付長髮怪人，不由又驚怒，衝項思龍喝道：「小子，快喚回你的兩隻金線蛇！要不我叫黑鷹殺人了！」

項思龍正凝神看著金線蛇的反應，對曹秋道的話充耳不聞，只冷冷道：「你叫吧！犧牲了這些武林同道，可黑鷹也會在施毒殺人之際被我的金線蛇咬死，他們也就死得其所了！若讓這傢伙出世，可不知有多少人會死在他的毒功之上！曹老賊，你就死了我受你威脅的心吧！」

項思龍已看出長髮怪人對金線蛇深懷戒備之心，看來他還是畏懼金線蛇，但也似有異能捕捉金蛇，因為金線蛇吸入那毒沙之後，似顯得有點喝醉酒般行動不靈了，只不知那毒沙到底是什麼東西，竟然可以迷住毒中之王的金線蛇！不過金線蛇又似有解毒功能，正駐空全力解毒，所以沒有向長髮怪人再次攻擊，只與之對視著。

曹秋道見項思龍態度突地如此強硬起來，又恨又惱，目中凶光一閃的衝那長髮怪人下令道：「黑鷹，施毒殺那幫武林反賊！」

可長髮怪人對他的話理都不理，只頭上冒汗身體顫抖的看著空中兩隻正全身突地發出耀眼金光的金線蛇，似在尋找牠們身上的紅斑點，可又讓他甚是失望，因為金線蛇的致命弱點紅斑點始終沒出現。

曹秋道見長髮怪人竟不聽自己命令，臉色煞白。

項思龍卻是放下了緊提的心，看來長髮怪人還是懼怕金線蛇不敢有絲毫鬆懈，也或許是一生用毒的高手見著了這等萬毒之王渾然忘卻了一切。

空中金線蛇身上的金光突地斂去，長髮怪人嚇得怪叫一聲，再也不敢與金線蛇對視，全身發抖的抛出了手中的天蠶絲網！

但金線蛇已化解去了長髮怪人撒出的黃毒沙的毒性，再次恢復了靈性不算，反顯得更加精神，可見那毒沙乃是何等劇烈之毒，對金線蛇卻是上等的補品，如對方的毒不能制牠就會被牠所吸納為己用，越毒的東西越補，越能增進金線蛇的修為。

尖叫聲隨著兩道金光在空的疾旋震人心弦，長髮怪人所拋出的天蠶絲網在金蛇的閃避之下落空，不禁汗如雨下，倏地怪叫一聲，自懷中掏出了一顆釋發著邪異魔光的黑珠，曹秋道見了又驚又喜的失聲道：「毒王魔珠！啊！想不到無涯子的舍利子真在這魔頭身上！」

說著，自懷中掏出一面古銅鏡子和一顆綠色的寶珠，衝長髮怪人高喊道：「黑鷹，快把毒王魔珠交給我！否則我用這天魔珠和毒王魔鏡取你性命！你也知道的，只要我把天魔珠發出的珠光射在毒王魔鏡上，魔鏡的反射光就可破去你的絕毒神功，讓你化為一灘血水而亡！」

金線蛇見了長髮怪人手中的什麼毒王魔珠當即尖叫一聲，飛返幾丈，不敢近得怪人的身，只在空中盤旋尖叫不已，似充滿了懼意。

項思龍心中驚駭非常，想不到這毒王魔珠的威力竟然這麼大，連金線蛇也怕它，但又聽得曹秋道威脅長髮怪人的話，心中又是一喜，巴不得他們狗咬狗。

長髮怪人氣得哇哇大叫，目光泛毒的向曹秋道射去，但他似不會說話，只怪叫著遲疑難決。

曹秋道對怪人的目光心下也是一寒，但自恃手上有克制對方之物，膽氣一壯道：「黑鷹，你如果把毒王魔珠用來對付這兩隻金線蛇，那你爺爺的萬毒神功就從此失傳了！你可要想清楚了，你雖然因內含有五陰絕脈之毒而不能服下毒王魔珠而無法繼承你爺爺的毒功，但你可以把魔珠給我服下啊！我們是最佳搭檔的主僕，乃是同出一源的魔頭，你把魔珠給我，我會視你如同兄弟的。待我他日一統天下，成為天下唯我獨尊的霸主，你不也可以有享受不盡的美女嗎？

「這樣毀了毒王魔珠太不值得了！你沒了它，對付這項小子可就難了！他體內有七步毒蠍和冰蠶兩種奇毒活物，鬥毒功你不是他的敵手，那你還是死定了！」

長髮怪人「啊」的怪叫一聲，看著手中的毒王魔珠，又看著緊張興奮的曹秋道手中的天魔珠和毒王魔鏡，驀地怒吼一聲，身形如電射的撲向曹秋道，伸手欲抓奪他手中克制自己之物。

曹秋道見了驚得慌閃身避開，怒叫道：「黑鷹，你敢作反？不想活了？」怒叫聲中把左手的天魔珠運起九天神功催逼出其珠光寶氣，天魔珠在他內力的發動下，果真綠光暈長三尺。曹秋道把右手的毒王魔鏡一舉，讓珠光射在魔鏡之上，說也奇怪，魔珠珠光頓被魔鏡悉數吸去，讓魔鏡現出了一個怪面老的頭像，頭像口中噴出凝成的珠光，如一道雷射光束般向長髮老者雙腿射去，只聽得「嗤嗤」之聲響聲，長髮老者慘叫著跌倒在地，被珠光束射中的雙腿頓然現出森森白骨，肌肉則化成了一灘綠血的血水，教人見之心中發毛。

曹秋道冷哼一聲道：「快把毒王魔珠拋給我！否則我叫你變成一堆白骨！」

說著把手中斂去珠光的天魔珠衝長髮老者一晃。

長髮老者醜陋的臉上現出既痛苦又怨毒的泛狠之色盯著曹秋道，身體劇烈的顫抖著，顯是對他又恨又怕，手中握著的毒王魔珠卻是沒有拋向曹秋道，只轉著身來，突地望向項思龍，用一種讓人聽了毛骨悚然含糊不清的怪異聲音道：「小子，毒王魔珠我給你了！只有你才配作我爺爺的弟子！望你好自為之，這裡還有一本毒王經，乃是我爺爺畢生心血所寫下的他一生的毒功，也一併送給你吧！但如我被曹秋道殺死後，你一定得為我殺了他替我報仇，否則我死不瞑目！」

說著，發力向項思龍拋來了兩物，項思龍又驚又詫的接手一看，赫然正是那顆毒王魔珠和一卷黃色舊帛布。

曹秋道見長髮老人此舉，氣得怪叫道：「老子要你的命！」說著又運功催逼天魔珠，舉起毒王魔鏡，欲制長髮老者死地。

長髮老者卻也在這當兒，狂叫一聲道：「老夫與你同歸於盡！」說罷半截身子拖著下身白骨飛起，全身上下霧氣瀰漫，直撲曹秋道。

曹秋道見了駭得魂飛魄散的驚叫道：「啊！散功大法！」

驚呼聲中頓忙舉鏡發光射向老者就要逼近的身體，只聽得「嗤嗤嗤」之聲不絕於耳，老者身形在距離曹秋道只有三尺之遙時，終於墜地，沒大一會，竟全然變成了一副骨頭架子。

可曹秋道也似中了老者最後一記反撲的毒功，面上現出碧綠之色，雙目發直的看著漸漸漫延全身的綠色，駭得大叫道：「絕毒千蟲！啊！我……我死定了！絕毒神功！絕毒神功中最厲害的絕毒千蟲！我會變成一具千蟲腐屍！不！我不想這樣死！這太恐怖了！我親眼見過這種死法的！項思龍，救救我吧！啊！開始腐爛了！我的臉！我的臉開始腐爛了！項思龍，你救救我！」

曹秋道如發瘋了一般直叫直跳，在地上翻滾不止，他的面部果然開始腐爛，先是化成綠色血水，不大一會，綠色血水又變成了長約三寸左右的綠色蟲子，腐爛的地方則是露出了白骨。

劉邦看得「嘩」的吐出了一口酸水，直是打顫，但卻指著地上的曹秋道：「你這老賊，如此死法也是活該！」

項思龍則是想著解靈和善柔，聽曹秋道說有開啟秘室之法，不由心下一緊，也實在看不下去這等殘忍的殺人方法，當下喚過兩隻金線蛇去為曹秋道解毒。兩金線蛇似乎只懼毒王魔珠，對曹秋道身上所中之毒卻無所畏懼，得令後當即飛到他身上，吮吸起他身上所中之毒來。

項思龍在金線蛇為曹秋道解毒的當兒，望了一眼長髮老者的白骨，心下默哀道：「黑鷹，對不起了，我沒照你之言殺曹秋道，現在反救他，你可不要恨我，我也想這傢伙死，但我還要救我的朋友。反正曹秋道即便不死，他也人不像人鬼不像鬼了，他被你最後一擊擊中了吧！現在面目全非了，手臂大腿也爛了，活著也是非人一個！這樣更叫作生不如死嘛！你對他的心頭之恨應該是可以洩去的！為了感謝你沒對付我們的好意，我會廢了曹秋道一身武功的。你的屍骨呢，我也會給你下葬的！」

如此想著時，金線蛇已吸完曹秋道身上毒素，這老傢伙命是保住了，但也只能說是只剩下半條命了吧，因為已不能算是個人了，臉上肌肉沒了一半，全是白骨露出，手上腳上也是如此，連胸部也清晰可見內臟，神情恐怖之極，讓人見了全身都冷嗖嗖的心下發毛。

曹秋道邊呻吟著邊喘著粗氣，脆弱的道：「多謝項少俠了！嘿，我曹秋道本是個不問政事的武林中人，為了貪生怕死追求虛榮賣死嬴政，做了無數惡事，今日得此下場，也是我應得的報應吧！現在我只求項少俠一事，就是在我死後，能把我的屍骨帶回我舊齊之地安葬，還有解靈也就日後全仗你關照了！」

說到這裡，頓了頓，舒緩了一口氣，接著又道：「開啟秘道的機關總圖就在我身上。秘道內機關重重，稍不小心，就有觸發毀滅整個劍道宮的危險，項少俠可要小心了！胡亥身邊還有秦始皇留下的兩個超絕高手，鬼冥、鬼幽，他們的一身鬼仙劫功甚是厲害無敵，死去的身體可以重組，乃殺不死的魔頭。項少俠可要小心他們二人。

「還有鬼破天、鬼仙子等八大護駕聖士，一個個也都是身具邪門魔功之人，甚是難以對付，要不是趙高有一種能克制胡亥生死的『死亡之符』，胡亥早就對他下手了。

「這死亡之符乃是大秦的龍脈所在，只要趙高毀去這處龍脈，大秦就必亡無疑，否則，大秦氣數還未盡。秦始皇聰明一世，想不到還是為他大秦留下了禍根。項少俠，我知道你是劉邦的結義兄弟，要滅秦王朝，必須找出死亡之符所在把它毀去。

「我只聽說『死亡之符』乃是藏在秦始皇的那山皇陵之內，其他就不知曉了！這也是我據胡亥把鬼幽、鬼冥一眾高手終身調守在皇陵內所推測出來的。項少俠，我……我不行了！臨死前告知你們這些秘密，也算我曹秋道減輕些自己的罪行吧！」

說完，掙扎出最後一絲力氣，把手中的一卷帛布拋向了項思龍，隨後「撲通」一聲跌倒地上，嘴上掛著一絲淒苦的笑意死了。

項思龍看得慨然一聲長歎，隨後撿起地上曹秋道拋出的帛布，展開一看，果是劍道宮的整個設計圖紙，地下秘道部分赫然也在其中，看來曹秋道臨死前所說非虛了，人之將死，其言也善，曹秋道至死也算做了件好事。

心下慨歎著曹秋道的死，卻也為他所說的一些有關什麼鬼冥、鬼幽的秘密，什麼「死亡之符」乃大秦龍脈的秘密而驚詫不已。

想不到胡亥的實力還這麼強大！鬼冥！鬼幽！鬼破天！鬼仙子！死亡之符！大秦龍脈？趙高！……這……看來還得找「死亡之符」，以毀大秦龍脈！想不到趙高這老狐狸還沒把這秘密告訴自己，自己可也得提防著他點，趙高還不知有什麼秘密呢？

這傢伙跟隨秦始皇多年，秦始皇有這麼多不為人知的秘密，實力如此龐大，他自也知道得非常清楚，要不他身為阿沙拉元首的私生子，又有達多那麼個謀奪了匈奴真主之位的兒子，不會等秦始皇死後野心才暴露出來！

這老傢伙！早一點死了才好！

心下如此詛咒著，突又想到項羽等商量好的盜金人的計畫。

這……胡亥還有那麼多高手相護，鬼冥、鬼幽身處驪山皇陵，阿房宮在驪山皇陵附近，這……如何引開這些人呢？

自己答應了項羽、范增，可不能遇難而退！更何況除去這幫人，對劉邦將來入關咸陽也有幫助呢！得想個法子是好！

正思忖間，劉邦的聲音突地在耳邊響起道：「項大哥，金線蛇已為圓正大師等解去毒性了，你快收回牠們呢！」

項思龍聞言斂回神來，卻果見圓正大師等正盤膝閉目運功調息，當下心中一寬，衝環繞空中的兩隻金線蛇吹了聲哨子道：「大飛、二飛，回來！」

可兩飛聽令卻只是尖叫不已，在空中時上時下，不敢近項思龍的身。

項思龍先是看得訝然，倏想起自己手中有長髮老者贈送的毒王魔珠，頓知原因，望著魔珠，一時也不知怎麼是好。

劉邦這時也明白了金線蛇不敢近項思龍身的原因，笑道：「項大哥，這毒王魔珠看來是件寶物吧！要不那怪人和曹秋道也不會都那麼著緊它！嗯，他們不是說可以服食了它成為毒王嗎？那項大哥就吃下它吧！要不兩飛都不敢回你身邊了！嘿，項大哥成為毒王，那小弟可就再也不怕他人用毒了！」

項思龍聽得不置可否一笑，但劉邦這話也有道理，這毒王魔珠自己不服又捨不得，給劉邦服吧，又怕有副作用，傷了他這「天子之身」，那還是自己服吧！管他呢！只要不是要命毒藥就夠了！

如此想來，當即也真把手中毒王魔珠給拋入了口中，咕嚕吞下，感覺了好一陣子，覺得沒有什麼異樣，衝劉邦聳肩笑笑，再次招回金線蛇。

當金線蛇飛回革囊時，項思龍目光卻不經意的觸著了曹秋道取出要自己服用的什麼「噬心丸」，心想此等罕世毒藥，還是毀去的好吧！

此念一起，當即運功提起真力，凝成一道三昧內家真火向跌在地上的「噬心丸」擊去，只聽得「嗤嗤」之聲，「噬心丸」頓然灰飛煙滅。

這當兒，圓正大師、青松道長、向問天一眾功力較高的高手都已收功清醒過來，見得項思龍和劉邦以及身旁一批未醒的武林同道和室內的凌亂景象，不由都把目光詫異的投在了項思龍身上，似是在向他詢問發生了何事了！

劉邦見眾人面上詫異，當下把他們被自己等所救之項思龍勇鬥黑鷹、曹秋道的事加油添醋，繪聲繪聲的說了一遍，圓正大師等聽得恍然大悟又感激不已，紛紛向項思龍和劉邦行禮道謝。

項思龍連道：「應該的！不用謝！」的與眾人客氣過，同時問圓正大師道：「不知大師是怎麼遭擒的？你們沒有各自回山嗎？」

圓正大師愧然道：「老衲本已率寺中弟子打道回山，誰知一個黑衣老者突然出現，老衲還沒反應過來，就被施毒迷暈了，唉，幸得少俠相救，否則我等可就全都連死也不知是怎麼死的！」

青松道長也面有羞色的道：「這黑鷹施毒的功夫確是出神入化，教人防不勝防，所使之毒更是天下間專散人功力的絕毒——十香軟筋散，此毒無色無味，功力較高的施毒行家，可發於無形，制人於百步之外。嘿，幸虧此人死於項少俠手上，要不我中原就要起風雲了。」

向問天卻是搖頭歎道：「想不到萬毒之王這等魔頭也有後人於世！現在項少俠身具毒王的萬毒神功，可要為正義用啊！」

項思龍點頭道：「向前輩放心就是，晚輩只會用它來救人，而絕不會用它害人的！」

劉邦接口哂道：「我項大哥已經是神功蓋世，還用得著用這種下三濫的毒功去對付別人嗎？不過，用它來對付些小人之輩，卻也無妨的吧！」

劉邦這話音剛落，卻突聽得項思龍「哎喲」的痛叫一聲，捂肚彎腰，臉上肌肉抖動，顯得甚是痛苦不堪，冷汗直冒。

劉邦見了大驚道：「不好！毒王魔珠發作了！項大哥，你快坐下運功調息啊！」

項思龍此時只覺腹中絞痛如刀割，卻又灼熱異常，有若一團火在丹田火燒，也知是毒王魔珠在發效的緣故了，當即依了劉邦之言坐地盤膝運功，雙掌托天，催動體內真氣化解魔珠藥力，使之與己身融為一體。

足足運功了多個時辰，項思龍運功了十來個周天，只覺腹中疼痛和灼熱悉數盡去，反有一種精神更加充沛的感覺，只覺全身有著無窮無盡的大暴發力。

緩緩睜開雙目時，卻見劉邦、圓正大師、青松道長、向問天和其他已全都醒來的武林同道正一臉關切焦灼的望著自己，心頭一陣感動，長身站起，朗聲笑道：「我沒事！他奶奶的毒王魔珠後勁可真夠大！剛服下時倒不覺呢！」

劉邦、圓正大師等見項思龍沒事，齊都鬆了一口氣。

劉邦擦了擦額頭因焦灼冒出的冷汗，噓了一口長氣道：「可真都快嚇死我了！若是項大哥出了什麼事，我可就一輩子都再也活不快樂了！」

項思龍聽得心頭一熱，上前搭住劉邦的肩頭道：「你大哥一直都是福大命大，死不了的！嗯，你小子一日不發達，你大哥便一日不會有事！」

群雄這時也紛紛上前向項思龍問安道謝，圓正大師念了聲佛號對項思龍道：「項少俠準備怎樣處理這裡的後事呢？曹秋道身為國師，他的死自會驚動秦宮上下，我看項少俠不如與我們一道離開咸陽城，到他處去避避風頭吧！」

項思龍回禮淡笑道：「多謝大師好意，不過，在下還有些事情尚未解決，目下還不會離開咸陽城，待辦完事後，在下自會閒時去拜訪諸位！這裡的事情我自會想法處理，倒是諸位在此地不宜久留，務請儘快離開為是，免得再生事端。」

向問天點頭道：「如此我們也就不再打擾項少俠，就此告辭了！但如有什麼需要幫助的地方，但請吩咐我五岳劍派的人為之效命就是！這是我五岳劍派的『鐵劍令』，見此令牌等若見我五岳劍派的宗主，還請少俠收下，他日或許也有用到之處！」

說著向項思龍遞過一枚四五寸長的黑色鐵劍，劍身上有五岳劍派的旗號和一個「令」字，項思龍本不想收下，但又怕傷了對方的自尊，當下也恭敬接過道：「如此就謝過向大俠了，他日有難，在下或許真會向貴派求救呢！」

向問天沉聲道：「能為項少俠做點事情，實乃是五岳劍派的榮幸，項少俠就不必說什麼客氣話了！你現在乃是我中原武林各派共同推舉出的武林盟主，效忠項少俠也乃是我們的份內事情，項少俠又何須言謝呢？」

圓正大師這時也遞過一羅漢金像給項思龍道：「此乃我嵩山太平寺的鎮寺之

寶，乃我太平寺創始人無極禪師留下的一尊羅漢金像，傳聞此金像內藏有無極禪師創下的十八羅漢陣和易筋經、洗髓經兩門絕世神功，怎奈我輩中無人能參透內中奧秘，現在老衲也就把它送給項少俠作個信物吧！

「日後項少俠出示此羅漢金像，等若我太平寺的方丈親臨，可以調遣本門中的任何弟子，還請少俠收下！如少俠能參透金像內中奧秘，讓無極禪師的驚世絕學重放異彩，更是我嵩山太平寺的無上光榮！」

項思龍這下可不敢接受了，連連擺手道：「此等貴重之物，在下豈能收下呢？大師還是請收回吧！佛門神功當是為佛門有緣人得之，在下此生俗世纏身，與佛無緣，不敢收此重禮！」

圓正大師卻是堅持道：「佛即慈悲，少俠俠骨柔腸渡眾生，為天下人除害請命，便是有緣了！凡塵中人並不一定要出家做和尚便可成為信徒，項少俠義薄雲天，收下這羅漢金像必能為我佛門做一善事，還請不要拒絕吧！唉，這羅漢金像留在我太平寺不但不是福音，反是一件禍端呢！

「我輩中貪心之人為搶這金像已不知使我太平寺喪生多少人了，歷代掌門更是為了參透金像奧秘，沉迷一生，倒荒廢了其他武功的修練，這也便是我太平寺近年來沒有振興的重要原因了！項少俠收下它，卻也是為我佛門做了一件好事呢！」

項思龍聞言倒也不好意思再次拒絕，當下只得接過羅漢金像，卻見其做工甚是精細，上面刻滿了形態各樣的小羅漢，似在演練一套什麼拳法，圓正大師這時又道：「項少俠也看到羅漢金像上面的小羅漢了吧！我佛門中人從中唯一的收穫就是從那些小羅漢身上創出了一套羅漢拳，這也成為了我太平寺現下最為厲害的一門武功，但修習這羅漢拳卻必須身具深厚內力，否則便會走火入魔。

「一門羅漢拳已如此深奧莫測，金像中的十八羅漢陣和易筋經、洗髓經可見更為驚世絕學了，只可惜自無極禪師之後，我佛門中就無人會此神功，還望項少俠能略費心力，參透其中奧秘，不讓先人絕學埋沒失傳吧！」

項思龍聞言苦笑道：「在下也只是一介凡人，或許會有負大師重托呢！」

向問天插口朗聲笑道：「項少俠藝業驚人，才智兼備，那等事情應該難不倒你的！」

青松道長也道：「以項少俠的絕世才華，當會參透出羅漢金像的奧秘的！那時武林中又多幾項驚世武學了！嘿，說來我武當山也有一個千古不解之謎，那就是我武當山後山思過崖上的一塊『無量玉璧』，傳聞內中暗藏玄機，有我逍遙派創始人『無量道人』的絕世神功藏在其中，但我派中無人能夠從中看出什麼來，只是說來也奇怪得很，每當月圓之夜三更時分，無量玉璧上就會出現奇異的景象，內中會現出一個奇異山谷，內中有樹有花有草，有鳥有獸，還有一座小型道觀，門前寫有『逍遙居』三字，但卻沒有人出現。

「這『無量玉璧』之謎也成了我逍遙道觀數千年來的不解之謎，讓歷代掌門人百思不得其解。

「如他日項少俠有暇，不妨也去我武當山，為我派參透此中玄機吧！這是我逍遙道觀的『逍遙令』，還請項少俠收下，他日去我武當山，出示此令，貧道當會親迎少俠大駕光臨。當然，少俠也可憑此令命我逍遙道觀中人為少俠出一份綿力！還請少俠不要拒絕！」

項思龍已收了向問天和圓正大師的禮物，可也不好拒絕青松道長，當下也只得接過「逍遙令」牌，納入懷中，對青松道長抱拳道：「武當山乃天下名山，風景怡人，在下定會登山一遊的，只是會打擾道長了！」

青松道長聽了大喜，連說：「哪裡！哪裡！」

這時其他一些群雄也紛紛邀項思龍上門作客，什麼「天山派」、「金錢莊」、「無敵門」、「集英堡」、「生死城」，各派都是有頭有臉的掌門、莊主、堡主、城主、門主的大人物，項思龍也一一應下，不過心下卻是不以為然，沒想自己會去拜訪這些武林門派，因他可是個大忙人，還有許許多多重要的事情要去辦呢！

助項羽他們盜金人啦，尋找什麼「死亡之符」啦，去樓蘭古國尋找父親啦，還有幫助劉邦打天下維護歷史啦，等等一大堆迫在眉睫的事都已經讓他分不開身來了，還哪有空閒去理會這些武林中的事情呢？

不過，為了禮貌起見，他還是得應付這些人一下啊！多個朋友總好過多個敵人啦！說不定他日也會有用得著這些人的地方呢！人還是世故一些的好！

心下怪怪想著，這時突地有一名秦官闖了進來，見得眼前的景象，嚇得「啊」的驚叫一聲，正欲轉頭奔逃時，劉邦身形一閃，阻住了這名秦官道：「既來之則安之，逃個什麼呢？對了，你可看到什麼沒有？如看到了的話，就讓我把你一對招子給挖出來！」

那秦官聽了嚇得連連搖頭的惶聲道：「不要！大爺不要挖我眼睛！我……我什麼也沒看見，什麼也沒看見！」說著話時，全身卻是劇烈的顫抖著，連牙齒都在打顫。

項思龍這時倒想起自己疏忽了這裡是國師曹秋道的劍道宮了，但這多日來沒有什麼人來打擾，想是曹秋道吩咐過了吧！可這名秦官冒冒失失的闖進來，卻又是為何事呢？

心下想著，當下衝作勢嚇唬秦官的劉邦擺了擺手，走到那嚇得額冒冷汗，雙目緊閉，渾身哆嗦的秦官身邊，冷冷的道：「這位大人突然來訪劍道宮，不知有何要事要見國師呢！」

秦官語不連貫的顫抖道：「大……大俠，不……不要殺我！我……我……只是……國……國師身邊一名負責文書禮儀的文官，並……並沒有殺過……一個人啊！」

劉邦「啪！」的摑了這名秦官一記耳光道：「我大哥沒問你這個！只問你有何事見曹秋道那老賊！快快從實招來，不要囉嗦其他，知道了嗎？」

秦官點頭如公雞啄米般連道：「知道！知道！知道！皇上著我來稟報國師，明天是他的三十壽辰，著國師通告各路官員去咸陽宮為他祝壽！就……就這麼多！」

此番話秦官說得不再結巴了，想是劉邦威脅的效果。

項思龍眉頭一揚的大喜道：「這太好了！真是天助我也！我們助項……我們的計畫可以行得通了，明天！就明天晚上，好，我現在這便去見胡亥！」

第六章　智盜金人

圓正大師等見得項思龍的狂喜之態都不明所以，但劉邦卻一點即通，也喜得拍掌道：「不錯，胡亥大壽，我們正利用此等良機拖住秦宮的高手，如此便沒人……干擾我們計畫了！」

圓正大師代表群雄提出心中的疑團道：「項少俠等到底有什麼計畫呢？不知我等可否幫得上什麼忙？如有用得著之計，項少俠但請開口直說無妨！」

項思龍知道自己說漏了嘴，不過讓群雄知道也無妨，想來自己兩次救過他們，又被他們推舉為武林盟主，不會有人出賣自己的吧！

如此想來，當下沉吟了片刻道：「此事說來乃是我們的高度機密，不過諸位英雄也都是自己人，那我就告訴大家也無妨。因我義弟劉邦乃是反秦義軍中的一支隊伍，現在軍中缺少可用兵器，所以奉楚懷王之命與名震天下的項羽將軍一道潛入咸陽，準備偷盜秦始皇收繳天下兵器冶煉成的十二金人來打造兵器對付秦兵，現在一切皆已準備就緒，只是十二金人放在阿房宮前，阿房宮乃秦人重地，派人重兵把守，且高手如雲，我們正愁沒得機會引開秦人的注意力，現在胡亥大壽，我想利用此機會，引開秦人注意，以便偷盜金人。

「諸位都是熱血男兒，秦人的殘暴使得民不聊生，要想天下太平務必推翻暴秦！各位如有意助我等一臂之力的人，我項思龍自是歡迎！但此舉危險重重，願留下的英雄可也得好好考慮一下！我不想累及無辜！」

群雄聽了項思龍這番坦誠之言，略一沉默，向問天第一個發言道：「向某願跟隨項少俠參與此次的計畫！對秦狗的暴政，向某人早就窩了一肚子的氣，怎奈江湖與王權已是自赤帝時起，就已有約互不干涉對方內政，所以向某只得一直苦忍著！現在項少俠乃是我們的武林盟主，規矩由人所定，也就可由人來破，項少俠說的話已可代表我們整個中原武林，你讓我們反秦我們就反秦吧！我向問天響應你的號召！」

圓正大師喧了聲佛號，也顯得慷慨激昂的道：「向大俠說得有理！其實江湖與王室雖有約定，互不干涉，但還不是有著千絲萬縷的聯繫？江湖中人效力朝廷者歷代都不知有幾？王室也向來對江湖中各門各派虎視眈眈！只是我們這些默守陳規者為保自家門派不敗，所以只得對王權的暴行忍氣吞聲，睜一隻眼閉一隻眼，沒有盡到一點的俠義之旨！老衲雖為出家人，向以慈悲為懷，但暴秦的罪行，老衲也是咽不下心中的憤滿了！我也願跟項少俠參與此次行動，為天下蒼生盡一份力！」

青松道長更是義憤填膺的道：「也少不了我青松一份！他奶奶的，貧道一向不殺生，這次可也說不得要破戒了！反秦，我做夢都在想啊！只是膽子太小，思想太過保守，一直是只敢心裡想著連口中也不敢說出，說來真是可憐又可笑！現在項少俠給了貧道勇氣，我也決定豁出去了！人活著，本是活得瀟灑輕鬆，想幹什麼就幹什麼才好！」

其他的群雄也紛紛表態回應項思龍，願參與此次行動，氣氛一時熾熱起來。

項思龍聽著，心中一熱，喉嚨像被什麼噎住了似的，讓他一時之間說不出話來，乾咳了兩聲，平靜了一下情緒，才豪氣大發的道：「好！我們這次就來個群英鬧咸陽，幹一件驚天動地，流芳千古的大事！」

項思龍把群雄分成了三批人馬，一批留在劍道宮收拾殘局和負責依圖尋找秘道開啟機關，救出解靈、善柔母子，由圓正大師領了十個江湖英雄主持；另一批則由劉邦領了青松道長和江湖高手前去相助項羽，並且告知項羽他們配合自己的行動，準備盜金人，當然約定好了各種聯絡信號和商妥了行動的一些細節問題以免出現差錯；自己則領了向問天和其他的一眾江湖人物喬裝成曹秋道領著一眾護衛大張聲勢的往咸陽宮去見胡亥。至於那文書則是不得不狠下心來給殺了，要不洩了風聲那可就麻煩了。

咸陽宮項思龍曾隨趙高來過一趟，所以並不陌生，其他的江湖豪客卻是看得雙目放大心下驚歎不已，項思龍見了他們的那般驚詫神態，只得沉聲吩咐眾人收斂心神，免得露出了馬腳，那可就會打亂全盤的計畫了！

群雄得項思龍交代，果也恢復了常態，可見他們對項思龍確是敬服。

到得內宮，有太監傳令通報項思龍進見皇上胡亥，項思龍定了定心神，對向問天道：「向大俠，這裡交給你打理了！叫大家謹慎點不要露了行藏！」

向問天沉聲道：「放心吧項少俠，大家都會聽你的話謹慎行事的！」

項思龍沉重的點了點頭，暗握一下向問天的雙手，再隨一太監進了內宮去見胡亥。

到了養生宮，遠遠就見身著龍袍的胡亥正在會客廳內來來去去的踱著方步，顯是有著什麼焦急的心事，待項思龍進了廳內正欲跪地向胡亥行禮時，胡亥已面帶興奮喜色的連連擺手道：「國師平身！咱們不要行君臣之禮了！朕召見國師來乃是有著一件要事欲與國師商量，那就是怎樣除去趙高這老賊！」

項思龍聽得心下一緊，暗道：「這可不行！歷史上是你先被趙高逼死，可不是你胡亥先殺了趙高的！」

心下如此想著，口中可不會如此說出，只裝出曹秋道那老謀深算的深沉態聳了聳眉的道：「皇上有何計畫呢？趙高這廝可是殺他也不是不殺他也不是啊！他手中掌握『死亡之符』一天，皇上就無法動他一天！」

胡亥雙目陰沉的道：「明天朕就可從趙老賊中知曉『死亡之符』的秘密了！依人爺皇傳下的遺訓，接任我大秦帝位滿三年者即可擁有掌握『死亡之符』秘密的權力，明天是朕三十大壽，也即朕做了三個年頭的皇帝，待時趙老賊必須把

『死亡之符』的秘密告訴朕，那時也便是趙賊的死期到了！」

說到這裡，頓了頓接著又道：「就因這『死亡之符』，朕已對趙老賊忍氣吞聲了三年！

「三年啊！我受夠他了！朕在這三年裡還哪裡有一絲皇帝的尊嚴？他公然在早朝中指鹿為馬，威迫朕也只得說鹿是馬，還誅殺效忠朕的大臣？這口氣我一定要報！我要讓趙老賊死無葬身之地！讓趙老賊的同黨全都誅連九族！」

項思龍聽得心下一寒，對於那「死亡之符」到底是什麼東西他雖不知曉，但已從胡亥口中證實了曹秋道所說的「死亡之符」對秦王朝關係存亡之實。

強壓心頭震驚，臉上也浮起一絲笑容道：「那微臣可要恭喜皇上了！只要趙賊一除，皇上自此就可當家作主了！不過，反賊項羽他們則大勝我大秦章邯將軍，此時除老賊我大秦朝政……要知道趙老賊在我大秦根深蒂固，他的死黨勢力可不小，一旦殺了他，老賊死黨乘機興風作浪，那我大秦外患內亂……」

說到這裡，故意一臉難色的不再說下去了。

不想胡亥卻是意氣風發的道：「國師的顧忌甚是，這一點朕也想到過了！不過只要趙高一除，朕大權在握，我自有辦法對付趙賊死黨！國師在這麼多年來也培植了不少人才，我們大可起用他們，維持我秦政不倒，只待反賊一平，朕自會重組朝政班底，那時丞相之位自是國師的了！」

項思龍不得不為胡亥在歷史上的記載鳴冤了，這昏君可也並不昏嘛！既知道抓大權，又通曉籠絡人心，可歷史為何卻寫他是個無能的昏君呢？

這書寫歷史的人可也真是渾蛋！——項思龍這刻如此罵著，他卻不知……那是後話，暫且不提罷。

項思龍心下怪怪想著時，面上裝作大喜的向胡亥行了一禮道：「全仗皇上恩寵！微臣定當效忠皇上萬死不辭！」

說到這裡，又面現難色道：「平定反賊，需大將之才！章邯已是我大秦數一數二的猛將，現在朝中……依微臣看來，已無可用之人了！這……談何容易呢？不知皇上……」

胡亥神秘一笑的截口道：「這個朕已早就走好主張了！不知國師可知與王剪齊名的桓齡上將軍麼？他當年伐齊兵敗，無顏回朝，隱居民間，已於年前被朕派人找著，帶回朝中秘密安置了起來！此番朕打算除去趙高後，即封桓齡為二路兵馬大帥，領兵十萬，鬼破天、鬼仙子二人作五路先鋒，鬼冥、鬼幽為大將軍，發兵協助章邯平定反賊！哼，朕就不相信那幫烏合之眾能敵得過朕的雙面夾攻！」

項思龍聽得心下大震，這胡亥看來不但精明陰沉，可也頗具軍事頭腦的呢！倒也真不愧是秦始皇的兒子！歷史可真是委屈他了！不過據歷史記載章邯徹底敗於項羽，就是因為他得不到後援救急，這一切當然是趙高在搞鬼！

不行！自己得設法阻止胡亥的野心實現！「死亡之符」！對，自己就去趙高那裡把「死亡之符」的秘密得到，用以控制胡亥！還有，得除去那什麼鬼冥、鬼幽、鬼破天、鬼仙子之流，那胡亥就再無可利用的兵馬了！那時歷史還能不依原樣發展？就這麼著吧！

主意定下，口中卻是奉承胡亥讚歎道：「皇上可真是高瞻遠矚！有了桓齡這等名將掛帥，輔以鬼冥、鬼幽那等絕世高手，平定反賊就指日可待了！我皇萬歲萬萬歲！我大秦江山萬歲萬萬歲！」

胡刻被項思龍奉承得有些飄飄然的一陣哈哈狂笑，大聲道：「國師現在就下去傳朕的旨意，命明日朕大壽之吉時，務必全都趕到太和殿為朕祝壽！當然，實則是威迫趙老賊交出『死亡之符』的秘圖了！」

秘圖？「死亡之符」是一張秘圖？那這秘圖之中又藏有什麼秘密呢？竟然關

係到大秦的興哀存亡，是什麼龍脈？

項思龍對胡亥失口洩露的秘密心下嘀咕著，當下向胡亥行禮，退出了養生殿，向問天等正顯得有些焦灼不安的四處張望，見得項思龍出來，才大是鬆了一口氣。

當劉邦領著青松道長等一眾人趕到項羽、騰翼、范增一行所在的別院時，范增等頓忙面色既是緊張又是興奮的迎了出來，見了群雄，項羽等均感有些詫異，又不見項思龍，范增頓即臉色一變的衝劉邦戒備道：「項少俠怎麼沒來？這些人都是些什麼人？你帶陌生人來這裡幹什麼？」

劉邦見了范增的緊張神色，笑嘻嘻的道：「不必那麼緊張！他們都是我和項大哥的朋友！項大哥沒來，是因他有別事要做去了！」

說著，當下把群雄和項羽等人相互介紹了一下，群雄聽得當前名震天下的項羽就在眼前，都不由目光驚詫的打量項羽起來，但見他態度顯得傲慢冷漠，又都嗤之以鼻的也不與對方打招呼了。

倒是范增聽得群雄來歷，面露驚喜之色的連連向眾問好，這才使氣氛緩和了些。

項羽卻是冷冷的望著劉邦道：「你此番來不是要向我們介紹這幫江湖人物的吧！快話正事，項少俠著你有什麼話帶來？」

劉邦對項羽可真還是有些畏怯，不說對方武功比自己高，就是他一貫的地位身分也讓劉邦覺著矮上項羽一等，更何況現在又成了打敗了秦方無敵戰將章邯的大英雄！真讓劉邦既羨慕又氣餒，總感覺自己不如項羽。

項羽直接了斷的話語讓得劉邦心下一緊，當下頓忙把項思龍的計畫全盤說了出來，讓得項羽、范增、騰翼等無不愁顏盡展，范增擊掌道：「真是太好了！想不到章邯打了大敗仗，胡亥竟還有心情祝壽，這可幫了我們一個大忙，此地所有秦兵皆在歡慶之際，防守不嚴，然最妙的就是曹秋道已死，由項少俠裝扮傳令各路人馬進宮為胡亥祝壽，那麼自然可疏通防守了！還有，那鬼冥、鬼幽之類的高手必被胡亥招去保護他！這樣一來，我們盜金人的計畫就可通行無阻了！」

騰翼也笑著道：「現在咸陽城最高強的三路敵人皆已被少俠擺平——趙高受威聽命，曹秋道被項少俠殺死，胡亥呢現在又被視由項少俠假扮的曹秋道為心腹！哈，項少俠可真有本事！」

項羽只是先對項少俠先救了解靈、善柔大是感激的道：「我項羽欠項大哥一個人情了！他日我項羽大業有成，必定重報項大哥的大恩！」

說到這裡又恨歎道：「項大哥確為人中之龍，連我項羽都佩服起他來了！這麼快的時間內就把我們最為頭痛的困難一切化解，此份才智想來只有阿爹項少龍才有吧！」說著觸及心事的低垂下了頭去。

騰翼聽得也是一陣神傷魂斷，暗道：「羽兒，你卻不知道你這項思龍大哥乃是你爹項少龍的親生兒子啊！唉，項三弟怎會允許把這秘密說出來，可也不知是為著什麼？不過，看羽兒對思龍似生感情，這倒是一件讓人高興的事吧！但願三弟他日見到後，能讓他們兄弟相認！」

劉邦在旁聽得自豪不已，因為項思龍乃是自己結義大哥，連項羽這等自命不凡的人也感歎著說佩服項思龍，他劉邦自也感到面上光榮了。

心下樂歪歪的，嘴上又不安份的道：「我項大哥幫了你們這麼大的忙，可也是冒著生命之危的──秦狗護衛高手如雲，一個不小心，項大哥可就有得麻煩了，所以你們可也不要忘了，盜得金人後不要忘了分給我們一半！」

項羽對劉邦不知怎的也沒好感，聞言冷冷道：「你放心是了，我項羽一言九鼎，說分一半金人給你就會算數，不會賴的！」

劉邦聽了訕訕道：「我也只是提醒你一下罷了嘛！好，我們也計畫一下怎樣去盜金人吧！項大哥說我們如若被秦兵發現，他們發出信號彈呼救，就叫我們也馬上發信號彈影響他們信號，因為秦狗的通訊報警信號晚上因慶祝胡亥大壽，全都改為煙花筒，那麼我們也放大量煙花，秦狗反會以為是秦兵也為他祝壽慶賀呢！

「當然，這一切全會由項大哥在秦狗那方作安排的！至於水路的檢查麼，我已帶有項大哥取自趙高那奸相和得自曹秋道那老賊那裡的一些御賜金牌，到時由我和諸位江湖好漢打扮成大秦的巡河聖士，應該可以安然通過！現在我們要計畫的便是怎樣除去防守在阿房宮外的一些秦兵，只有除去這些小嘍囉，我們才可大膽去實施推倒金人方案！」

范增聽得嘆服道：「進退之法項少俠都已設想得如此周全，可當真是才識之過比我范增也是有過之而無不及了！」

項羽也目射奇光的道：「他日待項大哥找回了阿爹，我項羽一定要邀請項大哥與我共謀大事——我願奉他為王，我為將！」

劉邦聽得這話心下大叫：「辣皮子媽媽不得了！項大哥被封為王，那我劉邦豈不是王弟了？項羽可真是太客氣了吧！不過，項大哥卻不會稀罕什麼王的，他可是一心想助我劉邦成就一番大業呢！項羽你以為項大哥真對你們推心置腹嗎？才不會呢？項大哥就著我不要把什麼『死亡之符』的秘密告訴你們！還有，他也不讓我把真實身分告訴你們！嘿，想來項大哥是在施計利用你們罷了！現在對你們施以小恩小惠，他是想說不定會對我們有利用價值呢！

「比如，麻痹你們對我劉邦的戒備了！那騰翼曾三番兩次試圖刺殺老子，幸得項大哥派了鬼魅使者來保護！利用施以恩惠的辦法，讓你們不再來對付我劉邦啦！唉，想來項大哥為了我劉邦出人頭地，可真是費盡了心血，我可一定不能辜負項大哥對我的期望！終有一日我劉邦一定會出人頭地的！甚至……蓋過你項羽！不是有句話說『世上無難事只怕有心人』麼？我劉邦就要做那有心人！」

劉邦心下突地豪氣倍漲的想著，驀然間他覺得對項羽沒那麼畏怯了！

但劉邦卻怎也不會想到，就是他這刻產生的這種勇氣才成功了他的一生！

項思龍領著向問天等一眾出了咸陽宮，一顆心既是沉重又是欣喜。

真想不到胡亥是個如此有心計的人物，自己倒是不能因歷史的記載而低估他了。

「死亡之符」是一張秘圖！可一張秘圖又到底藏有什麼秘密呢？

胡亥欲殺趙高的陰謀，自己一定得設法阻止！

可怎麼阻止呢？以趙高的老謀深算當不會不知道他交出手中威脅胡亥的王牌——死亡之符後的下場的！那麼他應該早就想好了對策了！自己應是不必為趙高擔心！

可自己一定得自趙高手中拿到有關「死亡之符」的秘圖，從他口中套得有關「死亡之符」秘圖內到底蘊藏有什麼秘密——因為這既關係到秦王朝的生死存亡，是秦王朝的龍脈，那麼也就是關係到歷史發展的重要阻力！

秦王朝是必須滅亡的！這是歷史發展的必然趨勢，自己決不能因這什麼「死亡之符」的存在而阻擋了歷史的發展！所以——自己必須設法毀去「死亡之符」——毀去秦王朝的龍脈，讓秦王朝在歷史裡成為陳跡！

這是自己的使命——維護歷史依記載般所發展的使命！

項思龍心下顯得有些凌亂，只覺得沉沉的又有些緊張的。

也幸得曹秋道與黑鷹發生一場火併，讓自己知道了這「死亡之符」的秘密！

這古代神秘的東西本就很多，或許「死亡之符」真是一處關係秦王朝存亡的龍脈，不毀去它便毀不去秦王朝呢！比如是一個神的旨意，是一個什麼神在維持著秦王朝，只要殺死這神，秦王朝便會滅亡！又比如這「死亡之符」是一本天書，只要毀了這天書，秦王朝便會滅亡！再比如……太多了！可以編一個神話故事！這……一個什麼「死亡之符」便關係到秦王朝的生死存亡，這不本就是一個神話麼？

唉，不要想這麼多了吧！還是去下什麼「請柬」，讓那些王公大臣明日去為胡亥祝壽吧！還得佈置一下方便項羽他們盜金人呢！

想到這裡時，突聽得向問天道：「項……國師，咱們回到劍道宮了！」

項思龍，聽得一愣，劍道宮？自己怎麼不知不覺的轉回了這裡？

唉，可也真是的，想問題都想到把正事給忘了！自己現在可得儘快傳胡亥的聖旨，命各路王公大臣明日去為胡亥祝壽呢！這事可也關係到幫助項羽他們盜金人的行動呢！自己還是斂回心神吧！

如此想來，當即正準備命向問天再次調轉馬車出劍道宮時，卻突聽得解靈的聲音似有些不可置信的歡快傳來道：「師父……噢，項大哥，是你嗎？真的是你嗎？」

說著，一道人影一閃已是躍入了項思龍所在馬車車廂，卻不是解靈還是誰？卻見他顯得有些憔悴，整個眼圈都深陷了下去，但臉上卻滿是興奮之色，正睜大眼睛，甚是訝異的看著易容成曹秋道的項思龍。

項思龍心下一陣慨歎，看這解靈不本是個天真活潑的少年嗎？只可惜被曹秋道這老東西給訓練成了一個冷血殺手，現下他終於看清了曹秋道的真面目，骨子裡深處的生命熱情頓被激發出來了！

項思龍微微一笑，溫和的道：「可不正是你項大哥，嗯，靈弟，你和伯母都沒事嗎？」

解靈證實了眼前的曹秋道確是項思龍所裝扮，頓時喜得像個孩子般眼圈一紅，突地一把緊緊抱住項思龍，激動的道：「項大哥，我以為這輩子再也不能看到你了呢！」

解靈的真情流露讓得項思龍心頭也是一種激動，不過想來解靈在曹秋道的薰陶之下，性格本是怪僻偏激，項思龍在解靈心目中乃是曹秋道和母親善柔之外第一個對他施以愛心和關心及讓他敬服的人，所以解靈現刻受曹秋道控制的魔障一解，也自是對項思龍這解救了他的結義大哥心生一股崇敬的感激之情，更何況項思龍已是多次救過他呢？

輕拍著解靈的肩頭，項思龍輕笑道：「怎麼會呢？我們這不就再次相見了嗎？嗯，你和伯母到底是怎樣被曹秋道給關進這劍道宮的地下秘道的？」

解靈平定了一下情緒，臉露冷狠的恨色道：「自在西域與大哥一別後，我被趙高那老賊給擒住，他把我押往咸陽，準備用我來威脅我師……曹秋道這老賊，不想卻被大哥下令趙高放我，並且大哥為我解去了趙高對我所下之毒。

「我受大哥感化教導之下，於是也依大哥之言向曹老賊辭行，決定離開他去尋母親，不想曹老賊不依，反把我軟禁了下來。後我娘聽項大哥說我在曹秋道那裡，便趕來咸陽向曹秋道求情讓他放過我，可曹老賊陰毒之下假裝答應了我娘，把她騙至劍道宮的地下秘道『火牢』囚禁了起來。

「那『火牢』乃是最為殘酷的一間牢獄，屋壁用精鋼鑄成，只有一處小孔供通氣和送飯之下，其餘處密不透風，用火終日燒灼牢屋，被囚之人在內是生不如死。曹老賊用此來威脅我，要我繼續為他賣命，可我已經答應了項大哥脫離曹老賊，又怎可失信呢？

「更何況由此一來我也看出了曹老賊的陰毒之心，他只是想利用我來作為他的殺人工具，而從來不關心我的其他感受！我誓死不從曹老賊，於是同他大打出手，本想透過他進入地底秘道，啟動毀滅機關與曹老賊來個同歸於盡，但誰想曹老賊對地下秘道的機關並沒悉數告知我，我啟動了地下秘道的封鎖機關，不但沒困住他，反把我和娘給困在了裡面！

「本以為這下必死無疑，不想又被項大哥派人救出了我母子倆！對於項大哥的大恩大德，我解靈這一輩子是報答不了了，但求項大哥能收下我，讓我作你的一個馬前卒，小弟定會誓死效忠大哥的！只要大哥一聲令下，哪怕是上刀山下油鍋小弟也不會皺下眉頭！」

項思龍見解靈的認真模樣，知道不收下他是不行的了，像解靈這樣的剛從歪途走入正道的人，最需要人開導，否則就極易走極端，自己已成為他心目中代替了以前曹秋道的位置，如不隨他意，他必會再次重踏舊路，並且或許會變本加厲，那可就毀了一個可以改造的有用之才了！

解靈現在年紀還小，還有很大的可塑性，如用心栽培，必定他日可以成為一代江湖大俠，自己也就作作好事吧！何況他還是父親項少龍情人善柔的兒子，也說不定是自己兄弟呢？

如此想來，項思龍當下點了點頭，微笑道：「跟著我可以，但往後可得絕對聽我的話做事！第一點就是先要放下你的冷傲架子，做得到嗎？」

解靈臉上一紅，但卻是一臉興奮的嚴肅道：「只要能跟著項大哥，大哥即便是叫我去死，小弟也絕不會貪生！但那些可厭的敵人麼，我卻是很難對他們客氣的了！」

項思龍聽得失笑道：「對敵人我們自是不必客氣的了！噢，你也知道大哥是反秦的，你一直都在秦宮裡活動，到時對你在秦宮裡相識的一些『朋友』可也不能講情面呢！」

解靈目中殺機一閃道：「這個項大哥絕對放心就是，小弟在秦宮中從來只有上下級的關係，而沒有一個所謂的朋友！對於那些作威作福，狼狽為奸的秦狗我是早就看不順眼了，這下跟了項大哥正好可以大開殺戒，拿他們洩洩心頭的悶氣呢！」

項思龍覺得解靈殺氣太重，但想著他一直是曹秋道的一個職業殺手，這種本性自是一下子難以消解了，何況自己殺的人可也不少啊！只要殺的是些該殺之人那也無妨的嘛！

心下想著，當下轉過話題道：「我們去看看伯母吧！」

說著與解靈一道下了馬車，記起了什麼事情的接著又道：「嗯，靈弟可得叫我師父呢！可不能洩了我的底細！嗯，我的行動計畫你都聽圓正大師他們說過了吧！」

解靈沉聲點頭道：「聽說過了！大……師父，我也要與你一道參加這次行動！」

項思龍想著有解靈這熟悉秦宮一些內情的人在身邊也好，可方便自己行事，也可更加確認自己的冒牌國師身分，當下點頭同意，道：「那你可得好好配合我！」

解靈見項思龍答應，歡聲雀躍的道：「太好了！偷金人！夠刺激！我知道該怎麼作的！」

二人說著話時，圓正大師等都已迎了出來，傷重的善柔也由婢女扶著出來迎接。

圓正大師對項思龍雙掌合什道：「項少俠，劍道宮的一切事情都打量好了！

黑鷹屍骨和曹秋道屍骨皆已火化，解靈施主母子也已救出，整個劍道宮的一切護衛也全都由解靈施主出面落入了我們的控制之中，並且已依你之言，我們已購置了大量的煙花！送給胡亥那昏君的禮物也已全部由劍道宮中找出辦置好了！」

項思龍想不到群雄辦事的效力如此之高，微笑點頭道：「好！現在天色已晚，大家小心戒備外，也需作好充分休息，為我們明天的偷金人計畫作準備！」

說著又走向善柔道：「伯母，你的傷勢……不要緊吧！」

善柔目中慈愛又關切的望著項思龍，脆弱的笑道：「幸得思龍你派圓正大師他們相救及時，要不我和靈兒可就……這點傷勢還不打緊，都是些皮外燙傷，看起來挺嚴重，實質上沒什麼大不了的！也幸得圓正大師他們身有靈藥，過不了幾天應可好了！唉，曹秋道這廝心腸太毒，連我和靈兒也想殺，他死得真是活該！對了，思龍，我聽圓正大師他們說你們準備盜阿房宮前的十二金人，這……你可也得小心點，胡亥雖是表面上顯得沒用，但他手下還有一批隱藏的高手，並且他自己一身九天神功更是練至了極峰，那鬼冥、鬼幽我沒見過，但他們的弟子鬼破山、鬼仙子我卻也見過他們的武功，的確是陰深可怕，他們不畏刀槍，人被分屍還可重組，端是詭異無比！據說他們門派的武功乃是得自千百年前的邪門教派修羅門，思龍你可不要大意了啊！」

項思龍早就從曹秋道告知自己說鬼冥、鬼幽所練的乃是鬼仙神功之名，已推測出了他們必和鬼影修羅的「修羅門」有關，現在證實了這推測，心下頓然有了定計！

原來鬼影修羅在項思龍離開西域前把所有有關修羅門的東西都交給了他，其中就包括「修羅寶典」和修羅門的最高令符「修羅令」！有了「修羅令」在手，只要鬼冥、鬼幽真是修羅門的弟子，還怕他們不就範？

所以項思龍現下更是成竹在胸了，拔去了胡亥的爪牙，那他就只有讓趙高宰割的份兒！

歷史是絕不能被改變的！因為有自己，自己這通曉這古代歷史的現代人在！

項思龍的心情顯得豁然輕鬆起來，想起自己還有「皇命」在身，當即辭過圓正大師和善柔等人，領了解靈和向問天等人大搖大擺的去各大官員府中「宣旨」去了。

這下有了解靈這對秦室在咸陽城的兵力佈置和王侯之府瞭若指掌的人帶路，項思龍自是不會再錯路了，忙亂了大半個晚上，大宣讀「聖旨」，這些官員自是恭恭敬敬的應允下來。現在就只剩下趙高一家沒有去了！

項思龍領著眾人邊向丞相府進發，心下邊盤算著怎樣應付老奸巨猾的趙高，怎樣從他口中套出或威迫出「死亡之符」的秘密，這傢伙實在是太詭了，不得不花點心思對付。

剛到得相府大門，守門護衛見了是曹秋道這當前與趙高一般發紅的國師，當即進府通報。

不多時趙高便隨著幾名貼身護衛走了出來，見著「曹秋道」隨了大批人馬到來，臉色微微一變，口中卻是打著哈哈道：「是什麼風把國師給吹來了呢？請國師的手下去客廳休息！」

說著向一護衛擺了擺手，接著又道：「國師難得來我相府，咱兄弟今個兒可要好好敘敘了！嗯，明天是皇上的三十壽辰，國師倒是有什麼禮物獻給皇上呢？」

項思龍不想與趙高來這虛偽的官場交道，當下傳音給趙高道：「護教左使，是本教主！現有要事與你商議，快遣散你的護衛，咱們進你府中密室說談！」

趙高聽得臉上現出驚詫之色。但當即反應過來，仰天打了個哈哈掩飾過心中的不安道：「當然了，國師今個兒來我相府，哪有不客氣招待之理？吩咐下去好好款待解公子他們！本相與國師有要事要談，給我加強防衛，外人一律不許進府！」

說著支開了身邊的幾名護衛，神態恭敬的領項思龍進了府中一間密室。

項思龍坐定後，趙高向他行禮問安，接著一臉詫色的道：「教主，怎麼你……」

項思龍截口道：「這事待我慢慢說來吧！嗯，胡亥明天準備對你不利，你可知道？」

趙高嘿嘿一笑的點了點頭道：「這個屬下早就作好準備了！他現在任期已滿三年，我這輔政大臣可就要向他交出兵權和經濟大權，他實權一握，自是想作反！哼，不過，我也早就作好佈置了，我暗中調了五萬兵馬，隨時準備殺進宮去幹掉胡亥，反正教主著我殺了他，這事遲早是要進行的，那若提前些時日，要不胡亥大權在握，要想對付他可就難了！」

項思龍見趙高對「死亡之符」之事隻字不提，心下一陣冷笑，語氣變冷道：「本座現在還不想要胡亥死，因為本座從曹秋道口中深得了有關秦王朝的重要秘密！」

趙高聽得臉色一變道：「教主把曹秋道怎麼樣了呢？他告訴了教主些什麼秘密？」

項思龍冷哼了一聲道：「這個我想左使心裡明白！至於曹秋道麼，他被黑鷹殺死了！」

這下趙高更是震驚，脫口失聲道：「黑鷹！始皇手下的頭號殺手！他怎麼殺死曹秋道？」

話剛出口，當即發覺自己失言，不待項思龍開口，便已又訕訕道：「對於這黑鷹的事情，屬下沒告知教主，請教主見諒！說起黑鷹，乃是萬毒之王無涯子……」

不待趙高把話說完，項思龍便打斷道：「這個不用你來述說，本座已經知道，並且萬毒之王無涯子的舍利子『毒王魔珠』已被本座服下，本座已具有萬毒之王的異能了！」

項思龍說這話，乃是想給趙高一個下馬威，因為武功雖可殺人，但用毒殺人卻更可讓人心寒，因它可殺人於無形，殺人於不知不覺，也可殺人於痛不欲生，慘不忍睹。

趙高果是臉色再變，聲音極不自然的道：「那可恭喜教主再獲奇功異能了！嘿，這個……屬下也知道教主在生我的氣，不過屬下也已打算把有關胡亥身邊還有幾大絕頂高手——鬼冥、鬼幽等相助等之事告訴教主的，但屬下想來教主神功天下無敵，對付他們幾個小角色，應是可不費吹灰之力，所以也便沒有告訴教主了！更何況待屬下殺了胡亥，這幫人自會作鳥獸散！」

項思龍見趙高總是左右而言其他，心下惱怒，當即直點來意道：「趙高，你不要跟本教主兜圈子了！哼，你是不是不想活命了？本座要知道的是有關『死亡之符』的秘密！」

這一下趙高面如死灰的道：「原來教主一切都知道了！屬下該死，原想利用這最後一張王牌來威脅教主，如若你想滅秦就必須向屬下屈服，現在教主既已知道，屬下自是只得如實相告了！

「『死亡之符』乃是秦始皇當年獲得的一本天書，傳說乃是赤帝當年寫下的，內中介紹了天下各代的興衰預言，非常準確。但是也寫有要想哪一代滅亡的方法，秦始皇之所以能一統天下，就是因為他得到了這本天書！

「為了不讓天下落入他人之手，所以秦始皇從生前就把這本天書藏入了他皇陵的一處秘密之內，舉天下只有他和微臣知道這處藏書之所，但是那裡所布機關可說全都是必殺的毀滅性機關，如無秘圖指引，當世之上絕無任何一人可以闖過那裡機關找到秘密。

「秦始皇乃是屬下用一種叫作大麻的慢性毒藥毒死的。他臨死前已連寫一封遺詔的力氣也沒有了，原因是這種叫大麻的慢性毒藥吃了可以讓人飄飄欲仙，精力充沛，但不能斷掉，一旦斷藥，服食得上癮了的人便會全身乏力，痛苦不堪。

「秦始皇聰明一世，到頭來卻也還是中了我趙高的陰謀！這種大麻長期服食，會讓人傷了心脈和大腦神經，讓人身體逐漸垮下去，任他任何補品藥物也滋補不過來，元神直至耗盡之後，人便會淒涼死去。

「這種慢性毒藥乃是屬下的前任教主阿沙拉元首給我的，端的是會殺人於無形又不會被人覺察，對付秦始皇這等人最是有效不過！阿沙拉元首一直對中原這塊大肥肉虎視眈眈，可秦始皇確是一代梟雄，手下高手如雲，又修築了浩大宏偉的萬里長城，讓阿沙拉元首不敢冒然出擊。

「這是題外話，但『死亡之符』除了一部天書之外，卻又有一種掌握整個大秦軍隊和王侯貴族生死的毒藥，這種毒乃是秦始皇當年自己種下的，因為天書中說他欲得天下，必須對他所有成員都下一種『神之命』的可說是毒也可說不是毒的蠱，這種蠱會世代相傳，永世不絕，可只要利用天書中所說的另一種『死神命』的蠱，卻又可讓所有種有『神之命』蠱的人死去，因為這兩種蠱毒乃水火不相溶的蠱毒，一者可存，二者相合則讓人死之無形。

「這兩種蠱毒都很好放，只要一點點就可繁殖至千千萬萬，一年後方絕，可這一年中卻又有幾人能不中蠱？這兩種蠱毒乃是存活於空氣中的，有哪人不能呼吸呢？不過說也奇怪，秦始皇當年為打天下給他秦人施放了『神之命』蠱毒，所以只有秦人遇『死神令』蠱毒才會死去，或喪失任何戰鬥力任人宰割！

「因我掌有天書秘密的進入秘圖，所以胡亥對我一直都只得言聽計從，雖然他擁有他父皇留下的大批高手，但還是莫奈我何！可他竟精明，竟然猜測出天書藏在阿房宮地底的驪山皇陵內，為防我去拿取，所以派了鬼冥、鬼幽這兩名絕世高手終年終日守在皇陵內！這幫奴才也忠心，竟然甘願過不見天日的生活，任我怎樣引誘他們，他們還是無動於衷，所以我一直不能得手，但在這幾年時間內我已控制了全國上上下下的兵權，朝中王公大臣也有十之八九效忠於我，連胡亥宮中的太監婢女護衛全都是我的人，胡亥也被我用大麻給套住了。

「這昏君想殺我？他還沒這個能耐！雖然他有大批高手，但如沒人擁護他，他又能拿我怎麼樣？我本已寫下了一封遺書準備交給教主的，那就是我威脅胡亥的手段！我在遺書中寫下了我所藏有關『死亡之符』的秘圖所藏處，教主只要一得到秘圖，以教主現今在江湖中的名聲，胡亥還能不嚇得屁滾尿流？這也就是我所說的對付胡亥的辦法了！我已準備豁出去了賭這一把！他胡亥是個聰明人，不會不作考慮的，我的勝算很大！即便輸了，他胡亥他秦家江山也存不長久！因為有教主在嘛！」

說到這裡，頓了頓，緩舒了一口氣，從懷中掏出一個密封的玉盒遞給項思龍恭敬的道：「這便是『死亡之符』的秘圖，現在我把它獻給教主！其實，屬下對教主是死心踏地的效忠了，只是屬下還存一絲野心的幻想，現在想來真覺汗顏！以教主的能耐，天下事有何難得住你？即便沒有天書，教主如想得秦家天下還不是易如反掌？屬下該死，請教主責罰恕罪！」

第七章　咸陽驚變

項思龍想不到趙高突地又變得對自己如此坦誠不諱，看來或許是當自己對他產生壓力時，「迷魂轉意大法」產生的效果就會愈大！不過，趙高心機可也確是夠深沉的，連秦始皇這一代梟雄竟也是死在他的陰謀之下！還有他敢賭，連性命也敢拿去做賭本！這等人早日死去才好！要不，可真是個大禍害！

嘿，天書？死亡之符？神之命與死神令蠱毒？真夠玄的！不知是真是假！

秦始皇得天下難道靠的就是他擁有了天書？這……不大可能吧！

不過，管他的呢！死亡之符的秘圖自己已經得到，日後去取出看看不就可知道天書是什麼東西了！

想到這裡，接過玉盒，面色一緩，虛與委蛇的安慰了趙高一番，接著又把自己明晚準備盜金人的行動說了出來，接著又道：「金人價值連城，我西方魔教要想雄霸天下，就務必有足夠的經費作後盾，所以本座決定明晚偷盜金人，那時整個咸陽城的高手可說都已入了王宮去為胡亥祝壽，正好就此疏於防範之際下手，這事還得左使也幫幫忙，疏通一下你的人馬防衛，方便本座派去的人盜金人！

「我會與你一道進王宮，咱們得施法控制住全域，一來拖住時間，二來把胡亥身邊的殘餘勢力悉數盡除，讓他繼續受我們擺佈！一日不找出赤帝天書，便一日不可殺胡亥，我們還要利用他來穩住大局，免得讓項羽大軍入了咸陽，那麼咱們就又麻煩了！對付胡亥總好過對付項羽！赤帝天書一到手，我們也可根據內中秘密重建另一個天下，讓政權和江湖合而為一！本座要做天下間唯我獨尊的霸王！」

說罷，笑了笑，又道：「當然，本座功成之日，左使的功勞不小，我是不會忘記的！」

趙高聽得項思龍後面幾句豪氣雲天的話和對自己的慰勉，眉開眼笑的道：「憑教主的能耐，這個宏偉目標一定可以實現的！屬下會誓死效忠教主！」

說到這裡，突又面現難色的道：「要徹底除去胡亥的死黨可也有些困難呢！尤其是那鬼冥、鬼幽二人一身怪異武功讓人甚是頭痛，殺也殺不死，反擊威力又巨大！教主可不知有什麼辦法破他們的鬼仙劫功沒有？他們乃是千年前與日月神教齊名的修羅門的門徒，被秦始皇網羅，植入了九天神功的『皇者之令』到他們身上，所以對秦室的王孫忠心不二！除非是身具皇者之氣的人才可以施功破去秦始皇對他們種下的禁制！

「屬下知道教主收服了修羅門的長老級人物鬼影修羅，但這鬼冥、鬼幽因身懷皇者之氣，使得他們自身功力極限暴發可比他們自身功力高出二倍以上，教主要除去這二人，卻甚是困難呢！至於鬼破天、鬼仙子之流，因鬼仙劫功還未練至脫殼飛升的至高之境，所以還好對付！」

項思龍聽得趙高這話，心神一陣大震，鬼冥、鬼幽二人可發出比鬼仙劫功還高出二倍以上的爆發力？這……鬼影修羅的武功自己見識過，現在是兩個比鬼影修羅還要厲害的怪物，自己倒確是不得不小心了！

據鬼影修羅送給自己的修羅寶典中介紹，鬼仙劫功乃是利用分子的重組而獲得再生的，但是人體中不能摻入其他雜質，否則就無法回收重組。這也證明鬼仙劫功並非無破之法嘛！

只要用內力讓人體分子產生質變，發生原子炸裂，那不就再也無法重組了！

項思龍皺眉想著，沉默好一陣才斂回神來，對一臉憂色的趙高道：「這個本座自會想出辦法對付他們，你不用操心！嗯，天快亮了，本座也該回劍道宮了！記著，配合本座盜金人行動！嗯，還有，我們明天可要演一齣好戲，大鬧一下咸陽宮！」

趙高見項思龍如此說來，以為他想到了對付鬼冥、鬼幽之法，也愁容一展，笑道：「屬下會按教主吩咐安排好一切的！嗯，咸陽城內的守兵不外兩派，一派是我的人馬，一派是曹秋道的人馬，不若我們雙方均派出兩名人手，持令配合行動，這樣即便有什麼異況，也可及時制止了！不過阿房宮內胡亥安排的人手也不少，可得先解決掉才行！」

項思龍想不到趙高想得如此周全，當下讚賞道：「左使說得有理！嗯，我方就派解靈吧！他為劍道宮少宮主，威信大些！嗯，左使可也得派出有份量之人去協助行動！」

趙高樂歪歪的點頭應「是」，二人當下商談了些詳盡的計畫，項思龍這才出了秘室，領著解靈、向問天等一眾人打道回了劍道宮，這時天色已是破曉了！

剛到府中，就聽得劉邦的聲音焦急的傳來道：「是項大哥回了嗎？」

項思龍一聽劉邦語氣如此急促，心下一沉也衝遠處迎來的劉邦道：「邦弟，發生什麼事了嗎？」

劉邦三步並作兩步跑到項思龍身前，粗氣喘喘的道：「不好了，項大哥。」

只聽得這五字，項思龍的心就猛地往下一沉，頓忙道：「邦弟，什麼事不好了？」

劉邦連喘了兩口粗氣，平定了一下心神道：「項羽說為擾亂咸陽城，方便今晚盜金人，竟是殺了一名秦兵軍官，易容裝扮此軍官，準備今日混進咸陽宮去刺殺胡亥，連那范增和騰翼也阻他不住，他們只好著我來請大哥你去阻止項羽！」

項思龍聞言臉色大變，想不到項羽竟然如此任性胡鬧，到時殺不了胡亥不說，反會使得整個咸陽城雞飛狗跳封守嚴密，那還怎麼盜金人啊！

還有，項羽如此一鬧，倘若洩露了身分，讓秦主知道他這楚軍的兵馬大元帥竟然入了咸陽城，胡亥會下令殺他不說，讓秦將章邯知道了反會藉此良機向項羽大軍反撲，軍中無帥，不戰自亂，這……項羽真是太任性太衝動了！

自己也告訴過他，胡亥身邊有鬼冥、鬼幽等一眾絕頂高手相護，他能殺了胡亥嗎？

項羽這般的自負狂妄，終有一日會自毀在這種個性上的！

項思龍心中一片混亂，忙問道：「那項羽現在有沒有進宮？」

劉邦搖頭道：「還沒有！吉時未到呢！騰翼、范增他們也在極力勸止著他！」

項思龍略沉吟道：「那好，我現在就去見他！這小子……」

項思龍的話還沒說完，突見得一個江湖英雄的門人跑了進來，臉上滿是慌色的道：「項少俠，不好了！有太監正往咱這裡趕來呢！」

項思龍心下再次一沉，但還是冷靜的對眾人道：「大家都進入府中暫時避一下，免得讓這些太監看出了什麼破綻！胡亥這傢伙詭得很，可不能不小心防著！」

也已迎了出來的圓正大師、善柔、青松道長聽了，低言避入府中，項思龍和解靈及向問天等進入大廳，裝出一副在商議為胡亥壽辰準備些什麼禮物的樣子。

一切剛剛就緒，就見一名老太監領著三名年紀均都不小了的三名中年太監進入劍道宮，解靈一望幾人，低聲對項思龍道：「大哥，年老的太監乃是當前的太監總管戚老三，胡亥的死心腹，這傢伙一身魔爪功爐火純青，也算是個高手！只不知胡亥竟派他到我劍道宮做什麼？看來情況或許又有他變了，大哥可得小心應付！」

項思龍面色沉沉的點了點頭，在「護衛」的通報下，走出大廳，望著那太監總管戚老三，哈哈大笑道：「戚總管來我劍道宮，不知是皇上有何吩咐呢？」

戚老三顯也懼項思龍這當今皇上的「大紅人」，一臉堆笑的道：「也沒什麼大事，皇上只是吩咐奴才來請國師進宮為他打點今日壽宴之事，現在已不到兩個時辰了！」

項思龍不知此話虛實，也不知胡亥是否真懷疑自己來沒有，項羽這小子又在胡鬧，這……自己現在倒是怎麼辦呢？不過，計畫都已經預定好了，如自己不去皇宮，那可真是徹底洩了自己的底了，還有趙高可也說不定會有危險，這傢伙雖是個禍國殃民的大壞蛋，但他是歷史中舉足輕重的「大人物」，無論如何自己也是需要「保護他的安全」的啊！

不管那麼多了，一切還是邊走邊看隨機應變吧！

心念電轉間，項思龍當下漫不經心的「嗯」了聲道：「這個本國師已經知道了！現下我還有些事須安排一下，戚總管就請先行一步吧！本國師隨後就到！」

戚老三臉上掠過一絲異色，卻還是陪笑著道：「這個無妨，小的等府外候著國師就是了！」

項思龍心下一定，不動聲色的淡淡道：「也好！戚總管就請稍等片刻，本國師安排好府中的一些事宜後，即刻就隨戚總管去皇宮見皇上！」

戚老三當下向項思龍和解靈躬身行禮後，領了幾個太監出了府外。

待戚老三幾人一退，項思龍當即走進內府，對劉邦一臉嚴肅的道：「邦弟等馬上趕回去阻止項羽魯莽行事，如實在阻止不了，我會見機行事阻止他的！叫范增、騰翼他們照原定計劃行事，如事出有變著實難以應付，所有人即刻撤回劍道宮！據曹秋道給我的宮中建築圖顯示，這劍道宮有一處秘道可直通咸陽城外，想來也是曹秋道建來作變故時逃命用的，現下正好可作為我們的第二步退路！記住，一定不得硬來！」

劉邦點頭應「是」，項思龍又轉向圓正大師道：「大師請負責看好劍道宮，作好一切退路的準備工作，如有他變，即刻發出信號通知我們！」

圓正大師肅容點頭，大家又再商妥了聯絡信號，項思龍才領了向問天等一眾「護衛」出了劍道宮隨等得有些焦灼不安的威老三等去了皇宮，解靈則被項思龍勸說留下作為掩護劉邦、騰翼他們的盜金人行動，並且告知了與趙高派出手下的聯絡暗號，好相互配合。

項思龍隨威老三進了皇宮，此時天色已是微亮。

剛一進宮，即又有太監來到，胡亥著項思龍這「大國師」進見。

項思龍心懷戒備的隨太監去了太和殿見胡亥，卻見胡亥正滿面春風的在太和殿內來回察看著，在他身後跟了三人，其中以一渾身上下釋發出一股森寒冷氣的冷面老者最引項思龍注意，卻見他身著黑色長袍，頭髮花白，一臉鬍子足有一尺多長，也是花白之色，眉毛卻是濃黑，濃黑的眉毛下面是一雙冷得讓人看了發毛的眼睛。

其餘二人一男一女，男的看起來有四十上下，鼻高嘴大眼睛深陷，也是一臉冷冰。那女的卻是看起來順眼多了，一身大紅色的籠紗配著一頭烏髮和苗條的身材，讓人一看就覺得是個惹火的娘們，果然一張臉蛋也長得俏豔非常，眼睛也無殺氣，但卻是勾人奪魂，妖媚十足。

胡亥此時發覺了項思龍的到來，駐步望著項思龍，目中顯得即興奮又疑惑，見他打量那冷面怪老者，有些得意的突在哈哈大笑打破殿中平靜道：「來來來，朕為你們相互介紹過，這位是朕的秘密頭號高手鬼冥，其餘兩位是鬼冥的兩大得意弟子鬼破山和鬼仙子，他們是朕今個兒特地請出來維護壽宴治安和對付趙高這老賊的！」

說罷，暗暗看了一番項思龍的臉色，見他只略有詫異，也是一臉喜色，沉吟了片刻，接著又向鬼冥他們介紹項思龍道：「這就是曹國師了，朕的心腹和得力助手！」

鬼冥本是連望也不望項思龍一眼，這刻聽了胡亥的介紹，只冷傲的橫了項思龍一眼，鼻中發出一聲冷哼，怪聲怪氣的道：「皇上，恕臣冒味無禮，我怎麼看這曹國師似不是皇上心腹，倒像個作窩底的奸賊？

「嗯，臣記起來了，據破山說，曹國師昨晚去了趙高那狗賊的府第，進去了足有一個時辰，也不知是否在密謀對皇上不利是不是？」

胡亥聽了，只嘴角浮起一抹冷笑望著項思龍，並沒有開口說話，顯是他對項思龍此舉動疑心，在靜待項思龍給他一個滿意的答覆，否則可能要對項思龍大開殺戒了！

項思龍心下大是訝然，難怪戚老三這麼一大早就去傳旨著自己進皇宮呢，臉色也有些怪怪的，原來卻是因自己進了趙高相府之事！嘿，這個本少爺早就想好答案了！

想到這裡，當下對胡亥行過君臣之禮後，站了起來，不慌不忙的平靜答道：「微臣也正想向皇上稟報一些秘密呢！」

說著，向鬼冥幾人望了一眼，又轉向胡亥，意思是叫胡亥支開三人，自己有密話要對他說。

胡亥不是傻瓜，自也明白項思龍的意思，略一沉吟後道：「曹卿家有什麼話但請直說無妨，這裡都是自己人，殿內外也作了佈置，沒有人會洩密的！」

項思龍聽了心下一緊，想不到胡亥昨晚竟也一夜沒睡，只不知他都做些什麼佈置！

嗯，還有一個鬼幽沒有出現，胡亥把他安排到什麼地方去了呢？自己可得先獲取他的信任，隨後從他口中套得他的秘密，要不可或許真會有什麼不對了！

如此想著，當下肅了肅容道：「微臣昨晚奉皇上旨意去各王公大臣府中傳達旨意時，不想無意中被我逮得了一名飛賊，臣於是當夜嚴刑逼供，終於被臣逼出了此人身分和他潛入我咸陽城中的陰謀！原來這名飛賊乃是西域名震一時的地冥鬼府派來的人，他說他是奉了他少主項思龍之命進城來有要事見趙高的！微臣聽得這裡，已是心下大驚，當即緊緊追問下文，可不想這時卻實地飛來一支飛鏢劃中了這人咽喉……這……是臣防衛不力，還請皇上恕罪！」

胡亥和鬼冥這時都聽得入了神，聞言，胡亥頓忙擺手道：「國師接著講下去！」

鬼冥卻有些緊張的道：「那支飛鏢呢？國師能否拿出來看看？」

項思龍心下泛泛一笑，他正巴不得鬼冥此說，因為他正是要栽贓於他，讓胡亥對他起疑心而信任自己這假國師！鬼影修羅曾送給項思龍幾個小修羅刀，並傳授了他修羅刀的放使之術，說修羅刀可殺人於百丈之外，並且專封人咽喉，一刀斃命，想不到這刻卻也給派上了用場，當下從懷中取出了一把修羅刀遞給鬼冥，淡淡的道：「不知鬼冥先生可認得這物？嗯，在下曾聽說過有個修羅門，此門派中所用暗器……鬼冥先生可知修羅門的來歷嗎？在江湖中消聲匿跡了好多年呢！」

鬼冥接過修羅飛刀，出神的怔怔審視著，胡亥卻是臉色陰沉沉的望著鬼冥一字一字道：「鬼冥，你還有什麼同門嗎？這修羅飛刀究竟怎麼解釋？」

鬼冥此時臉色時陰時晴，一臉殺氣難看之極，聞得胡亥的這問話，斂了斂神，恭聲道：「回皇上，這飛刀確是我修羅門的修羅飛刀！據奴才弟子破山在江湖中收集的情報說，西域項思龍收伏了奴才的同門師兄鬼影修羅，看來此人也已潛入了咸陽城，趙高這奸賊當真是想謀反了，竟然勾結了西域項思龍！皇上，今天的壽宴必定危機重重，咸陽城或許有大變，我們得重新計畫對策！」

胡亥此時臉色煞白，喃喃道：「西域的玉面神龍項思龍，他不是已成了西方魔教的新任教主了麼？趙高這奸賊真與魔教有勾結？這……現在如何是好呢？也不知魔教有多少人潛入了咸陽城？這……國師，你……接著講下去！」

項思龍見得胡亥這等手足無措的模樣，知自己的聲東擊西之計成功了，心下暗暗鬆了一口氣，曹秋道畢竟是胡亥登基以來藉以依仗的心腹人物，項思龍略施小計便挽回了自己的劣勢，當下更是侃侃而談道：「飛賊被殺之後，微臣心下大驚的頓忙出府視察，卻果見屋頂著一道黑影飛馳而逃，我當是隨後緊追，不想追至相府時，刺客卻沒有蹤跡，臣心下狐疑之下，於是回府叫了人馬借傳皇上旨意為由進了丞相府，想從趙高口中套出跡象來，可趙高這老賊顯得甚是從容不迫，平靜非常，似是對什麼都把握在胸似的。

「臣當下假裝詢問趙高在今日的皇上壽宴為皇上準備了什麼禮物，趙高卻是突地詭秘一笑的對我說，明晨就可知曉了，還說什麼叫臣三思，良禽擇木而棲之類的話，微臣與趙老賊周旋了半天，終沒大收穫便告辭回府。

「剛到府中，戚總管便上府說皇上有傳，臣當即趕至宮中，誰知……皇上卻對臣起了疑心，這叫臣感到很是委屈，還請皇上明察秋毫！臣跟了皇上這多時日，對皇上的忠心皇上是應該知曉的，讒言可畏，或許是做賊的人在喊抓賊呢？」

說著望了一眼臉上已成豬肝色的鬼冥，顯是在向胡亥挑畔。

胡亥卻是沒有對項思龍的話作出反應，只沉吟了好一陣，才又向項思龍道：「方才的話，國師也不必放在心上了，鬼冥也是在為朕的安全著想！嗯，不知國師對趙高這奸賊今日會有什麼行動能否說出些看法呢？這老賊真有膽子作反嗎？」

項思龍想起還有個鬼幽不知被胡亥安排到什麼地方去了！聞得此言心下一動，忖道：「項羽今日很有可能會刺殺胡亥，自己何不如此這般將這罪名推到趙高頭上去，把那鬼幽給引出來呢？要不被這傢伙察覺了劉邦他們盜金人，那可就麻煩了！」

心念電轉間，故作沉思了一番，才道：「據微臣看來，皇上今日要趙高交出『死亡之符』的秘圖，這老賊定然知曉交出秘圖後，皇上會對他不利，所以他其一可能就是利用他權傾朝野的威勢來個對皇上不理不睬，叫皇上也拿他沒辦法，其二可能就是在今日壽宴上安排高手刺殺皇上，策動政變，陰謀奪權。

「這第二個可能性最大，要知道趙高手下高手如雲，他又一直野心勃勃，如今又有項思龍派來的高手相助，所以他們極有可能發動政變。

「微臣已調來了我劍道宮的頂尖級高手護衛皇上，但如真有那個什麼鬼影修羅相助趙高的話，那……皇上，我們可就得再派人手了！要知道那鬼影修羅乃是千多年前與日月天帝齊名的魔頭，一身武功之高可想而之，我方如無可與之匹敵的超級高手……皇上可得小心為是啊！」

胡亥聽得臉色連連數變，沉地轉向鬼冥道：「天王一號，你即刻去阿房宮把天王二號鬼幽也招來保護朕！趙高這老賊既然想作反，今天朕就來個一不做二不休，以其人之道還治其人之身，把他給殺了算了！趙高一死，『死亡之符』終會找到的！」

鬼冥臉色微微一變道：「這……皇上可得三思！如趙高來個聲東擊西，趁阿房宮虛無人守時去開啟了秘宮，那……皇上可得想清楚啊！」

胡亥一臉陰沉的冷聲道：「秘宮內埋有水銀大陣，硬闖者必無生還之理，然後要開啟秘宮那扇萬噸巨門，非習成十二層功力的九天神功不可，因為父皇當年在把無字天書藏入秘宮時就已考慮過為了不讓外人得到無字天書，所以在安裝秘宮機關時，將一塊可以吸攝功力的奇鐵，貫注了九天神功的內力，再一起嵌進機關之內，故只有身負我皇家霸氣九天神功的人，可運用同氣相引之法開啟秘宮之門，否則縱有通天本事也無法開啟。

「趙高雖有『死亡之符』秘圖可通過『五毒殺』和『五行陣』進入秘宮大門前，但他不是天命之相之人，沒有皇上霸氣，沒練成九天神功，所以他也無法進入秘宮取得無字天書！

「若然硬闖的話，只會發動水銀大陣，將整個阿房宮封固，人書共滅！朕為了得到『死亡之符』秘圖開啟秘宮拿到無字天書，乃是因為父皇跟我說過，利用無字天書得到的江山只可保百年不衰，如想千秋萬代，就必須五十年看一次無字天書，用書中所見到的政策統治天下。

「現在我大秦天下統治已逾四十年，朕若想永保大秦，就必須得到無字天書。父皇當年把無字天書封入秘宮，乃是怕他人得了天書，對我大秦不利，才有此著。

「要知道無字天書乃是當年赤帝究其畢生修為，貫天徹地而留與後世的一件秘世之物。赤帝留下此書，本意是造福後世，誰知後來卻成為皇家用來爭奪天下的珍寶。

「無字天書故名思義，內中並無一字，而且這卷天書更有一個神秘奧秘之處，便會因應那翻書人心裡的希望，而出現他希望看見的事情答案，或他自己的命運！

「不過，每個人也只能翻閱天書一次，實現一個願望，當第二次翻閱時，就會什麼也看不見了，這無字天書乃是我秦皇的至高機密，父皇聰明一世不想終究糊塗一時，把『死亡之符』交給了趙高這奸賊看管！」

說到這裡，胡亥長長噓了一口氣，臉色陰沉的接著道：「朕把這個秘密告訴你們，因為朕信任你們，你們可不能洩露出去讓朕失望。據父皇所說，我大秦江山至少還可保六十年，那時朕都已經仙逝了，還管他什麼大秦存亡呢？朕已經決定了，不惜任何代價也要殺了趙高！我已經受夠他了，天王一號，你即刻去阿房宮調來天王二號，我們今日要先下手為強，幹掉趙高老賊！」

鬼冥這次倒沒有再說什麼，只一臉的驚詫之色，似想不到這「死亡之符」中還有這麼多秘密，但還是領命退下。

項思龍此時心中也是唏噓不已，這古代玄之又玄的事情實在太多了！無字天書！這世上真有如此神奇的書嗎？太不可思議了，自若神話一般！

項思龍心下想著，卻已慶幸略下心計，不但知曉了有關「死亡之符」更多的秘密，且讓胡亥命鬼冥去調來了守在阿房宮的鬼幽，終可對劉邦等盜金人放下些心來了。

胡亥的話打斷了項思龍的沉思，只聽他對自己這假國師道：「曹愛卿，今天你負責嚴密監視趙賊和前來赴宴的人的一舉一動，如發現有異動，就來個先發制人！朕賜你一面虎頭金牌和一柄尚方寶劍！可調動所有禁衛軍和先殺後奏，無論王公大臣皆可殺之。反正要與趙老賊硬碰硬了，咱們也便豁出去了！」

說著自懷裡掏出一面金牌和解下了腰間佩劍遞給了項思龍。

項思龍謝恩收下，心中忖道：「任你胡亥想翻天覆地，歷史註定了是趙高殺你，你就決殺不了趙高！因為有我項思龍這通曉歷史的現代人在，歷史又豈容改變呢？你胡亥機關算盡，到頭來也只不過是算著你自己罷了！」

東方破曉，皇宮內就熱鬧起來了，太監宮女為擺壽宴忙個不絕，護衛武士也打起精神持槍執刀的防守在皇宮內外，不敢有得絲毫鬆懈。

項思龍已安排好了向問天等一眾手下「護衛」，每人都發下一面國師府令牌。以方便他們「耀武揚威」，負責巡邏皇宮護衛，實質則因此可掌握皇帝所有動靜。

胡亥把接待賀壽大臣的任務全權交由了項思龍這冒牌國師打理，自己則去養生殿閉目養神去了，真不知他還有得多少時日享受這種生活？

太陽初升，就有各路人馬帶著豐厚賀禮向皇上祝壽來了，每個臣都面色嚴肅，似也知今日必會發生什麼事似的，倒顯得沒有多少活躍氣氛。

當趙高率領足有百十數人浩浩蕩蕩的人馬到來時，所有大臣都頓忙起身，項思龍這「國師」就顯得冷落了，由此可見趙高在秦王朝中確是勢力龐大。

項思龍依早先與趙高約定好的，讓自己「國師」也與趙高親近親近，好讓朝中大臣更加懷疑，自己這「曹秋道」也投靠了趙高，使他們愈發心向趙高，當下滿面堆笑的上前與趙高握手言歡道：「趙承相也來為皇上祝壽了，只不知為皇上獻上了什麼禮物啊？嘿，其實趙相也不必親自來送禮的嘛！派人送來不就夠了！」

項思龍這話意明顯是說趙高身分比胡亥還高了！只聽得各路大臣心下一突。今日是皇上大壽兼領兵權之日，自己等本欲見風使舵，如趙高失勢，便即投向胡亥，迫趙高交出兵權，但如今看國師與丞相的親熱和聽國師之言，他倆似已合作，這……朝中兩大最有權勢的聯手，自己等還是不要背叛丞相的好，要不丞相得勢，他日怪罪下來，還不抄家問斬？胡亥依仗的自己國師也似當年的丞相李斯般做了趙高的奴才，那麼胡亥就大勢已去，自己等還是……

眾人臣心下如此想著，趙高也已哈哈大笑道：「皇上大壽，做為臣子的豈能不來道賀？更何況今日主持壽宴之人是國師，本相不賣皇上面子也要賣國師面子啊！」

項思龍連說：「豈敢！豈敢！」

與趙高並肩在眾目注視下親熱的進了內殿，只讓得眾人臣心向趙高的主意更加堅定了，連受曹秋道和胡亥控制的一些大臣心中也有了動搖，忐忑不安，舉棋不定起來。

進了內殿，趙高一改傲態，躬身對項思龍低聲道：「教主，屬下一切都已安排好了，今日胡亥這小子不發難便罷，如若對屬下發難可有得他好看的！」

項思龍一臉嚴肅的點了點頭，沉聲道：「為了方便今晚盜金人行動，本座今日會派一名刺客來扮裝行刺胡亥，以擾亂咸陽，轉移目標，到時左使可得好好配合我方行動！嗯，看來眾大臣已懷疑咱二人合作了，今天不到萬不得已不可對胡亥用強，咱們還得利用他來穩住朝政呢！不過，如有可能，便殺了鬼冥、鬼幽、鬼破山、鬼仙子他們！胡亥則是一日沒得無字天書便一日不可殺他，要知道開啟秘密之門還得胡亥這身具皇者之身的修有九天神功之人！」

趙高面色一愣道：「教主連這秘密都知道了？胡亥告訴你的嗎？」

項思龍點了點頭冷冷道：「本座要知道的事沒有不知道的可能，嗯，左使之所以一直沒殺胡亥，大概也是為著這原因吧！」

趙高一臉惶恐道：「請教主恕罪，不錯，屬下投入秦始皇手下本就是為了得到這本無字天書，以為日後雄霸天下打下基礎。可誰知待屬下得到有關無字天書的秘密『死亡之符』後，才知要想開啟秘宮之門務必身具皇者霸氣和九天神功。屬下無奈之下只得推立了胡亥這混小子為秦二世，因他具備這兩種條件！

「可又誰知秦始皇這老狗還是防了我一手，留了鬼冥、鬼幽和任橫行、田霸、曹秋道等一眾人輔助新皇，以防止我有什麼異心，所以屬下一直無機會殺死胡亥！不過，現在把命都交到教主手上了，其他的一切自是都不重要了！」

項思龍見趙高這下對自己可真算是推心置腹了，也便不再為難他，只淡淡的道：「好了，你下去做你的事情吧！記著，絕不可私自有什麼行動！沒有本座的命令，你還是按兵不動的好！」

趙高連連躬身應是，項思龍也不想與他多耗下去，擔心著項羽刺殺胡亥，當下吩咐趙高出去應酬各王公大臣，自己則往養生殿「探望」胡亥去了。

剛到得養生殿廳門前，一個熟悉的身影落入項思龍眼中，讓得他心下一陣狂跳。

是項羽！想不到這小子真來刺殺胡亥！

不行，自己可得設法阻止他！

心下想著，當下加快身速往養生殿內馳去。

「什麼人！」胡亥一聲冷沉的喝乍聲驀地傳來，接著是「鏘」的一聲兵器出鞘之聲，只聽得項羽的聲音冷喝道：「取你這狗皇帝人頭！」

聽到這裡，項思龍心下一沉，暗暗叫糟，自己還是來遲一步，沒能阻止項羽的魯莽行動。

「噹噹噹！」一陣兵器磕擊之聲響徹整個養生殿，接著眾多秦兵護衛驚叫：「有刺客！有刺客！保護皇上！」的慌恐聲傳出。

當項思龍近入養生殿時，一眼就見著項羽裝扮的秦兵軍官正執劍在空中飛竄著頻頻向一臉驚駭之色的胡亥出擊，還好胡亥底下還有那麼兩下子，一時之間項羽也沒能得手，而蜂湧而出的秦兵高手已皆拔出兵刀在手向項羽圍攻上去，項羽怒喝一聲「找死！」劍光所過之處，秦兵護衛紛紛慘叫倒下。

鬼破山和鬼仙子二人此時聞聲現出，見正被秦兵纏住卻還是發出罡氣頻頻向胡亥攻擊的項羽，鬼破山暴喝一聲：「大膽狂妄，敢刺殺皇上！簡直是找死！」

言語間與鬼仙子雙雙拔劍飛身向項羽攻擊過去，鬼破山同時又衝眾護衛喝道：「你們退下！讓我們來對付這大膽刺客！」

眾秦兵正懾於項羽神勇，聞言心下大呼：「救命菩薩！」紛紛退守一旁。

項思龍趁這當兒，也閃身飛馳又驚又怒的胡亥身邊，一把扶住身軀在微微發抖的胡亥，假作關心的驚聲問道：「皇上，你沒事吧？」

胡亥見了項思龍心神大定，又一臉怒色的衝他喝斥道：「國師，朕把今日的壽宴交給你主持，你卻是怎麼搞的？竟然讓刺客給混進了皇宮之內！」

項思龍惶恐道：「皇上休怒！這刺客逃不了的！微臣已經盡心盡力的審查了每一個人了，只是想不到刺客竟僑裝成我大秦的軍官，趙高帶來的人微臣不便嚴查，所以……趙高剛剛一到，微臣擔心這傢伙搞鬼，便頓忙趕來養生殿探望皇上，想不到……看來趙高這老賊今日是真想作反了！皇上，鬼冥、鬼幽二人怎麼還沒回來嗎？」

胡亥氣平了些，卻還是冷哼一聲道：「朕已給了你金牌和尚方寶劍，你已有權查進出皇宮的每一個人，想不到你卻還是怕那趙老賊，哼，今日朕要把趙賊一網打盡！鬼冥、鬼幽已去請他們師叔祖凶羅了！只待他們一到，趙高一黨就已無足懼哉！」

項思龍聽得心下一沉，凶羅？胡亥還有更高的厲害殺招啊！看來今個兒胡亥真是傾巢出動，欲置趙高於死地了！自己可得小心點！對方那麼多頂尖級高手，憑自己一人之力，也不知解不解決得了？唉，不管那麼多，還得先把項羽殺退再說吧！

如此想來，當下舉目往打鬥場中望去，卻見項羽游刃有餘的敵著鬼破山和鬼仙子，對方二人皆已身上見血，卻更是凶性大發的暴叫著朝項羽進擊。二人把本只修練到八層左右的鬼仙劫功已是提到了極限，全身鬼氣瀰漫，寒意森森，雙目泛著瑩綠之光，皮膚也半紅半綠，端的是詭異非常，近旁的秦兵衛有的功力較淺者已不自禁的打起了寒顫。

可項羽卻絲毫不懼，嘴角浮起一絲輕蔑冷笑，劍出如電如風，罡氣匯成一道渾圓球形，在他身周疾旋暴喝一聲：「乾坤混元神功第六層功力！」

暴聲剛落，只聽雷聲隆隆，項羽全身上下釋發出一道道灼亮的光球，光球在他雙掌的揮動之下，再全部凝成一個超大罡氣球，有若炮彈般向鬼破山和鬼仙子擊去。

連項思龍這等超級高手此刻都感覺到了一股沉重的壓力迫體而來，其他人更是不必說了，眾秦兵紛紛因承受不住空氣中項羽罡氣發出的壓力而跌倒在地，胡亥也是一臉蒼白，雙目發直，鬼破山和鬼內子二人則是嚇得魂飛魄散，暗呼：「我命休矣！」

眼看著鬼破山和鬼仙子就要喪命項羽的乾坤混元神功之下。突地只聽得一聲冰冷的聲音傳來道：「好！你小子還算有點斤兩！我凶羅此次出關，看來也有得活動活動筋骨的機會，要不可真讓我失望了！」

卻見一頭蓬亂白髮，身披一件白衣，全身釋發出蝕骨寒氣的奇醜老者身如電閃的揮掌接下了項羽這威猛一擊，身形動也未動，而項羽則被震得身形晃了兩晃。

奇醜老者暗歎了一聲，望著驚怒的瞪著他的項羽道：「能接下我凶羅五層功力的鬼仙劫功一擊，可也算是當世絕頂高手了，想不到江湖中竟有這等厲害的年輕後輩！小子，你師承何人？但看你方才的功力，倒有點像『混元天尊』那小子的『乾坤混元神功』，你是他弟子嗎？」

項羽此時心下也是驚駭不已，想不到胡亥身邊竟有這等奇絕高手，不但輕鬆接下了自己六成功力的乾坤混元神功一掌，還道出了自己師承，看來項思龍大哥托劉龍那小子說秦狗這方有高手相護的話是真的！不行，一個凶羅已厲害至此，還有什麼鬼冥、鬼幽，項大哥一人怎麼對付得了？自己可也得助他一臂之力！想到這裡，項羽冷冷一笑道：「醜老鬼，出手偷襲，算得了什麼英雄好漢！有本事與本少爺來大戰個八百回合！」

奇醜老者聞言本是目射凶光，但突又一陣怪笑道：「好小子，有個性！有個性！嗯，我凶羅活了一千三百歲，至今還沒尋到一個可繼承我這一身絕世神功的傳人，老夫看你小子根骨奇佳，性子剛烈殺氣又重，甚合老夫胃口，那你不若改投在老夫門下吧！只要你習成了老夫一身功夫，這天下你就可橫行無阻，萬年不死了！」

項羽聽得「呸」了聲道：「奇門邪功，算得了什麼？本少爺才不要學你的武功變成你這般一副又怪又醜的模樣呢！哼，什麼你的武功可天下無敵？本少爺的真功夫還沒顯出來呢！接我十二層功力的『戰神不敗神功』試試！」

奇醜老者似被項羽的不識抬舉給激起了凶性，雙目陰光一閃，嘿嘿笑道：「小子夠狂！就是當年你師父『混元天尊』見了老夫也不敢如此放肆，想不到你卻如此不知死活！好，老夫閉關四百年，新練成了一種比鬼仙劫功更厲害的鬼劫無極神功，今天就拿你來試刀吧！老夫也想看看我的鬼劫無極神功能否敵得過師兄鬼影修羅的潛屍大法呢！小子，老夫讓你三招，你出手吧！」

說完，吞納了一口氣，全身毛髮直立，雙目寒氣直冒，全身膚色給變成了有若寒霜一般的灰白之色，十指突地變長半足，端的是讓人見了就覺如白日見鬼，毛骨悚然。

項思龍一直都在繼繼打量這凶羅，見他竟然能夠凝膚成冰，心下大是駭然，看來這凶羅的武功比之鬼影修羅更深一等了，項羽雖身懷絕世神功，但他可是唱歷史戲的主角，可不能有什麼意外！想到這裡當下把又驚又喜的胡亥交給了也已趕到的鬼冥、鬼幽，走了出來道：「前輩剛剛出關，對付這等小輩還是讓我來代勞吧！」

說著，起先一步飄至項羽身前，衝他暗暗眨了眨眼，冷聲喝道：「小子，你竟然膽敢來行刺皇上，可真是吃了豹子膽！說，你到底是誰派來的？若能乖乖的束手就擒，從實招來，本國師還可向皇上討個人情，網開一面饒你不死！否則本國師可就不客氣了！」

項羽見了項思龍出馬阻攔，略略怔了怔，卻也配合的冷笑道：「說出來也無妨，本少爺乃是趙丞相的秘密殺手，這次奉命來刺殺胡亥這狗皇帝！哼，趙丞相已在整個皇宮內外伏下了千萬兵馬，並且已在整個皇宮的食物、井水，甚至連地板，桌子上都下了天下奇毒——十香軟筋散，待得你們藥性一發作……嘿，乖乖束手就擒的就不是本少爺，而是你們了！好，廢話少說，有本事就來擒本少爺吧！」

說著，手中玄鐵劍一閃，已是進身向項思龍攻來。

項思龍冷笑一聲道：「既然你小子不知死活，本國師就成全你吧！」

言罷，也閃身拔劍向項羽攻去，二人劍來劍往，罡氣頻發，打得激烈異常。

胡亥這時衝項思龍高喊道：「曹國師，生擒這刺客！朕要拿他揭穿趙高的作反陰謀！」

項思龍應了聲「是」，劍中勁氣一加，劍速也加快一籌，手中長劍有若一道白練般在項羽身圍飛轉個不停，只把項羽逼得向殿外「節節敗退」。

鬼冥、鬼幽見了項思龍這「國師」的驚世功力和絕世劍法，心下都不由暗讚道：「想不到曹秋道果也有些真功夫，這刺客身手高強，卻也敵不過他的快劍，倒不愧有『劍聖』之稱！」

只想不到項思龍這「劍聖」卻是個冒牌貨，但他手上使出的卻也當真是絕世劍法，乃是習自月氏光球中的月氏劍法，當然功力不會用猛，只用快劍和「禦」、「吸」兩字功訣，虛裝聲勢的與項羽過招，因技巧太高，一般人自是看不出來。不過，項羽卻倒差不多快盡了全力，所以這打鬥自是顯得逼真非常，連鬼冥、鬼幽也沒看出來。

奇醜老者凶羅卻目光如電的盯著二人的打鬥，突地冷哼一聲道：「你這勞什子的國師，不要耍什麼花招了，快快收拾了那小子！老夫還想收他作徒弟呢！」

項思龍聽得一震，想不到自己的藏拙竟讓這凶羅給看了出來，看來這傢伙倒真是個難以對付的角色！現在該怎麼辦呢？如放過項羽，必會引起胡亥猜疑，那自己的計畫可就全要泡湯了！這……對了，項羽方才不是說趙高在皇宮下了毒嗎？自己服了毒王無涯子的舍利子「毒王魔珠」，已成了毒王化身，何不……

心念電轉想來，當下默運功力把體內潛藏的各種毒氣用功力散佈於空中，突地揮出一掌，把項羽擊飛後，身形一晃，雙手力垂下，雙目失神，惶駭道：「毒！無影之毒——十香軟筋散……」

說著長劍也「噹」的一聲跌落地上，身體癱軟倒下，裝作竭力盤坐運功驅毒起來，項羽見了微怔之下，知是項思龍在故弄玄虛，哈哈大笑一聲，身形電射而退，殺聲傳來道：「無影之毒十香軟筋散終於發作了！本少爺也無需與爾等動手動腳了，還是讓趙丞相來收拾你們吧！」

見項思龍突生變故，項羽逃匿，胡亥又氣又急，衝著項思龍道：「國師你……」

才說三字，卻突感到一陣頭昏腦脹，渾身乏力，跌坐椅上，殿中的秦兵則是「咚咚咚」的紛紛癱軟倒下，凶羅又驚又訝，目視項思龍，喃喃道：「奇怪，方才還沒有毒氣傳出，這刻怎麼……像是毒王無涯子的施毒功夫！」

說著，用鼻盡力吸了兩口空氣，接著又道：「嗯，是十香軟筋散！方才那小子沒說假話！可這施毒功夫……」

凶羅的話悉數落入項思龍耳中，讓他驚駭不已，這凶羅想不到不懼毒性，反能聞氣辨毒，推至這毒氣是毒王無涯子的施毒手段，還感覺出這其中有古怪，可也真是個絕頂高手，自己這下可真要小心了。不要陰溝裡翻船，要知這可是關係歷史的大事，自己可輸不起，稍有差錯，那歷史可能就要因自己而改變了。

心下戒備的想著，凶羅冷哼了聲道：「十香軟筋散雖屬天下奇毒，可還難不到我凶羅！幸得老夫當年與無涯子也有過『交情』，從他那裡盜來了本『毒王真解』！」

說著，自懷裡掏出一包黃色粉末，運功一撒，粉末全部成為氣體融與空氣中，不一會，胡亥、鬼冥、鬼幽等相繼恢復過來，項思龍也不好再裝，當下也站了起來，走到胡亥身前一臉不安的道：「皇上，方才微臣失手，讓刺客逃走，還請皇上恕罪！」

胡亥淡淡的擺了擺手道：「也怪不得國師，想不到毒王無涯子的毒功重現於世！嗯，毒王之子黑鷹當年被父皇網羅，只是於年前神秘失蹤，看來他已是被趙老賊收去了，難怪趙老賊敢如此膽大妄為呢，原來他已從黑鷹手中得到毒王魔珠！只不知方才那刺客是什麼人！趙高竟然如此重用他！嗯，我們這下可得小心謹慎了，趙高的能人異士看來不少，也不知那西域項思龍被他請出馬了沒有？若是此子一到，我們……」

說到這裡，臉上又現緊張不安之色。項思龍望了凶羅一現，笑道：「皇上請出了凶羅前輩這等絕世高手相助，即便他趙高請來天兵天將，皇上也可高枕無憂啊！」

凶羅本還在望著項思龍，聞得這話，一臉得意傲慢之色道：「老夫今次出關，本就是聽兩位師侄說新近江湖中出現了不少年輕人，還有我師兄鬼影修羅也已出關，所以決定出來走訪走訪的，除非是日月天帝那老傢伙重生！」

胡亥聽了面色一緩道：「這倒也是，有凶羅前輩出馬，趙老賊一夥又何足道哉？只等今晚壽宴一開始，凶羅前輩就可大顯身手，殺光趙高一夥，朕就封你為大國師，金銀珠寶美女寶物，凶羅前輩可任由盡取！大家可享富貴榮華！」

項思龍心思沉沉，一臉異色，胡亥認為項思龍在怪他把國師之位讓給凶羅，又大笑道：「當然了，只待趙老賊一死，丞相之位自是非國師莫屬了！」

項思龍聞言斂神嘿嘿一笑，頓向胡亥謝恩，目中餘光卻是落在滿面春風的凶羅身上。

有刺客刺殺皇上胡亥的消息被傳得沸沸揚揚，雖是胡亥的大壽之日，整個皇宮內外卻是沒有多少喜慶之意，巡守武士時時進出皇城內外，整個咸陽宮全在森密的守護之中，凶羅、鬼冥、鬼幽、鬼破山、鬼仙子幾人寸步不離的守在胡亥身邊，項思龍這假國師則被胡亥吩咐去做監視趙高和負責防守的工作，這倒甚合項思龍之心。

眾王公大臣則是全都一副勉力強擠歡顏之相，倒是比哭還難看，顯得心中惴惴不安，知今晚必有更大的事情發生，害怕殃及池漁。

趙高則是一付泰然自若的模樣，時時微笑而又傲慢的向眾王公大臣打招呼，倒似他才是今晚主角一般，讓得眾臣有喜有憂，心中更增凌亂不安。

戶外是風雪怒號，寒氣襲人，街冷人清，更讓人心中有著不祥之感，幸得皇宮內各處都起了木炭，又有美酒歌姬，才讓人稍感一絲安定。

「皇上駕到！」

聽得戚老三一聲高喊，胡亥在鬼冥、鬼幽的護衛下登上了龍座，全場沉悶的哄吵氣氛頓然一肅，全都靜了下來，但片刻趙高和項思龍率先在殿下跪地，其餘大臣見了也紛紛跪下，上千人齊聲高喊道：「吾皇萬歲萬歲萬萬歲！」

胡亥望向趙高的目光掠過一絲怨的泛狠之色，口中卻是哈哈大笑道：「眾卿平身！」

說罷站了起來，雙手一伸作了個「瀟灑」姿勢，接著又道：「眾卿賜座！」

三公九卿，文武大臣紛紛入座後，輪流獻上壽禮，千份厚禮，真是會讓人收得手軟，當然，是有太監代勞，胡亥是不必親自動手的。

賀禮送畢，胡亥望了項思龍一眼，示意他這「國師」來拉開了晚膳的戰幕。

項思龍此時心神一直掛念著劉邦、項羽等盜金人的事去了，對胡亥的眼色直待他乾咳了兩聲才斂神「會意」，當下也知無論如何今晚一場大戰是避不了的，只是現在要把戲演好，待劉邦、項羽等發出信號，示意行動成功完畢才可與胡亥鬧翻。

定了定心緒，項思龍站了起來，朗聲對眾臣道：「今天是皇上的三十大壽，也是皇上登基三周年的大喜日子，依我大秦律法，皇上登基三年後輔政大臣就要移交兵權和始皇帝留下的有關我大秦國運的『死亡之符』給皇上。先皇遺訓，諸位都是知曉的，現在請趙相向皇上移交兵符和死亡之符，諸位都是見證人！」

項思龍這話說完，全場卻是鴉雀無聲，無一人開口附和項思龍。

胡亥氣得臉色鐵青，心下雖是驚怒之極，卻還是強抑怒火，沉聲道：「曹國師說得不錯，朕已即位三年，依先皇遺訓已有權繼承我大秦一切權力！趙相在這三年來為我大秦出力不少，弄得叛賊四起，戰火紛擾，『功勞不少』，朕已決定讓趙相退養還家。勞累了一輩子，趙相也應該休養天年了。今後相國由曹國師就職，國師之位由前輩高人凶羅就任，眾卿認為朕的提議如何？」

火藥終於上槍了！眾大臣誰也不敢開口說什麼，趙高卻突地站了起來，嘿嘿一陣冷笑道：「皇上想炒老臣魷魚，哼，我趙高為大秦江山勞心勞力了數十年，皇上今日想一腳把我踢走，可也沒那麼容易！我知道皇上今個兒請出了絕代高手欲殺本相，但皇上可也不要忘了『死亡之符』還在我手上，並且我已經把它獻給了西方魔教教主項思龍，他已率了大批人馬往咸陽趕來，明日就可到達。

「皇上動了老臣一根汗毛，我教主一至，發動死亡之符的毀滅機關，整個咸陽城就會沉入地府，再說毒王無涯子的毒王魔珠已被我得到，修羅門的凶羅前輩雖可解十香軟筋散，但不知能否解絕毒神功中的『絕毒千蟲』呢？只要皇上一出手，今個兒整個太和殿中的人恐怕會無一能夠生還！包括皇上在內！所以皇上可要想清楚再動了！」

說到這裡，頓了頓，接著又道：「皇上你也不想想，你這皇位是怎麼得來的？是我趙高篡改遺詔，殺了太子扶蘇他們，為皇上奪來的！至於說什麼叛賊四起，這可是皇上的『英明』領導才會有這結果的！你終日花天酒地歌舞昇平，自是得從百姓手中剝削！老臣可是聽你的旨意行事的！怎麼？現在翅膀硬了？有人撐腰了？想除去我趙高？你胡亥還沒這個資格和本事！」

眾位大臣只聽得面面相覷，胡亥則是聽得又驚又怒又不知怎麼是好，一張老臉給脹得通紅，身體微微發抖，鬼冥見了怒喝一聲：「大膽奸賊，竟然膽敢用此等語氣跟皇上說話？簡直是找死！」

話音剛落，身形飛空而起，出掌向趙高擊來。

項思龍已安排了向問天保護趙高，這刻在趙高旁側的向問天見鬼冥氣勢洶洶的向趙高擊來，當即也飛身眾出，口中喝道：「找死的不知是誰？」言畢也揮出一掌，與鬼冥推出掌力來個硬碰硬，只聽「蓬」的一聲勁氣炸裂之聲，向問天和鬼冥身形雙雙暴飛。

鬼冥與向問天對擊一掌後，臉色微變道：「斗轉星移？閣下是五岳劍派的人！」

向問天與項思龍密談過，已不懼自己身分洩露了，聞言泛泛道：「你這老怪物倒還有些見識！不錯，在下正是五岳劍派的狂劍客向問天，奉我武林盟主項思龍之命前來保護趙高的！哼，待我盟主一到，你們這幫狗賊就準備受死吧！」

胡亥聽了臉色大變道：「項思龍……項思龍真來到咸陽城了！」

眾王公大臣見得事態愈來愈複雜緊張，怕禍及身亡無人吭聲了。

「蓬蓬蓬」！就在這緊張當兒，天空中突地爆出了三束煙花火光。

第八章　惡戰凶羅

太和殿中所有人的心都往下一沉，胡亥面色大變的指著趙高道：「你……你竟然真的想作反了！」

趙高則由項思龍處知此煙花訊號乃是項羽、劉邦他們已開始盜金人的通訊標誌，當下語氣更是強硬了起來，冷笑道：「皇上何必大驚小怪呢，那煙花只不過是守城的官兵給皇上祝壽所放的罷了！嘿，想作反老臣也不會等到今天了！老臣今日對皇上態度如此硬，可也是因皇上老想對付我，所以才不得不自衛罷了！想我趙高為大秦奉獻一生，皇上今日想把老臣一腳踢開，老臣確是心有不甘！至於我安排的人馬，只不過是把這整個皇宮包圍了。尤其是阿房宮重地，老臣只會派人把守，卻是不會自毀長城的！」

果然，趙高話音剛落，空中又出現了大片煙花火光。項思龍這時也道：「皇上勿驚，這煙花乃是微臣著小徒解靈放來為皇上祝壽的！阿房宮微臣已派小徒率領我們劍道宮的武士前去防守了，如真發生變故，小徒當自會點燃烽火台向我們示警的！其實微臣命小徒如此作來，也只是想給皇上一個意外驚喜，想不到卻驚擾了皇上，還請皇上恕罪！」

胡亥這刻臉色稍稍緩和了些，又轉望向趙高道：「趙相到底想怎麼樣呢？你是對我大秦勞苦功高，可依父皇遺詔，你今日是需交出兵符和死亡之符的！」

趙高見胡亥語氣軟了下來，知他已怯了自己威脅，可也知不可把他太過逼急，要不這傢伙真發狠起來，自己可說不定真會落得個死於非命了！要知道胡亥手上有鬼冥、鬼幽這等絕世高手相護，現在又多了個連教主項思龍也有幾份忌憚的凶羅，弄個不好，第一個遭劫的可是自己。

如此想著，當下也放緩語氣道：「老臣被迫自衛，也是皇上給逼的！老臣並不想作反，但為保皇上今後都不對老臣發難，所以兵符和死亡之符依老臣之見還是暫由我來保管，待老臣他日仙去西天極樂時，自會歸還皇上，不知皇上可有什麼異議呢？」

胡亥聽了，怒容滿面道：「不行！朕可以讓你永享榮華富貴，但兵符和死亡之符你今日卻一定要交出來！朕受你控制已有三年，我受夠你了！你看我大秦朝政，一派死氣沉沉模樣，還哪有父皇在世時般的雄風？若再由你管權下去，我大秦不毀在朕這一代手上才怪！」

趙高見胡亥情緒又激昂起來，毫不示弱的頂撞道：「哼，本相一旦交出兵符和死亡之符，你胡亥不對付我趙高才怪！我大秦今日之哀，說白了還不是你這昏君的無能！要振興我大秦，唯有再選出一位明君，我大秦才有希望！你胡亥應該退位讓賢才是！」

胡亥聽得怒極反笑道：「好！好！趙高，你的野心終於暴露出來了！朕今日便是落得個魚死網破，也要除去你這禍我大秦的奸賊！天王一號、天王二號，給朕拿下趙高！」

鬼冥、鬼幽得令應「是」，身形雙雙縱起，正欲向趙高發難時，項思龍喝了聲：「且慢！」

鬼冥、鬼幽聞喝身形一滯時，項思龍已阻住他們二人，衝胡亥沉聲道：「皇上不可魯莽。據密報說整個皇宮確已落入了趙相的控制之中，他早就在皇宮地底挖好了秘道，埋藏了千噸黑油，若一旦點燃引爆，想來整個皇宮就會毀於一旦，這裡所有的人也無一能夠生還，所以皇上絕不可以殺趙相！」

項思龍這話頓即引起了一陣騷亂，從王公大臣均是臉色乍變不知所措，胡亥和凶羅、鬼冥、鬼幽等也是面色一沉給震懾住了。胡亥目光緊緊的盯著項思龍一字一字的道：「曹國師，你……這等重要消息，你為何不事先向朕稟報？難道你……你也背叛了朕？」

項思龍確是決定「背叛」胡亥了，事情發展到這地步，大打一場是避免不了的，那還不如與胡亥撕破臉，痛痛快快的打一場！事情發展到這地步，痛痛快快的打一場！如此一來眾大臣更心向趙高，胡亥除了凶羅、鬼冥、鬼幽幾個心腹之外，就再無人向他，勢單力孤，自己則正好趁此機會除去凶羅、鬼冥、鬼幽等一眾絆腳石，讓歷史完全受自己左右而發展下去。

同時自己這一著冒險成功的話，劉邦在秦王朝內室之中威信也會現增，為他日後奪取咸陽可打下良好基礎，因為自己是劉邦的結義兄弟嘛！看在自己的威信上，咸陽城那時也無人敢對劉邦不服！心下想著，口中也是淡淡道：「皇上想哪去了？微臣只不過不想引起皇上恐慌罷了！」

胡亥怒極反笑的道：「好！好！都背叛朕吧！今天朕再也不顧及那麼多了，大不了來個同歸於盡！反正我大秦的頂樑柱章邯將軍也在鉅鹿之戰敗給了叛賊項羽，我大秦也沒有多大存活的希望了！朕非要殺了趙高這狗徒不可，否則咽不下胸中的這口氣！凶羅、鬼冥、鬼幽，給朕殺！殺光一切背叛朕的奸臣！」

皇宮內設宴載歌載舞時，劉邦、項羽、范增、騰翼等則也開工大吉，一路斬瓜切菜，如入無人之境的闖入了阿房宮金人前的建築地盤。

防守阿房宮的秦兵已大半都被解靈和趙高的心腹調開，剩下的幾個小角色自不是群雄之敵，沒費多大功夫，整個阿房宮已成一座無人防守的空城。

秦兵一殺光，項羽當即命令手上武士趕快綁上木輪和牛皮筏。

人多好辦事，足有五六百人的隊伍，不消半個時辰便已綁妥金人。

依先前約定計劃，劉邦點燃一束煙花先向項思龍承意行動已經開始，接著又放了大量煙花以迷惑眾人，不讓對方知曉這煙花是訊號彈。

接下來便是拉倒金人，項羽先吩咐了一批武士佔據了阿房宮周邊的各戰略守望要點，接著依范增所獻之法，讓一百人拉倒金人，另外讓二百人以對面金人作支點，拖慢金人下墜之勢。

整件事第一步也即最困難的一步是拉倒金人，以百人之力，能否成功還是個未知之數。

要知道每個金人可是十多萬斤重啊！

項羽的心下顯得有些緊張又有些急燥，雙目圓瞪的看著在微微晃動的金人，衝眾武士大聲喊道：「兒郎們，不成功便成仁，大家定要豁出全力啊！拉！」

劉邦則也是看著金人一顆心都給提到了喉嚨，心下暗暗祈禱道：「菩薩保佑……一定要快些拉倒呀！項大哥可還險境重重的困在皇宮呢！」

圍旁的人全凝神為拉金人的武士打氣，拉金人武士也都使出了吃奶的力氣全力拉著金人，為了在雪地上使力不致打滑，每個武士都穿上了裝了銅釘的草鞋，以防滑腳。

拉了半刻鐘……金人終於緩緩下倒了！

「金人倒啦！大家再努力……不要讓金人快速倒下！」

人群中發出歡呼聲，對面二百武士此時全都斂神發力，金人下墜之勢漸漸減慢，數人立將牛皮袋移往木輪下迎接金人墜勢。

牛皮筏……千萬不要爆啊！

行動策劃者范增心下緊張的嘀咕著，「砰！」的數聲打斷了他的祈禱。爆了！牛皮筏還是爆了！——不過，幸好是牛皮筏而已，木輪卻完好無損！

「倒……倒下！金……金人……倒下了！」「我們成……成功了！」人群中又是發出一陣歡呼，范增見木輪沒壞，也噓了口氣道：「成功了第一步！」

項羽也因擔心著皇宮中的項思龍，狂喜之下卻又衝著正歡呼的武士喝道：「大家呆站著幹嘛！還不快推轉金人，換上新的皮筏？」

眾武士聞喝也當即從驚喜中回神過來，當下推金人的推金人，換牛皮筏的換牛皮筏，同時接著準備拉倒第二座金人。

正當眾人幹得熱火朝天時，皇宮那邊傳來了震天的勁氣炸爆聲！

項思龍看著兇神惡煞的凶羅、鬼冥、鬼幽和氣極敗壞的胡亥，知道惡戰即將爆發，當下衝趙高身旁的向問天道：「向大俠，你負責保護趙高，這批人交給本座來打發就是了！嗯，趙左使，我令下發，格殺胡亥外其他的一切人手！」

向問天、趙高聞言先後應「是」，胡亥則是驚疑不定的道：「你……你不是曹國師？」

項思龍自感沒有隱瞞身分的必要了，當下恢復本音抹去了臉上的易容之物，哈哈一陣大笑道：「不錯！本座不是曹秋道，而是西域項思龍！」

胡亥和眾王公大臣聞得這話同是臉色煞白，胡亥身軀微顫的道：「什麼？你……你是……項思龍？玉面神龍……項思龍！」

凶羅則大是一震，面露詫色，接著也喋喋怪笑目光閃閃的盯著項思龍道：「我道降服我那不成才的師兄鬼影修羅的是個什麼厲害角色呢？原來卻是個乳臭未乾的小子！好！今天就讓我凶羅來會會你這當今中原盛傳的第一高手吧！」

說罷，身形一閃，雙拳一錯，已是飛身向項思龍襲來，一雙瘦可見骨的怪手全都泛白，霧氣瀰漫，可見他一出手就已使了狠勁，想一擊之下試出項思龍的功底。

項思龍冷冷一笑，提升起八層功力的「不死神功」，全身上下頓然自行釋發出一道紫色護功罡氣，同時施出「分身掠影」身法迎身擊掌與凶羅所擊來的內勁硬接。

「轟！」兩道絕世內勁相觸，頓然爆炸，勁氣四散把太和殿頂給一擊擊破，弄得石屑碎木紛飛，二人身形也在罡氣威逼之下沖天而起，發空衝出了太和殿。殿中功力較淺者死傷不知有幾，連得胡亥、鬼幽、鬼冥、向問天等一眾高手也都被勁氣逼得紛紛閃避，可見二人內力之深之強。

項思龍和凶羅飛出太和殿，相隔五六丈分站一方。

凶羅目光冷得像冰般緊盯著項思龍，心下暗驚不已！

眼前這小子果然不同凡響，自己已使出了九層功力的鬼劫無極神功，可想不到對方竟然毫然無損的給接下，並且看來還顯得氣定神閑，而自己則被對方的掌勁給擊得有些心浮氣動，這小子一身高絕功力到底是怎麼練成的？

項思龍其實也在震驚凶羅的內力之深，他已施出了八層功力的不死神功，因他吃過半顆元神金丹，此時八層功力足以抵沒吃金丹以前的十層功力，可對方卻竟然能夠無傷接下，並且元神金丹的化功大法也吸不到對方的絲毫功力，看來這凶羅確是個棘手的傢伙，自己可也得費點心神來對付他了！

如此想著，項思龍緩緩拔出了腰間的鬼王劍，把功力提升至十層，衝凶羅冷冷道：「閣下也拔劍吧！我項思龍手下不殺無刃之鬼！」

凶羅嘿嘿一陣怪笑，也自背上取下了一件似矛非矛似盾非盾的怪異兵刃，沉聲道：「老夫已不知有多少年未曾與人痛痛快快的打過一場了，想不到今日遇上了終於可以全力一戰的對手！好，只要你打敗了老夫，老夫就率門下弟子轉投在你小子手下，再也不管胡亥與你之間的事！但如你被老夫打敗，嘿，你可得作老夫弟子！」

項思龍正巴不得有此說，因為他還一直擔心著鬼幽、鬼冥會對趙高發難呢，那時縱有向問天等一眾江湖英豪保護趙高，可至少有大傷亡了，聞得凶羅此言，當下一口應承道：「好！咱們就一言為定！這裡打鬥空間受到約束，咱們還是換個地方，到校場去一校高下吧！在我們沒有分出勝負之前，其他人卻是絕對不許私自出手，否則這一戰就沒有賭約意義了！」

凶羅也不知項思龍這方的實力虛實，以為他這大人物一到，那他的得力手下全都已來了，如此項思龍這話倒也正合了他心意，當下點頭道：「好！為免傷亡，在你我未分出勝負之前，各自都不許率先向對方出擊！我們就以你我這一點作個了結！」

項思龍擔心著胡亥這傢伙會不守信，鬼幽、鬼冥又對他絕對忠心，當下吟道：「閣下可作得了胡亥這昏君的主？要知他是主人，你是奴才呢！」

凶羅嘿嘿一聲冷笑道：「胡亥現在大勢已去，只有我們鬼傢伙幾個人為他賣命，沒了我們，他算個鳥啊！只能挨小子你宰割的份了！現在是老夫說了算，那狗皇帝不算什麼了！」

項思龍拍掌道：「痛快！但本座還是想得胡亥親口承諾！如他毀約的話，可也別怪本座把他秦家的人殺個雞犬不留！」

凶羅不耐煩的道：「你小子要怎樣就怎樣吧！我們下去讓胡亥對口！」說罷，縱身從破了的殿頂飛下，項思龍接踵而至。

殿中所有的人都凝神靜氣，項思龍和凶羅的話眾人自已聽到。

趙高等心想，項思龍神功蓋世，任他凶羅怎麼厲害也敵不過他的，這一戰己方是勝定了！鬼冥等也想，凶羅是咱們師叔，他的鬼劫無極神功奪天毀地，項思龍雖然名震江湖，但想來還是敵不過師叔的，如真能打敗項思龍，對方依約行事，那倒是可手不血刃的化去一場血腥屠殺了！只待胡亥一掌權，朝政一穩定，待時要除去誰還不是不費吹灰之力的事！如此想著，鬼幽、鬼冥幾人的目光都冷冷的望向胡亥。

胡亥心下本在舉棋不定，項思龍的名氣實在太響了，而凶羅呢，胡亥只是聽鬼幽、鬼冥說他如何厲害，並沒親眼見過他的真實功夫，也不知他有沒有必勝把握，如他敗了，那自己和大秦就全都因此一戰完了，這一決定可說是代價重極。

鬼冥幾人的目光終是起了震懾作用，胡亥心下一沉，忖道：「罷了罷了，我胡亥現在成了個真正的孤身寡人，是生是死也就全押出去吧！」

想到這裡，胡亥神情冷漠的歎了口氣道：「一切依凶羅前輩之言吧！」

皇宮傳來的爆炸聲，讓得正盜金人的所有人都為之心神一震。

項羽和劉邦二人更是臉色大變，心中只覺不安之極。

皇宮內定是出事了，項大哥孤身一人是否應付得過來呢？

劉邦已急不可耐的率先發言道：「項大哥他們可能出事了，我想趕去看看！現在金人已拉倒一個有了經驗，如法炮製下應可很快拉倒其他三個！項將軍就在這裡負責押陣吧！記著，得手後要分兩個金人給我們！當然，如果我和項大哥……那金人就全歸你們了！」

說罷，對青松道長等群雄一招手道：「咱們走！」

劉邦等正待起步，項羽一臉焦急的喝住道：「我跟你們一道去！范軍師，這裡就交給你們打理了！行動成功後去函谷關等我們！」

項羽話音剛落，正欲隨劉邦等出發皇宮，卻突聽得一陣馬蹄自阿房宮內急促傳來，只聽一冷嗖嗖的聲音大喝著傳來道：「什麼人？好大的狗膽，竟然想妄盜金人！有我鬼破海、鬼破地二人在此，今日就將爾等大膽狗賊全都就地正法！」

言語間，一隊三四百人的人馬已自阿房宮內衝去，衝在前端的是兩個身著一色黑披風，一身鬼氣的中年漢子，想來就是什麼鬼破海、鬼破地了吧！

有敵現出，讓得項羽、劉邦等全都一震，防守阿房宮的鬼冥、鬼破山、鬼仙子等不都進宮為胡亥祝壽去了嗎？怎麼還有兩個鬼破海、鬼破地什麼的幾個傢伙？嗯，可得先解決了他們再說，若驚動了大批秦兵可就糟了！

項羽「鏘」的一聲拔出了腰間的玄鐵神劍，對劉邦沉聲道：「劉兄，咱們先解決了這幫礙手礙腳的傢伙，再去皇宮支援項大哥吧！免得有礙麻煩！」

劉邦想想也是，當下也拔出天劍，對青松道長等道：「殺光這幫秦狗，不要留一個活口，並且要速戰速決，我們要趕去救我大哥呢！」

此時正拉金人的武士也都停下手來，拔劍提刀的準備參戰。

項羽見了衝眾人喝道：「大家繼續行事！分出一批人來為行動之人護駕！對

付這麼幾個小毛賊，我和劉兄等足可解決了！」

正說著，秦兵已是大喝叫「殺！」的衝近過來了！

劉邦和項羽當即馳身阻住，一人接下了一個冷面中年漢子，青松道長等則向那些秦兵殺去，一時之間阿房宮前殺聲震天。

咸陽的校場比之他地的校場可氣派多了，兵器架到處都是，空地就足有四五百畝的範圍，其他各練兵空地也有二三百畝之大，四周均有欄杆圍著，較遠處又修築有亭台以供休息，確是個供高手比武過招的好地方。

胡亥這方就只鬼家一眾人護衛，可見眾臣都對他方沒信心亦或是懾於趙高的虎威；而項思龍這方則是眾王公大臣不算也有幾百人之眾，再加上數萬圍觀的秦兵，威勢確是十足，讓得胡亥等心中驚駭之餘甚不是個滋味。

項思龍和凶羅一站至校場中央對峙下來，所有的人都住了說話聲，心神一緊，目光全都落在了二人身上，但二人釋發氣的濃重氣機壓力，讓得圍觀眾人都不敢太過靠近，只得離得遠遠的在旁觀這即將開始的驚天一戰。

項思龍已把心態調整到了如不波古井的境界，神情自若的拔出鬼王劍衝面色陰冷的凶羅微微拱手道：「閣下請了！」

凶羅卻是一語不發，雙目死死盯在項思龍臉上，靜默了好一陣才緩緩道：「閣下不愧是當今江湖第一高手，連老夫的鬼劫心魔也被你輕易破了，確是千百年來難得一見的絕世高手！老夫當年因沒練成鬼劫無極神功，沒能和日月天帝一較長短，一直深以為憾，此後每百年復出江湖一次，可皆沒幾個成器的料，雖聞西方有阿沙拉和枯木真師等一眾高手，但他們也只不過是日月天帝這代魔帝的狗腿子，老夫還沒感興趣！

「今日閣下不但是日月天帝的傳人，還降服了我修羅門第二代門主鬼影修羅，讓老夫再不感寂寞了！我們這一戰不論誰勝誰敗，想來雙方都可名垂於世了吧！好，小子你出招吧！」

項思龍其實也感受到了凶羅發向自己的沉重精神壓力，但他卻是福緣深厚的天之驕子，服過朱果，吸收了萬年寒冰床的寒氣，接受了日月天帝元神貫輸的千年功力，又服了半顆日月神教歷代教主舍利子凝煉的半顆元神金丹，還服過毒王無涯子的毒王魔珠，一身功力之深，可說是前無古人後無來者了，凶羅再厲害，他也是可以應付得了的！不過，這一次他卻也並不感到輕鬆，因為他不能談笑自若的化解去對方的鬼劫心魔，而是斂神平氣提功才破去對方釋發的精神壓力，由此可見，凶羅功力之強確也是奪天造成了！

項思龍凝功戒備著，聞言也不禮讓，貫注了全身功力的十層於鬼王劍，血劍頓即血光大作，發出陣陣龍吟之聲。

項思龍道了聲：「在下出手了！」說著，鬼王千絕斬已是隨身應轉而出，卻見二道劍光有若兩條活著的血龍般向凶羅疾擊過去，場中頓時勁氣瀰漫，殺機大熾。

凶羅沉喝了聲：「好劍法！」手中的矛盾怪刃也已應聲拔出，卻見幾道白光也自他兵器所過之處射出，二人所揮劍氣交擊，爆出旱雷宏聲，烈勁四射，讓得遠處的圍觀者耳鳴心沉，卻是無一人敢發出絲毫聲響。

交擊之下，項思龍和凶羅身形各向後暴飛三丈。立定身形二人四目相交，針鋒相對間，各自默運神功，以續未完的生死決鬥。鬼劫無極神功和不死神功氣勁相互抗衡，四周風雪被二人內力牽扯得狂嘯怒捲，氣勢攝人，但二人身形卻都紋絲未動。

這次是凶羅率先進擊了，只見他身形一閃，口中暴喝道：「鬼劫無極第四極萬象歸幽！」

喝聲中，卻見狂風飛雪和地面石塊全都在凶羅兵器揮舞間紛紛飛起，凝成一道道飛箭直向項思龍射來，項思龍身圍的空氣也都被凶羅所發氣勁給凝成冰氣圈，使他身速受制，果是厲害無匹的招式。

項思龍心下一緊，卻還是冷靜的也沉聲喝道：「天殺三式第三式天毀地滅！」

喝聲中，卻也只見他手中劍式爆發成無數血紅小劍，向凶羅凝功射來的「飛箭」迎接過去，同時施出體內的陽極功力，把凶羅勁氣寒氣盡數化去，身形則在血光飛射中凝成一道光點，凶羅所發「飛箭」被血紅飛劍一一從中劈開墜地，封身冰氣圈也被項思龍陽極功力破解。

凶羅本以為這一招至少可傷得項思龍，只待自己功力一入對方體內或兵器，自己便可爆發出碎骨斷筋的特異功力，可想不到項思龍竟是如此從容破去自己這自認厲害無匹的一招，且不但如此，對方一股強猛的絞旋烈勁，更從自己兵刃沾手臂直襲己身，欲攻心脈。

凶羅心中又驚又駭，可已無力再發招攻敵，只得凝聚功力化解項思龍所擊來的劍氣，但身體卻是無法把持住，整個人墜入龍捲風中，被項思龍內勁餘力帶動得失控急旋，搶飛半空。

凶羅勉力穩身著地，雖不致出醜，但也已狼狽不堪。

趙高、向問天等頓然發出震天采聲，而胡亥、鬼幽等則是面色煞白。

凶羅站定身形，雙目凶光大熾，口中如鬼般發出嗚嗚嗚叫，鼻中冷氣直冒。

這小子好強的內勁，我十二層功力的鬼劫無極神功配合鬼殘極中的第四極，不但未傷得對方分毫，反讓自己受了嚴重內傷！

對方那是什麼劍招呢？竟能凝劍氣成形！真是太不可思議了！

看來要勝此戰，非使出必殺絕招不可了……

鬼截極第七極鬼哭神號自習成以來還從未真正對敵過，此招除了殺傷力恐怖絕倫外，更因它是與敵俱亡的最後殺著，不到萬不得已時決不會用！

自己雖可以不理他個鳥的胡亥，可這一世英名……自己之所以苦練神功，為的還不是天下無敵？

要不師妹百合仙子也不會被日月天帝給拐走了！

師兄鬼影修羅是沒用，可自己又豈不是太過自私呢？為了練成神功，自己放棄了深愛自己的師妹百合仙子，然……自己付出如此慘痛代價，今日就落得個以敗成日月天帝的記名弟子的手上嗎？

不！為名為利為報日月天帝奪師妹之仇，我凶羅也要與這小子拚了！

凶羅決心一定，當下突地仰天一陣大叫，身形飛起在空中，急旋出一道如龍捲風般的氣。卻見氣勁中現出無數面目猙獰的鬼臉，一個個都張口狂笑狂哭，哭笑之聲震天動地，讓人心神搖動不寧。

地面石底更是漫天飛起，雪花、狂風、氣流全都隨凶羅旋轉的身形凝成了一道罡氣，罡氣圈兩端在凶羅內勁的催發下發出令人毛骨悚然的詭異迷音，猶如鬼哭神號，端的是聲勢駭人。

項思龍見了凶羅此招氣勢，知他已準備使出最後的拚命絕招了，當下也斂神提氣，把全身功力都提升至了極限，身形在功力的催發之下自動的幻化出無數身影，舉手投足一模一樣，項思龍已決定用自己新近所學的所有神功所領悟出來的一絕——龍飛九天！

幻影愈旋族快，竟是超過風速和聲速把空氣中的風聲和其他聲音全都給凝集了起來，匯成了一個急旋的聲團，把凶羅罡氣圈所發的迷音給破去，雙方用聲音催發出的聲波在空中頻頻碰撞炸裂，轟聲不斷，飛沙走石，塵木飛揚，勁風狂作，真可以用「天昏地暗」來形容這等場面。

行動已足，凶羅飛拔凌霄，人氣合一，如一凜冽旋風夾雜著怪叫聲急轉攻向項思龍幻影凝成的聲團，人氣所過之處，激發出與空氣摩擦的火氣，氣勢確是毀天滅地，讓人膽寒心驚。

項思龍人劍合一，凝成一道血劍，借著身後滯留的風勁氣勁的摧動，如一道光箭般直射向凶羅壓體而來的罡氣，人劍勢如雷射光束般衝破凶羅罡氣的強烈襲體阻力，血光四射的破去人劍所過的罡氣圈，直向凶羅在罡氣圈的真身射去。

凶羅見了電閃般來的項思龍，心神大駭，但他已被自身罡氣凝成的勁氣圈所困，一時之間無法收劍，對對方殺招避無可避，只見眼前現出赤烈的璀燦劍光，然後再看見自己的肢體，但每一部分都已不成實體，只見血雨噴射……他被項思龍碎屍了！

凶羅整個肉身已不復存在！——他這次是真進了地獄去了！

在血花飄灑中，項思龍像一道驚虹掠罡氣而過！

劉邦接下的冷面中年漢子自稱是鬼破地，那項羽接下的自是鬼破海了！

這兩隻鬼倒也有幾分真功夫，鬼破地的看家本能叫作「三魂斷」，只有三招，但招招都是凌厲殺著，倒也入得劉邦眼中，沒有即刻幹掉對方，直待鬼破地這三魂斷全都「威風」完了後，方施出了雲龍八式中的「天殺式」，把鬼破地給來了個分屍。鬼破海的看家本領叫作「七殘訣」，不過，他可就沒有鬼破地那麼幸運了，七絕大使兩招，就被項羽用玄鐵神劍來了一個一劍穿，嗚呼哀哉上了西天，但也還好，落得了個全屍。

那些秦兵只不過是些還過得去的精兵，對付一般人還可以，遇上青松道長等一眾江湖高手，則是如蘿蔔被刀削般，一個個慘叫倒斃。

等見得兩個主子一死，剩下不到四五十人的秦兵更是一個個無心戀戰哭爹喊娘的想跑，但可惜項羽和劉邦兩人的劍太快，二人各自飛起，「咔嚓！」「咔嚓！」不到片刻功夫，便殺了個盡光。

此時，金人也又被拉倒了一座。劉邦掃視了一眼地上秦兵的死屍，望向一臉殺意未盡的項羽道：「項將軍，為防還有敵來犯，你還是留下來押陣吧！以項大哥的絕世神功他當不會有事的，有我去助他就行了！」

項羽沉吟了片刻，道：「也好！那劉兄可也要多多保重了！」

項羽自刺殺胡亥未遂，傲氣已是斂了許多，知道人外有人天外有天，這世上比自己武功高強的人並不止項思龍一人，眼前這劉邦，看他方才殺鬼破地的劍法和功力，也當是個可以與自己匹敵的罕世高手，不覺對劉邦的敵意大減，反見他對項思龍如此關切而生出了幾許好感來，言態也是客氣了許多。

劉邦微微一笑，道：「彼此彼此，項將軍可也多多保重！」

項思龍殺死凶羅的神功把全場所有的人都驚呆了！

這……這是什麼武功？人劍合一！不，是人劍天地合一！

當世之間，還有誰能敵得過那必殺一招呢？凶羅的武功已確是厲害無匹了，可終落得個屍骨無存，形神俱滅的結局！

向問天、趙高等驚駭得怔愣了許久，直到項思龍斂軀來瀟灑的立定場中央時，才回神爆發出了震天喝采聲。眾王公大臣，驚愣之下自是附聲附和。

校場上空歡叫沖天，只把嚇傻了眼的胡亥等回神之後面色煞白，冷汗直冒。

胡亥身體劇抖著，顫聲對還在呆望著項思龍的鬼冥、鬼幽道：「你們……你們給朕上啊！去殺……殺了項思龍！朕……朕把皇位讓給你們！」

鬼冥、鬼幽卻是對胡亥的話恍如未聞，只當項思龍的目光落在他們身上時，才斂神回來，卻是沒有依胡亥之言去殺項思龍，而顫抖著飛身到項思龍身前，「撲通」「撲通」雙雙朝他跪了下來道：「項少俠，當世之上只有你才配做皇帝，只有你才擁有始皇帝般的皇者霸氣！我鬼冥、鬼幽服了你了！要殺要剮悉聽處置！胡亥是個無能的昏君，他大秦在他手上滅亡也是活該！」

說著，「咚咚咚」直向項思龍叩頭膜拜，神態虔誠非常。

項思龍卻是冷冷一笑道：「本座對你們已動了殺機，有種的話打起精神來與本座決一死戰吧！求饒是沒有用的！」

鬼冥、鬼幽默然的對視了一眼，突地再次衝項思龍叩了三個響頭後，沉聲道：「項少俠既要我們死，我們就不會再苟活人世！」

說罷相互舉掌向對方天靈蓋拍去，只聽「啪！啪！」兩聲，二人連慘叫也未發出一聲，雙雙腦漿四溢而亡，也真搞不懂他們為何要自殺，是真信服了項思龍，還是自知不是項思龍的敵手，自知之明的自殺！

項思龍看得怔了怔，暗忖道：「這鬼冥、鬼幽倒也真有種！不過，死了也不可惜，這等魔頭留在世上可是禍害，還是死掉的好！」

胡亥此時可真是嚇得屁滾尿流了，現在己方的高手已悉數死去，只剩鬼破天和鬼仙子這兩個三流角色，自己這下是死定了！唉，父皇不是對自己說無字天書中記載自己秦家江山可保一百年不敗的麼？可如今……

嘿，無字天書或許真有什麼奇異功效，但可惜的是這古代來了個比勞什子的無字天書更是神奇的項思龍，憑他通古曉今的現代知識，無字天書也可被他改寫了！

趙高、向問天等此時已哄叫著圍向了項思龍，項思龍臉上卻是露出一抹似笑非笑的古怪笑意，大秦真的就這麼完了麼？那自己豈不是改變了歷史？

不行！歷史絕不能被改變！據歷史上記載，胡亥被趙高逼死的，後來趙高擁立子嬰為秦王，不到一個月，子嬰向劉邦投降……大秦宣告滅亡！

可照現今看來，胡亥應是被自己逼死的才對！

曹秋道、任橫行、田霸、黑鷹、凶羅、鬼冥、鬼幽……

胡亥身邊的這些得力大將可都是間接或直接死於自己之手啊！還有章邯鉅鹿

之戰的大敗，也可說是因自己牽制了秦方援兵才大敗的……

這……自己的所做所為算不算改變了歷史呢？

還是歷史本就是因有了自己才會如史記所載般發展的？

項思龍突地想得癡了，就在這時，劉邦的聲音遠遠傳來道：「項大哥，你沒事吧？我們……我們的計畫已順利得逞了！」

項思龍聞聲斂回心神，只見得劉邦與青松道長等正向自己走來，劉邦那一臉真摯的關切之色，讓得項思龍心下一陣感動。

管他的呢，只要邦弟登上了帝位，歷史就是沒有被改變了！

待時要寫史記，只要自己吩咐邦弟一聲，史記還不是可以把史實改變過來！如此自己也就不要再去管那麼多歷史了，勝者為王敗者為寇，只要邦弟一成功，那時要翻手為雲，覆手為雨，還不是件簡單的事？

這就是權力的效用了！有權自古至今就可隨心所欲，這是歷史不變的真理！錢權通神，不是有這麼一句話嗎？

想到這裡，項思龍突地朗聲發出一聲大笑，雖然覺得自己此番思想有些消極，但欲成大事者，本就是需要不擇手段的！

胡亥被項思龍著趙高軟禁了起來，鬼破天、鬼仙子二人則被項思龍廢了武功，交由圓正大師，讓他們二人削髮為僧為尼了！

項羽等安然盜了金人到了函谷關，送了信過來告知項思龍金人已留下了兩座，由管中邪接管，因戰事有變，項羽沒來得及向項思龍辭行，領了騰翼、范增等押著另兩座金人回去了軍營。

項思龍想著也是該讓劉邦回軍營去的時候，當下強行命令劉邦去了函谷關，隨同管中邪押了金人也回了軍中，並著了一眾武林英傑隨行押陣護送。

劉邦雖心不情甘不願，可項思龍厲聲責令他回軍營，他也沒法，只得戀戀不捨的辭了項思龍，與一眾江湖豪傑趕回去函谷關。項思龍也著了劉邦帶信回去給瘋和尚，叫他再等些時，待自己在咸陽把一些事辦完後再回客棧去與他會合，劉邦自也應「是」。

至於圓正大師等，項思龍也著他們各自回山，自己榮登武林盟主大典之事，待自己日後再行通知，群雄也只得與項思龍互道珍重的辭別。

現在整個咸陽只剩解靈一人是項思龍心腹了。

當然，還有趙高這個傀儡！

不過雖人去樓空，但咸陽城還不是成了項思龍的天下？與凶羅一戰，胡亥勢力全滅，眾王公大臣把項思龍當作了神，想來項思龍若想過皇帝癮，此時絕不是一件什麼難事的吧！當然，項思龍不會如此做，但他還不是成了咸陽城實質上的皇帝？——沒有人敢不聽他的了！

不過，項思龍留下來可不是為了享受皇帝般的快感，而是為了取得——無字天書！

不管這無字天書是不是真有那麼神奇，項思龍都決不會讓它落在他人手上！要知道寧可信其有，不可信其無，倘若那無字天書真有什麼神效，落入他人手中，豈不是又要成為歷史的一禍端？所以最好是由自己取出來毀了它，讓這勞什子的無字天書永遠在這世上消失，那也就再也不會有「心臟病」了！

還有，項思龍是為了向趙高安排歷史的發展趨向，待取出無字天書毀掉後，讓趙高依歷史所載般逼死胡亥，再立那個自己還沒見過的大秦末代皇帝。

待做完這兩件事，項思龍可也要去與瘋和尚會合，去樓蘭古國尋父親項少龍了！

要知道他來這古代主要的目的還是為了尋找父親項少龍，只不過為情勢所逼，不得不去做那些有關歷史的事情罷了！若是父親項少龍沒有想去創造歷史，沒有派人去刺殺劉邦，他才沒得心神去「安排歷史」呢！——這可不是一件好差事，勞心勞力不說，還要讓得自己父子相殘！

項思龍殺了凶羅，送走劉邦、圓正大師等人，本想靜靜休養一下的，因他在與凶羅一戰中也傷了心脈，只不過他用內力逼著，不讓他人覺察罷了。

可誰知眾拍馬屁的王公大臣往劍道宮來拜訪個絡繹不絕，讓得項思龍是避無可避，只得打起幾分精神勉力應付，心下卻想道：「嘿，你們這些人來拍個馬屁呢？老子不吃這一套不說，也不會來做什麼秦三世，你們的這些厚禮怕只是白送了！秦王朝要不多時日就要滅亡了，你們的命運呢也要遭劫！歷史上記載劉邦進了咸陽後沒殺你們，可項羽進駐咸陽後，你們全都要一命嗚呼！我也保不了你們，歷史我不能去改變的！」

心下如此怪怪想著，對王公大臣的厚禮拜訪是有些頭痛，但想著如此也可趁機為劉邦日後與項羽的楚漢相爭謀些經費，也便一一接待了他們。

這一來「收入」也挺可觀，各珍玩珠寶不說，單是黃金白銀就收了足有上百萬兩。

解靈在項思龍有暇時，笑著對他道：「項大哥這下可發達了！收了這麼多黃白之物，連胡亥大壽也沒有吧！嘿，項大哥此時若想當皇帝，自是沒有人敢反對的！」

項思龍淡笑道：「皇帝我是當不了的，像這般的麻煩，我當不了十日便要頭痛死！至於這些金銀珠寶麼，卻是這些貪官榨取百姓的不義之財，不要白不要，要來了反可用於日後為民作些福事！嗯，靈弟，你把這些東西收藏好，日後我們會用得著的！」

解靈見項思龍如此淡泊名利，愈發敬重他，依言藏好金銀珠寶，再把所藏地點告知了項思龍，對項思龍的話是言聽計從。

過了十來天，項思龍的內傷也已完全調息治癒，此時有消息傳來說劉邦大軍西進，已是攻至了戰略要地南陽；而項羽則也是再敗章邯大軍，章邯自感投降之外，再無別處出路，於是在桓水之南的殷墟二十萬秦軍放下了武器，正式向項羽投降，項思龍聽得這消息，心下半喜半憂，喜的是劉邦不日就可進達咸陽，秦王朝將宣告滅亡，憂的是秦朝滅亡之後，劉邦和項羽的五年楚漢相爭將正式拉開序幕，項思龍對二人皆已產生感情，這叫他怎不頭痛呢？

第九章　秘宮之行

咸陽城已是陷入一片恐慌的混亂之中。眾王公大臣皆是感到末日已將來臨，不少人竟是挾了家眷細軟之物，連官也不做了，意圖偷溜出城，但項思龍早就想到這點，已著趙高派兵嚴密封鎖各處城門，潛逃者悉被抓回。

這也怪不得項思龍心狠，這些狗官在大秦當紅時作威作福，欺壓百姓，不知做了多少傷天害理的事，再說他們也享受夠了，受到懲罰也是應該的。

趙高卻也不知他大限將至，倒以為項思龍特別信任自己，更是樂歪歪的死命效力。

項思龍推算了一下時間，距離胡亥死期已是不到半月了，於是把趙高招進了劍道宮，淡淡的道：「趙左使，給本座安排一下，讓我見見胡亥侄子子嬰。現在義軍勢潮洶湧，看來攻入咸陽之日也不遠了，胡亥這傢伙確實不得人心，讓他活著也沒有意義，本座想幹掉他，擁立子嬰為秦王，到時讓他來向義軍投降，這樣一來好更加妥善的處理好秦王朝的殘餘勢力，方便本座暗中操縱；二來也可放個內應到義軍隊伍當中，方便本座他日一統中原！」

趙高聽得愣了愣道：「教主現在可說是要風得風要雨得雨，整個咸陽城已是教主囊中之物，只要教主舉起反秦大旗，這秦王朝的江山還不是全歸教主所有？為何卻還要大費這許多的周折呢？讓義軍中最為強大的隊伍項羽攻入咸陽，教主到時若想控制住他，恐也會大費手腳呢！

「據聞這項羽一身武功甚是高絕。連章邯這在大秦打遍天下無敵手的勇將也不是他的數招之敵，其手下能人異士更是無數，當年威振七國的上將軍項少龍聽說也是他義父，教主可得三思啊！」

項思龍心下暗哼了聲道：「這個老子自是知道的啦！我只不過是在找個藉口來譜寫歷史罷了，雖然這藉口並不圓滿，但哪還輪得到你來管呢？」

心下如此想著，口中當即也語氣轉冷道：「這些趙左使你就不要多管了，只管按本座的意思去做就是！哼，本座就是要天下所有的人對我口服心也服，愈強的對手，擊敗了他，才愈顯本座的能耐！本座要讓天下所有的大事都是經我一手策劃才發生的，這樣本座也就有成就感，才會名垂千古，流芳百世！」

項思龍知道自己口氣越大，趙高這等野心家就會越對自己臣服，不過他這話雖是在吹牛皮，但卻也有幾份真實，這古代的大事有哪幾件不是經由項思龍鬧起來的？

劉邦的掘起，乃至秦王朝的滅亡，沒有項思龍可說就沒有這古代的歷史！

趙高聽了項思龍的訓斥，當即再也不敢擅自提出自己的什麼主張了，只恭聲問道：「那不知教主怎麼安排胡亥死去呢？請教主作個明示！」

項思龍見趙高乖了許多，暗服此人確會見風使舵察言觀色，口中卻又是漫不經心的道：「本座要讓胡亥死得不著痕跡，子嬰坐上皇位也理所當然，趙左使你看該怎麼著呢？」

趙高沉吟片刻道：「據大秦的傳統時節，再過半月就有一個祭禮儀式，胡亥現在神智不清身患重病，我們不若藉此機會，讓胡亥去祭神拜佛，而後密秘殺掉了，弄個玄虛，讓『神佛』傳出『佛旨』，說胡亥一死，應立子嬰為帝，如此胡亥是因病死去不著痕跡，子嬰坐上皇位也就理所當然了！教主認為屬下此計怎麼樣？」

項思龍聽得心下暗暗唏噓不已。胡亥的這個計謀豈不正應了古代歷史？只不過事實上這計謀的真正幕後主使者卻是我項思龍罷了！

唉，冥冥中一切還是都有天意的！自己或許正是這古代歷史的大救星罷！只不知為何卻是沒有關於自己的隻字片言，難道這又是自己所為？

項思龍心下怪怪想著，當下點頭道：「嗯，一切都依趙左使之言去做吧！記住，本座對你所說的每一句話都絕對不許對任何人說起，否則可別怪本座無情！你回府去吧！明日帶子嬰來見本座！嗯，九天神功的秘笈不知你是否有呢？」

趙高聽了忙從懷中取出一卷華麗帛布遞給項思龍，道：「屬下正想把這九天神功的秘笈送給教主呢！

「嘿，只待教主練成此神功，開啟了秘庫取得無字天書，那時這天下更是手到擒來了！教主定會成為萬世霸主！」

項思龍接過武功秘卷，不置可否的笑了笑，但心下也怪想著，自己如真想做這古代的霸主，是否可以做到呢？自己做了天下霸主，那歷史又將會怎樣發展呢？

子嬰的相貌甚是高大威武，看上去也顯得剛正阿直許多，一副精明能幹模樣。

當項思龍出現在子嬰面前時，這不到十六七歲的少年還是禁不住身體顫了顫，但很快恢復了常色，只是一臉又恨又敬的望著項思龍。

項思龍也細細打量著子嬰，只覺這少年骨子裡確是散發出一股傲氣與霸氣，想來如不是秦王朝瀕臨滅亡的深淵已不可自拔，若讓他坐上帝位的話，有可能又是一個秦始皇吧！唉，也活該他沒有福氣了，只坐了一月皇位，便做了亡國奴！

不過，這是歷史發展的必然，他子嬰也只有認命吧！

項思龍心下想著，揮退了在旁所有的人，連趙高也在內，並命了解靈護守，不准任何人靠近自己與子嬰談話所在的客廳，否則一律格殺勿論。

解靈一身武功本就是高手中的高手，再經得與項思龍相處的這段時日的指點，武功更是上了一個台階，防守任務還是可綽綽有餘，更何況人人都懾於項思龍的虎威，又有誰敢擅闖「禁地」呢？那不是不想活了麼？

安排好這一切，項思龍微笑著對終是鎮定不住顯得有些坐立不安的子嬰溫和道：「皇子認為你秦軍江山落得今日境地，罪魁禍首是誰呢？」

子嬰顯是不解項思龍此話之意，怔了片刻，但突地似作決定，豁出去了似的道：「哼，這還用問嗎？自是你項思龍的走狗趙高！這狗賊處心積慮，在我秦室臥底數十年，儘量取寵我皇叔，待叔駕崩，當即露出其猙獰面目，利用在皇叔即位時所取得的權勢謀殺了太子扶蘇，誅殺朝中忠臣，篡改遺詔，立胡亥這無能膽小的昏傢伙為帝，把我大秦朝政弄得一片狼藉，想使我大秦實力衰弱下來，再引狼入室，讓他父親阿沙拉元首和兒子達多來侵犯我大秦江山，以讓我中原萬里錦秀河山落入藩狗之手，然可惜的是人算不如天算，他的一切如意算盤全因閣下的出現而打亂了，且落得個成為走狗的下場！

「閣下雖可說是實質上奪了我大秦江山，但你沒讓趙賊奸計得逞，也算是我中原的一條英雄漢子了！當然，站在我的角度而言，你卻是我大秦的敵人！現在我落到你手上，要殺要剮請便吧！你不要想利用我，對於朝政，我子嬰向來不聞不問，你從我口中問不出些什麼來的！」

項思龍心下歎了一口氣，子嬰確是比胡亥有骨氣多了，也精明多了，為人恩怨敵我分明，又有膽有色，若讓這樣的一個人才作君王，可也真是天下大幸！怎奈時不由人，他子嬰再有本事，也是要成為亡國之君的！這是歷史的事實！

項思龍淡淡的笑了笑道：「說得好！趙高確是個禍國殃民的大奸賊！可天下苦秦久矣，大秦的滅亡也是遲早必然的事，誰叫秦室執政的人不顧人民的死活呢？水能載舟，也能覆舟，我項思龍與大秦作對也是為民請命，所以站在我的立場，秦王朝就也是我的敵人！勝者為王，敗者為寇！這是千古至理，不過，我項思龍卻無心爭霸天下，而只想過一種平靜淡泊的生活，是戰爭把我拖入了歷史的漩渦！

「我只想人民過好一點、天下太平一點，並不想殺來殺去的！我這樣說皇子或許認為我是在自命清高，但我今天請皇子來的主要目的並不是為了談這些，我只問你一句話，皇子想不想殺了趙高為你大秦報仇？」

項思龍這話顯是大大出了子嬰的意料，尤其是最後一句，更是讓得他簡直不相信自己的耳朵，雙目發直的怔怔望著項思龍。

趙高不是他的心腹麼？怎麼項……少俠卻叫我去殺了趙賊？

他到底是在耍弄什麼把戲？是在試探自己，還是有著其他目的？

子嬰心下猜疑著，但全身的血液卻是快速沸騰，斂了斂神，咬牙道：「當然想！我恨不得剝了趙賊的皮，抽了趙賊的筋！」

項思龍擊掌道：「好！那我就讓你了卻這個心願，不知皇子可願聽我安排？」

子嬰不明項思龍語意，但心想管你玩什麼花樣呢，若我子嬰能殺了趙高，也算是我大秦的一個有功之臣，可以流芳百世了！反正我大秦江山不保是遲早的事了，在臨死之前能殺趙高卻也是快慰平生的事！

心下想著，當下點頭道：「好，我聽從項少俠的任何安排，只要能殺死趙高！」

經過與子嬰的一番傾心長談，項思龍不但說服了子嬰，反讓得子嬰對項思龍生出無限敬仰的崇拜心理，二人之間的協定自是順利達成。

待項思龍送走子嬰後，解靈終是忍不住心下疑惑問道：「項大哥，你與子嬰到底在聊些什麼啊？竟是說了將近兩個時辰！」

項思龍微微一笑道：「待會告訴你，這件事還需靈弟幫忙呢！」

解靈見項思龍如此信任自己，興奮的道：「項大哥有什麼吩咐但請說出就是，還談什麼幫忙不幫忙的呢？大哥的事就是我解靈的事，哪怕是殺人放火上刀山下油鍋，小弟也不退縮！」

項思龍拍了拍解靈的肩頭道：「這次我真是要讓你去為我殺一個人呢！」

解靈聽得呆了呆，不解的道：「殺人？項大哥要殺人還需小弟幫忙嗎？只要你一聲令下，這人還不乖乖的抹脖子了帳？」

項思龍臉色一肅道：「這次我要你去殺的是一個特殊的人——趙高！」

解靈聽了不驚反喜，歡聲雀躍的道：「殺趙高！嘿，小弟很樂意差事呢！這老賊我早就想宰了他了，只因礙著他是大哥手下，所以不敢冒然下手，現在大哥有命，我自是不用再有什麼顧忌了！好，我這便是幹掉他！」

項思龍拉住了興奮得猶如個小孩得了個新鮮玩具的解靈，笑道：「靈弟何必如此心急呢？我的話還沒說完呢！」

解靈聞言，強抑心中興奮與衝動，問道：「大哥有什麼話快說吧！我可真是急不可耐的要去殺趙老賊了呢！多等一分鐘我都覺得難受！」

項思龍卻又是肅容道：「不只是要等一分鐘，且還要等一個半月！」

項思龍這話如潑一瓢冷水，讓得解靈熱情大減，失望的道：「大哥這話怎講呢？還要等一個月啊！可我心裡都發癢得要命了呢！」

項思龍沉聲道：「靈弟可不許亂來，一定得依我的計畫行事！」

解靈見項思龍語態嚴肅，知道其中定有文章，忙也斂了神道：「大哥，我不會亂來的！沒得大哥的命令，我絕不殺趙賊！」

項思龍點了點頭道：「不但不可殺他，反在我計畫未實現之前，你還要保護他，絕對不能讓趙高受到任何傷害！」

解靈聽得嘴角動了動，似又想做出什麼反抗，但話到嘴邊又給咽了回去，語氣有些恨恨道：「就讓這老賊多活一段時日吧！大哥到底有什麼計畫呢？」

項思龍見解靈服了下來，鬆了口氣道：「這也就是我與子嬰所談的話題了！大哥我是武林中人，並不想干涉政事，感覺太煩也太累！想你也知道我有個拜把兄弟劉邦，他已稍稍有些業績，為人也精明能幹，心懷大志，所以我想把他栽培成一代天下霸主，這樣一來大哥也可光榮一下有成就感，二來大哥的某些抱負也可通過劉邦來得以實現，如此，我就想讓他率先攻入咸陽，讓子嬰向他投降，那麼，劉邦就可一舉成名天下，前途一片光明！

「至於我為何選擇子嬰來向劉邦投降，這道理很簡單，子嬰是秦室子嗣，由他繼位向劉邦投降，秦室大臣都會心服忠誠一些，再有子嬰年齡較小，好控制利用，由他向劉邦歸順，劉邦可以利用他操縱秦家所遺實力爭霸天下，要知道劉邦現在勢力還小，而項羽勢力如日中天，如沒有強大實力作後盾，劉邦就很難有大的發展前途。

「胡亥呢，他在秦室中已失人心，成為了個名不副實的空頭皇帝，他心機又深沉，執政也有三年，朝中仍不乏他的人，讓子嬰代替他，我們就可免去後患，也可得著人心，利用價值比胡亥大。

「我現在不殺趙高呢，是因為他還有利用價值。趙高老賊在秦王朝中根深蒂固，由他出面幹掉胡亥擁立子嬰，沒有人敢不服有異議，所以還要讓他活一段時日，待子嬰上台，時機成熟後，自是要殺了他！

「這傢伙是個陰險狡毒的人物，若不是我用移魂轉意大法控制住了他，可真難以對付呢！這樣的人讓他活在世上，我心下可真會不安！」

解靈聽得不斷點頭，卻又道：「以項大哥目前在咸陽城的威信，即使現刻殺了趙高，由你出面幹掉胡亥，擁立子嬰，秦室中想來也不會有人敢不服的！」

項思龍淡淡的笑了笑道：「我不是跟你說過我不想正面干涉朝政麼？好了，

我們這事就聊到這裡吧！靈弟，我對你所說的這番話你可不能對外說起，否則洩露出去，讓趙高這傢伙有所防範可就糟了！我的移魂轉意大法雖控制住了他的心神，但他也自阿沙拉那裡學過抵抗精神枷鎖的法門，我感覺他正在竭力破解我對他的精神控制呢！若不是我這次又來咸陽，對他再次施法，這傢伙就差一點脫出我的控制了！」

解靈肅容點頭道：「這個項大哥你便放心吧，便是有人把刀架在我脖子上，我也不會洩露大哥的話半句的！」

項思龍聽得心下一陣感動，緊緊握了解靈的雙手。

大局已定，項思龍取出趙高交給自己的「死亡之符」秘圖參研起來。

據秘圖路線介紹，要進入秘宮門前，務必闖過五毒五行大陣。

所謂五毒陣，即為毒蠍、毒蜈蚣、毒蜘蛛、毒蜂、毒花；所謂五行陣則是金木水火土五關組成，金關有題——神劍匯百穴，金劫破玄關！即要接受數百把多劍刺進全身穴道的劫難；土關有題——浮游泥濘海，龜忍存一息！即要在沼澤海中存一口氣，修習龜息功；木關有題——神迷千色香，奇趣幻中享！此關鍛煉的是人的意志力，若意志不強，必被幻象所殺；最後是水火二關，即也是五行陣中最為厲害的兩關，有題——寒湖冥獄火，冰魄焚魂鎖！

此五毒五行陣陣相應，若有一關不通過，則即便到了秘宮門前，也無法開啟秘宮之門，因為此五毒五行陣與秘宮大門的開啟機關息息相通，只有順利闖關，才可用九天神功開啟秘宮之門。

再有一點就是此五毒五行陣乃是修練九天神功的法門，也只有闖過全關，九天神功才算大成，可以達到水火不侵百毒無懼，如此進入秘宮也便可不懼裡內的水銀毒氣，取得無字天書。

這「死亡之符」秘圖介紹通往秘宮的方法可說是險之又險，佈置這樣關的人真可說是學究天人了。秦始皇如此著重那勞什子無字天書，難道無字天書真有什麼奇異之能？

不過，管他的呢，五毒五行陣也罷，無字天書也罷，自己都沒放在心上。

五毒陣對自己來說是不費吹灰之力可破的玩意兒，想自己身上有萬毒之王的金線蛇，體內也有七步毒蠍和冰蠶，又服過毒王魔珠，萬毒一道麼，自己可說是毒祖宗了！

至於五行陣呢，卻也有些傷腦筋，金劍刺穴、龜息大法、幻象煉志、水火紅魄，這幾關中第一關和最後兩關較為困難，其他兩關麼也是小兒科，龜息大法自己早就會了，幻象煉志，自己可是精神控制術的高手，所以沒什麼擔心的。

雖有困難，可自己也得去闖啊！誰叫自己與生俱來就欠了這古代歷史的呢！

阿房宮雖是個神秘凶險的地方，但現在對於項思龍來說，它已沒有什麼秘密的了！

「死亡之符」秘圖不但介紹有進入秘宮之法，還詳細介紹了整個阿房宮的設計佈置。

地面上層是豪華的宮殿樓閣，但阿房宮真正神秘的地方卻是地底的宮殿世界。

那裡儼然是另一個有組織有規模的王國，宮女、護衛、煉鐵廠、監牢、校場……應有盡有，但更主要的是始皇陵就建在阿房宮的地底。

就是在現代也沒有開發出只是一個神奇傳說的秦始皇陵就在阿房宮地底！

無字天書就藏在秦始皇陵地底的一處叫作「秘宮」的殿室之中。

項思龍著解靈帶了護衛嚴密封鎖住阿房宮所有的進出口，自己則依「死亡之符」秘圖所示，準備闖五毒五行陣去秘宮取出無字天書！

阿房宮地底竟也有花草樹木！當項思龍剛剛進入五毒陣所示地段時，眼前的景象讓得他都快看呆了，卻見一片百草叢生，奇花鬥豔，古木盛天的景象落入視野，這些花木竟是在這寒冬裡也長得青青綠綠，宛如盛夏的熱帶雨林一般。

景色雖美，但一塊巨大碑石上所寫著的「毒谷」兩字卻是讓人心中發毛，對這美景也便失卻了欣賞心情。項思龍收斂心神之下往那石碑上的「毒谷」二字望，兩字均有一平方見丈之大，字體深刻入石足有三分，從痕跡看去，竟是被人用指勁寫成，可見這書寫此二字之人功力之高也是世所罕見了。

項思龍緩步下了石階往毒谷內行去，心下邊凝神戒備尋思道：「這些花木在此不見天日的地方，卻是怎麼還能夠成活呢？沒了陽光便不能進行光合作用，花木也就沒了葉綠素作營養……可這裡的花木卻又長得生機盎然，這裡面到底有什麼玄虛？」

想著時，已是走進「毒谷」有百多米遠，就在這當兒，腰間革囊內的金線蛇突地有了異況，發出陣陣「吱吱」的尖叫聲，項思龍心下一緊，舉目環顧，卻見身周不知何時湧出了許多毒蠍，這些蠍子隻隻都黑得發亮，顯是修為頗深。毒性猛烈，但只行得項思龍身前十多米遠處卻都停了來，再也不敢行進，只虎視眈眈的望著項思龍，口中發出「咕咕」怪聲。

項思龍見了這等場面，心下既是駭然又是訝異，這些毒蠍顯是人所養之，但這養蠍之人卻是何者呢？幸得自己服過毒王魔珠，能夠遇毒發毒，使這些毒蠍不敢近前，若是他人則定會要發生一起人蠍大戰了，這麼多毒蠍，足有千來隻，要對付起來可真不易。

還是速戰速決吧！革囊裡的兩個小傢伙也有好長時間沒有美食過一頓的了，正好拿這些毒蠍作為牠們的美餐！心下想著，當打開革囊，兩道金光頓即閃出，往蠍群直射過去，眾毒蠍還正徘徊在項思龍身邊，突見有敵來犯，頓即一片譁然，全都往兩隻金線蛇圍上去，還沒來得及辨認對方來路。

只聽「嘰嘰」數聲慘叫，十多隻毒蠍已是中招倒斃，其他蠍子這刻才發覺了來犯的敵人竟是天下毒物七絕之首——奪命金線蛇，即然嘶叫惶命逃竄，但不幸者還是頗眾，金光直閃之下，又有幾十隻毒蠍被金線蛇咬死，果不愧是萬毒之王。

項思龍見毒蠍退去，知五毒陣第一關已破，當即喚回追殺逃散毒蠍的金線蛇，讓牠們吸去死去毒蠍身上的毒素之後，當下又收回牠們，繼續前行。

花木越來越深，滿地腐敗落葉腥臭沖鼻，花木深處，蛇蟲遊竄之聲隱隱可聞，大概是懼了項思龍身上所釋發出的毒王魔珠的威力吧！

項思龍神目如電的凝神緩步前行，突地一物落入視線。

唉，是什麼東西呢？項思龍走近一看，卻見一具腐爛的屍骨之前有一柄精光閃閃毫無鏽跡的長劍，項思龍心下訝然下俯身拾起，只見劍身長約二尺，窄細輕盈，似為女子所用之劍，劍身有若一池秋水寒光四射，看來必是一柄罕世神器。

是什麼人死在毒谷之內呢，看屍骨腐爛情況，此人死去已有不少年月，可秦始皇陵已是世人罕知，這通往秘宮的路線更是所知之人少之又少，這死去之人又怎會知曉？

心下狐疑的想著，項思龍已又拾起地上的劍鞘，細看之下，卻見上面刻有「玉女劍」三字。

玉女劍？記得在現代時曾從一本武俠小說中看知此劍乃越國的一牧羊女所造，此劍怎麼會遺落此處？難道這死去之人乃是當年七國之後？

項思龍只覺心下的懸念更多了，當即撥出鬼王劍挑開屍骨，卻見屍身下有一綠色玉盒，當下又拾了起來，打開一看，卻見裡面放著一對小金人，一男一女，打工甚是精湛，金人下面又是一卷黃色帛布，項思龍展開細閱，上面乃是用血寫成的幾行遺囑，血跡已枯乾，顯得有些發紫，但字跡還是很清楚，帛布上寫道：

「汝既也入毒谷，必也是想入秦狗秘宮盜取無字天書。吾乃玉女散人，是當年七國中越國後人，前身是越王之妹，越被秦滅後，吾被嬴政所擄，因麗顏禍人，被嬴政看中，強納為妃，可吾誓死不從，落髮出家，被嬴政困囚宮中十多年。

「吾臥薪嚐膽，在被困十年中苦練我越國前輩高人牧羊女所傳的玉女神功，並且獲贈玉女劍，本想神功大成後，行刺嬴政，報亡國汙身之仇，怎奈元貞被破，玉女神功無法大成，而嬴政一身九天神功，可說已是天下無敵。

「吾見用武力報仇無望之下，便用軟功以美色迷惑嬴政，終被吾從他秘室中發現了秘宮之秘，得知如得到無字天書，便可操縱天下，心喜之下，於是入陵前往秘宮欲盜取無字天書，可誰知入此毒谷，被毒蠍大陣所困，中毒之後，自感生機無望，特寫此遺書，留待有緣者得之。

「此玉盒之內有玉女心經和九天神功各一卷，有緣者欲往秘宮取得無字天書，務必練成此兩項神功，盒內還有吾師牧羊女留傳玉女神丹一顆，服下後平增百年功力，且能打通生死玄關，吾因自知資質有限，所以未曾服用。

「在吾臨死之前，曾聽嬴政說要通過此毒谷，必須找到供養毒谷花木蛇蟲生存的一顆太陽神珠，此珠就在前方一里之處的一個火龍潭之內，拿取之法便是用谷中五毒作引，誘出火龍潭內的一隻火龍龜，火龍龜吃下五毒之後，因需運功解毒，必會吐出其內丹，那便是太陽神珠。

「得了此珠，對通過五行大陣也有莫大幫助，五行宮內的寒湖可說是天下至陰至寒之處，乃嬴政取天下海底寒母精英造成，甚是厲害。吾所知所能也就此這麼多，欲入秘宮還必有其他種種險境困境，望有緣者珍之重之！」

項思龍看了這段話心下驚訝不已，想這死去之人真是七國後人，且還是個王妹，但也不想這玉女散人原來竟是秦始皇的妃子，看來古代的事情現代的歷史有許多都沒有記載。

還有，這地底之所以能生長花木，原來卻也是因這地底有一處火龍潭！但據自己在遇上孤獨驚鳴時。太行山脈中的那處火龍潭卻是旁邊寸草不生的啊！這裡的火龍潭為何卻不但影響不到花木生長，反是花木生長的能源供應呢？

太陽神珠？火龍龜？難道是火龍潭內的火龍龜吸化去了火龍潭的熱能，使其內丹如太陽一般，可供這裡的植物進行光合作用生存？

可為何要通過毒谷，又務必取得火龍角的內丹太陽神珠呢？難不成那太陽神珠有著什麼其他的妙用？不過，管他的呢，現刻不要想這麼多的了，到時自可知曉一切！

嗯，九天神功自己有秘笈，玉盒內的秘本自也無用；玉女心經麼乃女子所練習的武功自己是練不成的，不過可以拿回去到時給自己的眾位夫人練習，讓她們也都成為一代女俠。玉女劍呢，只有一柄，自己夫人那麼多，卻也不知給誰是好，但也拿著再說呢，免得暴殄天物。

心下想著，項思龍當下收起玉盒和玉女劍，正待前行時，目光卻又落在了那屍骨之上，略一沉吟，決定讓這玉女散人入土為安，當下揮拳擊出一個大坑，再運功把屍骨吸入坑內埋好，朝土墳拜了幾拜，心下想道：「女俠，請你安息吧！我項思龍一定承你所願，拿到無字天書為天下人造福的！秦王朝已將滅亡，你也可瞑目了！」

項思龍施展輕功加速身形，一路上只聞悉悉蛇蟲退避之聲，卻也再無什麼毒物來侵擾，原來項思龍提功之下，毒王魔珠威能被發揮出來，什麼毒蜈蚣、毒蜘蛛、毒蜂卻是再也不敢出來了，想來這五毒陣卻也或許是毒王無涯子的孫子黑鷹所設計的吧，那麼這些奇物自也怕他這「毒祖宗」了。

行了有盞茶功夫，突地一陣異香傳來，讓得項思龍只覺一陣頭昏，心下一緊，自知已行到了五毒陣的最後一關——毒花陣了，駐足舉目環視，卻果見自己已置身在一個百花盛開的花海之中，這些花五顏六色紛綻異呈，煞是好看，香味也非常誘人，但一吸入卻是只覺血液沸騰，頭昏漲，慾火頓起，難不成是什麼淫花奇毒？

項思龍已閉了呼吸，對淫花之毒他可不敢大意，朱玲玲被朱雲飛下過極樂淫花毒，天山龍女被西門無敵下過移情淫花毒，這可讓他受夠了苦惱，現在這裡可又沒有什麼女人，金線蛇也解不了淫花毒，自己可莫要中毒落個慾火焚身而亡，那可就太不值了。

項思龍雖然用的是毛孔來呼吸，可毒花的香氣已融入空氣中，不多時，他也只覺渾身燥熱心神不寧之極。這……難道自己真中了這不知名的淫花毒？

項思龍大驚之下，頓即默運體內的寒冰真氣鎮住慾火，心下卻又舉止難定起來。

現在該怎麼辦呢？自己像是真的中毒了！他奶奶的，毒王魔珠難道也化解不了此毒？那無涯子還自稱什麼萬毒之王嘛！這……現在是進還是退呢？

項思龍只覺體內的燥熱愈來愈熾，額上不覺已是冒汗。

就在這緊要當兒，突地只聞一陣嬌笑聲傳來，人影一閃，卻見一長髮披腰，圓臉高鼻，雙目烏亮，身穿少數民族的裝束，皮膚略黑，身材修美的少婦出現在了項思龍的眼前，這少婦說媚不媚，說正經不正經，只是讓得項思龍見了一陣心猿意馬，雙目發直。

少女輕盈行至項思龍身前，細細打量了他好一陣，才一臉又羞又喜的嬌聲道：「公子能闖過五毒陣，已是妾身在此守候二十年來所見的第一人了！看公子模樣，不知是哪位皇子呢？始皇命妾身在此恭候闖過五毒關之人，妾身原本以為今生無望，可誰知……

「嗯，公子額上似已冒汗了呢！是不是很熱啊？那就讓妾身來為你放鬆一下吧！」

說著，伸出一隻玉手欲為項思龍擦汗，項思龍咬牙斂神一閃，沉聲道：「婦人是誰？竟然會在此毒谷之內？難道你也是來秘宮盜無字天書的嗎？」

婦人面色一愣，訝聲道：「公子不是秦始皇派來試陣的皇子嗎？那麼怎麼會……知道這入毒谷之路的？你……你到底是什麼人？」

項思龍不知這婦人是在耍什麼玄機，渾身慾火已讓得他冒汗不止，但還是強作鎮定道：「在下項思龍，並不是什麼皇子！秦始皇死去已有三年，他二子胡亥即位，秦家江山已被他搞得旦夕不保了！在下自趙高手中拿得『死亡之符』的秘圖，前來秘宮取無字天書的！」

婦人臉色大變，驚問道：「什麼？始皇已仙逝？秦室已哀敗？這……公子，這到底是怎麼回事？你能告訴我嗎？」

「噢，妾身乃始皇的妃子，因天生不懼淫花之毒，所以被他命來此毒谷守候闖過五毒關之人，為其解……解極樂淫花毒！

「至於其他什麼秘宮，什麼無字天書的事情一概不知！始皇之命不可違，妾身也只得一人在此不見天日的地方待了二十年之久，每日以食此中花瓣為生，不敢妄自走動，因為始皇說過此谷到處是蛇蟲機關，如若亂闖便會死無葬身之地，只有待有人闖過五毒陣後，才可隨其一起出此毒谷，否則便要老死這裡。

「妾身在這二十年孤身一人獨守寂寞，對外界之事一概不知……公子，始皇死了，妾身還可出去嗎？你願帶我出去嗎？我不想待在這裡啊！」

項思龍聽得婦人這番話，心下暗歎一聲，這婦人心如一張白紙，只不過是秦始皇的一個利用工具罷了！但他為何要留此婦人在這毒谷呢？難道他算準了這淫花毒非女人不能解，所以……那秦始皇還是不想讓這無字天書永遠埋沒人間的了！

他定是想讓他的後人闖關入宮取書，使他大秦江山永保不衰，難怪自己入得毒谷之後除見得玉女散人屍骨外，還有其他不少屍骨了，那些定是秦始皇命來試陣之人！

秦始皇的心機可也真是太深了！的確，要選出一個合適的皇位繼承人，必須精明功高，能闖過五毒五行陣的人也足夠資格繼承他的衣缽了！

可誰知人算不如天算，秦始皇還是失望了吧！

他臨死之前也一定後悔得很，但他自己已無力入宮取書，又不想讓他人得到無字天書。

所以寫下「死亡之符」秘圖，留待聰明些的後人參閱闖關，發揚光大他大秦江山，只可惜……

他大秦江山過不了多少時日就要徹底從歷史上除名了，這也是他殘暴一生的報應吧！

項思龍如此想著時，體內慾火的高漲已讓他身軀微微發抖，雙目赤紅，額上手上青筋條條暴起。婦人見了似明白什麼，面上一紅道：「公子可也真是神人也，當年黑鷹在佈置此極樂淫花毒陣時，不知有多少男女慾火焚身而亡，能像公子這般在此毒花陣中待半個時辰功夫仍鎮定自如的，妾身卻是從未見過。連始皇和黑鷹也是夜夜與數女行房，才佈置好這毒花陣！

「此陣也是五毒陣中最為厲害的一陣了，所以安排在最後，並且讓妾身這天生不懼淫毒的婦人來此守候闖過前四關之人，因能連闖前四毒陣，已是神人了，始皇說死去可惜，所以命妾身接待闖關之人。公子如要妾身效勞，妾身自是榮幸之至，只不知公子……」

婦人的話還未說完，項思龍已再也忍受不住慾火的煎熬了，驀地大叫一聲，一把抱起婦人，口中粗喘道：「你的宿處在哪?快領我去！」

婦人臉紅暈上頰，秀目放光，把嬌首深埋項思龍懷中，雙手勾住他的頸脖，聲若蚊蚋地道：「向左拐一百米，有一間石屋即是！」

婦人話音剛落，項思龍頓即疾身飛馳，不消片刻便到了石屋前，連周邊景色也顧不得察看，便揮拳開門，飛身而入。屋內擺設甚為豪華，鋪有地毯，裝有雕頂，但最引項思龍注意的卻是屋中那張豪華大床。

把婦人抛到床上，項思龍聲音發澀的道：「快……快脫衣服！我……我受不了了！」

邊說著已是快捷的三下兩下褪去衣物，婦人見了項思龍的危急模樣，嫵媚一笑，面現春潮，也脫了衣物，不多時一別具特色的黑亮胴體已是顯露在項思龍的眼前，讓得他慾潮狂燒，不顧一切的往婦人撲去。

石屋之內一時吟叫粗喘陣陣，奏起了仙樂般的進行曲。

婦人久旱逢露，自是竭盡心力逢迎，項思龍淫毒發作，完全浸入慾潮。

二人這一戰直殺了個昏天黑地才各自昏昏睡去。

項思龍睡醒過來時，卻見婦人正嘟著櫻桃小口向自己耳朵吹氣，見著婦人那天真誘人模樣，想起前時與她的一番巫山雲雨，心中一熱，伸手一把摟住婦人，翻身過來，貪婪地痛吻婦人濕潤的紅唇。

婦人猝不及防下被項思龍挑逗得神魂顛倒，呀呀唔唔，也不知在表示快樂還是在抗議，一雙玉手也緊緊摟住了項思龍的虎腰。

項思龍掀起了婦人下裳，露出渾圓堅實的大腿，正要劍及履及，臉如火燒的婦人嬌吟道：「公子，現在不行的啦！我們屋後的火龍潭裡的火龍龜給鑽出岸上來！好嚇人，你……你去趕牠回潭吧！要是侵入我們屋中，那……」

項思龍聞言清醒過來，停止了對婦人的侵犯，心神一緊道：「好！美人，你在石屋中等著我，我這便去對付那火龍龜，待我取得無字天書後，一定帶你出這見鬼的地方！」

婦人激動的摟著項思龍，淚如雨下的道：「妾身今後無依無靠，可跟定公子了！你去吧，妾身乖乖的在這裡等你，如果十天還不見公子回來，妾身就……公子是第一個讓妾身享受到作為女人快樂的男人，妾身決定從今往後只侍奉公子一人了，公子可要多多保重，不要拋下妾身一人啊！」

說著，又緊緊的摟住了項思龍，低聲抽泣不止。

項思龍看著懷中這嬌柔的美人，心中憐意大起，這古代的女人命生得真苦，就像無根的浮萍，命運全由男人操控，一時意興索然，剛才升起的慾火散失得無影無蹤。輕輕推開婦人，捏了一把她的臉蛋道：「放心吧！為夫不會有事的！從今往後你便是我項思龍的女人，我決不會再讓你孤苦無依的！」

婦人聽了這話心下一甜，破涕為笑的歡快取過項思龍衣服，為他著裝。

項思龍看著婦人溫柔細緻的動作，心下一陣感慨。

女人啊，命運為何總是歸依在男人身上呢？

項思龍著好衣物，與婦人溫存一番後，出了石屋，這刻才發現石屋右邊百多米遠處有一個正冒著熱氣的水潭，想來就是那勞什子的火龍潭了吧！不過這火龍潭與在太行山所見的火龍潭迴然不同，太行山的火龍潭潭水是血紅色的，並且潭面氣泡滾滾，熱浪逼人，周邊草木不生，但這處的火龍潭潭水卻是清澈碧藍，潭面如一塊明鏡，潭中釋發的熱氣正好使得這裡氣溫甚是適中宜人，周邊也是花木叢生，如此一潭也叫什麼火龍潭麼？

據孤獨驚鳴介紹說火龍潭乃是由地心溶漿的熱力全都從潭內釋發出而形成的，理論上應是熱浪逼人，寸草不生的啊，怎麼這裡的火龍潭卻……可也真是奇怪得很了！

項思龍心下不解的想著，突地一聲大吼聲傳來，讓得他為之一震，舉目望去，卻見一隻足有二米多長，一米來高，通體烏黑發亮的巨龜正向自己爬來，其速度快捷之極，不下常人奔跑之速，想來若再來個龜兔賽跑，即便兔子不停下睡覺，兔子也跑不贏眼前的這隻烏龜吧！項思龍心下怪怪想著，卻是提氣凝神戒備。

眼前這巨龜大概就是火龍龜了！這傢伙看上去怕不有數千年的修行，火龍潭的熱力可能是全被牠吸去修練之用了吧！自己倒也得小心戒備了！

玉女散人的遺書中說要取得火龍龜的內丹太陽神珠，用五毒來引誘牠，使之中毒運功解毒之際奪了太陽神珠，可自己沒有什麼五毒，看來這計是行不通的了！但火龍龜為何會突地出了火龍潭上岸來呢？

據婦人介紹說火龍龜在她住在這毒谷二十年從未曾出潭過，只每隔一段時日，吐出牠的內丹來供這裡的花木維持生機，也不知這傢伙怎麼會被秦始皇馴服！現在火龍龜出潭了，難不成是自己體內的毒王魔珠引出了牠？那這火龍龜是不是本是由無涯子所飼養的呢？

心下想著時，火龍龜已是馳近至項思龍身前十多米遠處停了下來，雙目神光閃閃的望著項思龍，鼻子似在聞嗅什麼，項思龍見了心下一動，當即把體內毒王魔珠的功力提發了出來散佈空中，果然，火龍龜嗅了一陣後，目中凶光盡去，口中發出歡快的怪叫聲，邊緩緩向項思龍爬近，邊不斷點頭向項思龍示好。

項思龍心下大是鬆了一口氣，看來這火龍龜正是毒王無涯子所飼養的了，火龍龜現刻已把自己當作了牠的主人，這確是件意想不到的好事，但現在怎麼叫牠吐出內丹太陽神珠呢？

項思龍大傷腦筋的想著，火龍龜已是行至了身邊，伸出又長又大的舌頭向項思龍身上舔來，項思龍見了心下忽地一動，何不用移魂轉意大法試試看呢？

此意念從腦中一掠過，項思龍當下馬上施行，提運功力與雙目，目中精光往火龍龜雙目射去，過了好一陣子，火龍龜果是更為溫馴，張開大嘴，暴叫一聲卻見一足有拳頭大的灼亮珠子從火龍龜口中吐了出來，珠光的熾亮度讓得人不敢正視，珠芒照在人身上有若太陽光一般暖烘烘的，果然名副其實，不愧叫作太陽神珠。

項思龍大喜之望之下收功接過太陽神珠，卻感入手並不如想像中的那麼灼熱，握在手中只覺一陣陣舒適的溫流從掌心勞宮穴吸入體內，置於丹田貯存了起來。

項思龍心下訝然，想不到這火龍龜內丹竟還有增強內力的功效，倒也確是件罕世寶物了！嘿，像這等神奇東西拿到現代，可也真不知能賣多少錢？

但想來成為個億萬富翁應不成問題吧！

怪怪想著，把火龍龜內丹收入懷中，朝火龍龜揮了揮手道：「你先回火龍潭去吧！待我取得秘宮內的無字天書後，一定會把內丹還給你的！」

火龍龜似能聽懂項思龍的話，果也依言飛身沉入了火龍潭中，濺起一丈多高的水珠。

終於闖過了五毒陣！項思龍邊繼續前行，心下邊慶幸想著。

現下所行的路徑卻並不多見花木了，只是奇峰怪石處處都是，不見飛鳥走獸，寂靜非常，讓人不自覺的心中生出幾許寒意來。

項思龍邊打量身周的景象，心下邊納悶道：「這麼大工程不會是人建造成的吧！難道秦始皇陵本是一處地下洞天，被秦始皇看中用來建陵墓的？」

沿途空氣愈來愈冷，至最後卻只見到處都是冰川，倒猶如到了北極之地了。

是一座巨大而菱角尖削，晶寶奪目的冰山封住了項思龍的去路。

項思龍抬目一看，卻見冰山正中央鑲嵌著一個高約五丈圓形銅扉，上刻有龍首及五行字飾，氣勢甚是懾人。

項思龍心想，這冰山內大概就是什麼五行宮了，那這銅扉也定是冰山入口，只不知是用何辦法開啟這銅扉的？「死亡之符」秘圖上也未曾介紹，其實沒介紹的也不只這點，火龍潭及火龍龜不也沒介紹嗎？也幸得自己服過毒王魔珠，那火龍龜也是毒王無涯子的馴物，要不可也不知要費多少手腳呢！

這也就叫作冥冥之中一切都有天意吧！

秦始皇譜寫「死亡之符」秘圖時也不知是有意還是無意讓通往秘宮的路徑關卡殘缺不全的？是為了防止秘密洩露嗎？亦或是為了更進一步測試闖關者的智慧？或許兩種的目的都有吧！

嗯，現在怎麼開啟這銅扉進入冰山內呢？著銅扉上的圖案，上面似是一個五行八卦陣，那自己就用功力貫流其中，以破五行八卦之法來試試吧！

心下想來當即閉目納氣，雙手合什，潛運神功，驀地暴喝一聲雙掌揮出，頓見一股剛猛氣流，如狂風般向銅扉擊去，勁風所過之處，阻冰即爆。

掌勁在項思龍雙手揮舞之下成為了一道螺旋勁，扭轉銅扉的五行乾坤。

只聽得「轟轟轟」一陣巨響，銅扉如羅盤急旋，玄冰被絞磨爆裂，勁氣向四周波震擴散，整座冰山發出驚天巨響，地面亦也一陣雷動。

銅扉終於反轉脫出，露出了一個幾丈見方的洞口，洞內並不黑暗，反十分光亮，顯是有夜明珠一類的東西以供照明，「五行宮」三字赫然落入項思龍的眼簾。

第十章　無字天書

銅扉終於被打開了！項思龍心下狂喜，縱身由洞口進了冰山之內。

冰山內赫然是一個居型宮，四壁上嵌有無數斗大的夜明珠，把洞內照得一片光明。

項思龍舉目四顧，卻見大殿成角型，每個角落均聳立著一座模樣猙獰的巨型冰雕，冰雕上均刻著奇禽異獸的圖案，氣氛詭異駭人。

一行字跡吸引了項思龍的注意，卻見左側的冰壁上被人用指力寫道：「五行幻化，盡在此宮。欲得天書，請君闖關！天書在手，唯我獨尊！」

後面又接著介紹了闖五行大陣的方法，有道：「殿內五尊冰雕，龍、鳳、虎、鶴、鹿。

「欲大成九天神功，秘受金針刺穴通脈之焦；鳳為土關，秘宮之內，水銀毒氣吸者即斃，不能練成龜息大法，則勿須再談進宮取天書；虎為木關，秘宮之內有謎幻大陣，必須意如止水，氣定神閑，才可不受其侵擾；鶴、鹿為水火大關，水為地底寒湖，動則冰凍；火為地底火漿，可把人肉身灼焦融化。如能闖過此五行大陣，即可練成金剛不壞之身，水火不侵萬毒無懼，再得無字天書，天下唯君是從！」

項思龍看得心下嗤笑不已，看這話中語氣，似闖過了此五行大陣就可天下無敵似的，這五行陣真有那麼凶險嗎？九天神功！哼，我項思龍雖沒見過，可當年秦始皇和萬喜良及不死神醫三人同攻孟姜女，秦始皇的九天神功也敗在了孟姜女的音波功下，音波功的威力我見識過，厲害是厲害，可也不能算是天下無敵，那這勞什子的九天神功就更不必言天下無敵了，又何必吹得那麼厲害呢？

心下想著，繼續往冰壁下文看去，卻見上面又寫道：「九天神功共分十二層，吾秦嬴政備九五之首的皇者霸氣，所以只練至第九層，終不能天下無敵！要練至第十二層功力的九天神功，必是九九之尊之身，可古往今來，除創下九天神功的赤帝之外，再無第二人練至大成之境。為求神功大成之道，吾究畢生心血創下此五毒五行大陣，助功速成。

「後人若過得五毒陣入此五行宮，請思之慎之，酌情闖關，如實在不行，不要強求，能闖過五毒陣已是難得之才，可成一方霸主了矣！若能闖過五行大陣，君則可天下無敵，再入秘宮取得無字天書，可成為赤帝第二，功業千秋萬載！」

再接下去是九天神功的全套內功心法，項思龍愈看愈覺訝然，這九天神功的內功心法確是深奧無窮，尤其是最後三層心法，更是奪天浩地，如果能練成全套九天神功，功力之高真比自己現下目前的全部功力並不遜色，看來自己倒低估這上古神功了！

卻見上面寫道：「天下武功，內力為本，招數為末，是故欲至武學的最高境界，務必身俱絕世功力。九天神功，窮天地之霸氣集於一身，務具九九之尊者可練之習之。所謂九九之首，即為本命能克五行五毒，達至金剛不壞之身者也！

「九天神功心法：氣存丹田，內息生於百會、少陽、少商、太陽三脈本末倒置，使全身經絡大亂，成無穴即有穴，有穴即無穴周身肌肉皆為穴道也！

「此法有異移穴大法，而是讓身肌成穴，讓真氣充盈周片寸之所，成為無死穴之身，那時意即氣，氣即穴，穴即身，即可成金剛不壞之身，舉手投足皆可以意殺人於無形，意發氣至，氣至意不動，功可斷切熔金，可凝氣成冰，端是厲害無匹，功成者天下無能有人出左右也！」

項思龍已算得上是武學大行家，可這般的練功法門，卻還是讓得他看了暗暗皺眉，不敢苟同。這種練功之法不是等若教人自殺麼？

嘿，管他呢，老子可不想練這勞什子的九天神功！嗯，如此險惡功夫，也還是不要讓它流傳於世吧！若有人習之，豈不等於自尋死路？

心下想來，即運功於雙掌，把冰壁上的所有字跡抹去，可這時怪像出現了，卻見龍象冰雕緩緩轉動，至轉了三百六十度後，冰壁洞頂上突地射出無數金芒，若狂風驟雨般，不待項思龍反應過來，向他全身罩下，並且準確無誤的飛刺中了項思龍全身三百零六個穴道，讓得他疼得慘叫出聲，可氣海、丹田、檀中等運氣大穴悉數被封，提不起一絲真氣，手腳也被金針所刺，不能動彈了。

項思龍心中大駭，暗道：「我項思龍難道會葬身在這五行宮中？」

正如此想著時，頭頂百會穴竟然也被一柄金劍刺中，感覺如遭雷擊，全身真氣在經絡內亂竄個不停，有若萬蟲在體內經穴中爬行，全身上下有一種似欲暴裂的感覺。項思龍只覺如萬箭穿心，捧腹在地上翻滾狂號不止。

他自來這古代三年有餘，還從來沒有這般痛苦狼狽過。

我不可以死！我還要尋找父親項少龍！我還要協助劉邦登上皇位！

我還要擔負維護歷史不被改變的重任！

項思龍心下狂叫著，但周身經脈的焚火劇痛，已讓得他都快昏死過去。

在五行大殿內翻滾不止，項思龍的身體「一個不小心」竟撞在了鳳雕上！

只聽得「隆！」的一聲，項思龍未及驚叫，整個人已失重了，向不知所在的地方急劇下墜，「蓬！」的一聲，項思龍跌入了一柔軟滑濕之地，眼前倏地一片黑暗。

啊！是泥沼！自己現在置身在一泥濘沼澤裡了！

「咕！」項思龍驚魂未定，七竅已遭浮泥填塞，幾乎窒息。

我全身穴道被金劍所封刺，空有一身絕世神功卻也無從發力，看來我項思龍這次是死定了！可我死得實在不甘心啊！我還有許多的心願未了呢！

我不能死！

項思龍在半昏迷狀態中，盡力集中意念，提集起些許四竄的功力，默運龜息大法——意守丹田，平穩陽陰，心無雜念，澄神定息……

這龜息功倒也甚是管用，項思龍也不知道沉了多久，再次清醒過來時，只覺身體劇痛減輕，丹田內也已存下了一些功力，神志也頓然靈活起來。

先掙扎拔掉陰俞、太淵等穴的金劍，讓手足能活動自如再說！

項思龍心下想著，咬緊牙關忍住痛楚，費了好大的勁，再拔下手腳的二十幾枚金劍，讓手足能夠活動起來，掙扎著爬出了沼澤。

又一個山洞在項思龍的眼前，項思龍乍聞得新鮮空氣，禁不住的吸了兩口。

一陣異香飄入項思龍鼻中，項思龍心下一愣，這裡怎麼也會有香氣？

不解的尋思著時，項思龍順著香氣飄來的方向拖著沉重的腳步尋去。

啊！是個大花園！項思龍行了二多米遠，眼前豁然一開朗，卻見一個種滿奇花異草的花園赫然出現在這不見天日的地底，煞是奇觀。

這些花又不會是毒花吧！項思龍心下戒備著，從懷中取出一根銀針，走到花叢中往一花瓣刺去，銀針色澤如新，可見這些花並沒有毒。

項思龍噓了口氣，放下些心來，整個身子一軟倒在花叢中沉沉睡去。

咕嚕！咕嚕！項思龍被腹中的饑餓給「吵」醒過來，舉目一看，卻見身旁十多米遠處有一樹上長滿鮮紅的野果，禁不住口中發澀，腹中更是吵鬧個不停，略一遲疑下還是翻身起來去摘了兩個野果，檢查一番證明無毒之後，當即狼吞虎嚥的大嚼起來，一口氣被他連吃了六個野果。

腹飽之後，項思龍精神一鬆，智神又漸入昏沉。

感覺眼前突地出現了幾個貌若天仙的美女，幾個美女坐在自己身邊，用柔若無骨的纖手在自己身上輕柔的推捏著，其中一個美女聲若仙樂般的在耳際響起道：「公子，讓我們來服侍你好嗎？保證可以讓你飄飄欲仙，如入仙境！」

看著幾個媚態迷人的美女，項思龍只覺色心又起，食指大動。

仙境？……我現在是在仙境嗎？怎麼全身只覺輕飄飄的？

項思龍心下想著時，眾美女卻已嬌笑著為他寬衣解帶起來。

項思龍色授魂迷，竟也沒有阻攔，只是對這突如其來的飛來豔福感覺有些不對勁，但這種戒備在美色誘惑之下卻是有些迷迷糊糊的，叫人拒之不忍。

這刻眾美女已褪盡了項思龍衣物，在他身上親吻起來，更是讓項思龍大爽，稍起的警覺之心頓即飛之九宵雲外，一美女邊按揉著項思龍的虎背，邊嬌聲道：「公子，妾身揉得舒服嗎？你是否願意永遠這般享受呢？」

項思龍神智已是迷糊，昏昏沉沉的隨口答道：「舒服舒服！人生能得如此，就算是這樣死去，也是值得的了！幾位仙女姐姐，你們都叫什麼名字啊？」

項思龍正閉目享受著，他這話音剛落，突聽得一陰沉冰冷的聲音傳來道：「你真的想永遠留下來嗎？那好，就讓我們成全你吧！」

項思龍聞聲有異，心下大震，睜目一看，差點失聲驚呼出來。

哇咋，為自己揉捏的哪裡是什麼美人嘛！原來是……

卻見眾仙女突地變成了面目猙獰的妖魔鬼怪，正張著血盆大口舞著利爪向自己撲來，口中發出讓人毛髮聳然的怪叫聲。

「啊！你們……怎麼變成……這到底是怎麼回事！」

項思龍還是脫口驚叫起來，其中一個「妖魔」聽了哈哈怪笑道：「你不是說過死而無憾的麼，怎麼現在又害怕了？」

眾「妖怪」緊緊纏住了項思龍的身體，並且越纏越緊，似欲把項思龍的五臟六腑一併從他胸膛之中擠出！

我不能死！我不能這樣……死在這裡！我還要去尋找父親項少龍，我還要助劉邦登上漢高祖的皇位！我不能死！

項思龍心下狂叫著，驀地暴喝一聲道：「不！你們這些妖魔鬼怪快放開我！」

暴喝聲中，項思龍體內內勁突地迸發，「轟！嗖！」悍猛內勁釋發出萬丈豪光，眾妖魔在慘叫聲中，被激射得支離破碎。

也許意志才是求生的動力潛源吧！

項思龍定神一看，仙境花園已蕩然無存，奇花奇草只是一般草木而已。

我剛才是在做夢？這……這夢可真是太恐怖了！

嗯，方才所聞過的大概是木關吧？那麼還有最後兩關就可到達秘宮門前了，自己可得斂起心神戒備去對待，免得功虧一簣！

項思龍強力站起身來，在山洞內搜尋出路，突地一陣「轟轟」之響起，一條秘道赫然應聲而開，項思龍見了心下忖道：「這秘道大概就是通往水火大陣的吧！橫豎都已闖過了三關，這最後兩關不管如何凶險，自己也得豁出性命去闖它一闖！」

略一遲疑下，項思龍舉步向秘道行去，約莫前行了有十多分鐘，前方突地拂來陣陣涼風，讓人感覺好是舒爽。項思龍精神也為之一振，舉目望去，卻見眼前出現的竟是一個天然巨湖，足有一平方公里之大。湖水甚是清澈，只是寒氣撲面逼人。

這大概便是五行陣中水關裡所說的寒湖了吧！嘿，自己身藏萬年寒冰床的寒冰其氣，可凝功成冰，這區區一個寒湖卻也是難不倒我的吧！

項思龍心下自信的想著，看了一眼自己滿身污泥蓬頭亂髮甚是狼狽的水中倒影，又看了看清澈碧藍的湖水，心想不若下湖去梳洗一下吧，這副模樣也太難看了！

心下想來，當即不暇多思的便曲身向寒湖跳去。在項思龍身體剛入湖水中時，驀地湖面掠過一陣清柔寒風……

湖水瞬間結成冰霜，項思龍未及反應過來，整個人頓被凍成了個冰人！

難道剛才那一陣寒風，冷得足以令湖水冰封？

項思龍心下大怔一下，當下提集丹田中的少許真氣，驀地暴喝一聲，內勁頓然暴發，冰封身體的冰塊頓被震得粉碎，在這同時，項思龍身形已沖天而起，落在了已經結冰的湖面上，心唏噓不已道：「看來這寒湖大有古怪，自己可不能再大意了！

「嗯，俗話說冰凍三尺非一日之寒，可這怪湖在這片刻間結冰，冰面踏著卻也堅實如地……」

正如此想著時，突地只聽得「咔……喇……」的冰裂之聲響起，剛剛冰凍的湖面卻又在這瞬間碎裂，溶化成水，項思龍腳下踏空，剛想飛身躍上岸去，湖水卻似生了磁吸之力似的，便生生的把他給吸入了湖水深處……

陣陣刺骨寒意，凍得項思龍牙齒咯咯作響，這湖水竟是比萬年寒冰床的寒氣厲害猛烈上數倍……水中奇寒無比，與湖面上的溫差所產生的作用，令快冰昏過去的項思龍迅速向湖底下沉，越來越深的寒氣，冰得項思龍幾乎血脈僵停，筋脈凝滯，手腳僵硬……莫非這才是真正的寒湖？

項思龍空有一身絕世功力，可因周身穴道被金劍所封而無法發揮出來，只讓得他又氣又惱，可現在已成待宰羔羊，即便再惱恨，也只能徒呼莫之奈何，閉目等死了！

想不到我這條小命……終要喪生在這五行關中……難道是天妒英才？

項思龍一想起自己在這古代的親人朋友，心中倏地生出一股無窮的力量來。

不！我項思龍不甘心如此死去啊！

項思龍內勁再次突地迸發，擊射得湖水發出陣陣悶響，四處飛濺，倒也正被項思龍開出一片可活動的空間來，正欲提氣衝出湖水時，突地湖底又湧上來一股熾熱漩渦，如水鬼索命，將項思龍旋扯下沉，並且越接近湖低就越覺熾熱無比。

突地一片火紅光點閃現在驚駭之中的項思龍眼裡。

啊！原來湖底有個熾熱熔岩口，自己正被溶岩旋吸之下往岩下墜去……這……若被扯進，豈不要屍骨無存？

求生的本能使得項思龍身上再次暴發出力量來，揮手踢腿拚力向上游衝，與溶岩捲拖旋勁扯鬥，身形處在下降寒流與上升勢力之間，令項思龍痛苦非常。

其實說來，據現代的地理海洋考察顯示，今時太平洋火山地帶，接近冰點的深海地帶亦往往會湧出攝氏數千度的高溫溶漿，故此極冷極熱的大自然現象，並不罕見。

項思龍的身體處在極冷極熱之中，全身毛孔與肌肉，急速的膨脹收縮，欲爆假裂，封刺在要穴上的金劍，因忽熱忽冷的現象也突地快速旋轉起來，項思龍如遭萬刀在體內筋絡與穴道，肌肉組織裡剮刮，痛極狂呼！

可這時項思龍體內被封的真氣也如百川歸海般，突地快速的向丹田歸納，再迅速向全身四肢百骸擴散運行，讓他感覺全身上下充滿了無究無盡的內勁，不發洩出來就不痛快似的。

內力恢復並似比先前更強勁，讓得項思龍又驚又喜，頓即提運功力，吐出一口真氣，暴喝一聲，碎冰與溶漿被他所發出的狂猛內勁絞捲成一條冰火龍般，向上飛升，衝破堅冰湖面，氣勢凌霄。

項思龍衝出寒湖，凌空連連暴喝，身上金剛如脫弦飛箭，震飛射出。

哈哈長笑聲中，項思龍降落地面，只覺全身真氣暢通奇經八脈，百穴氣海迴圈運行，渾身每一寸肌肉都在跳動，說不出的舒暢和合，全身泛著燦爛金芒，真氣所發之處，頓見九條氣形金龍之影凌空飛舞，端是奇觀。

項思龍見了心下狂喜，啊！看來我練成第十二層功力曠古爍今的九天神功了！

正這當兒，湖面突地現出了一條秘道，黑乎乎的，看不清內中境況。

項思龍訝異時，秘道口突地又飛出一物直射向項思龍。

項思龍施出「吸」字訣把飛來之物接過，卻見是一個黃金盒子。

又在搞什麼玄虛？五行陣自己也已全然闖過，難道湖中出現的秘道就是通於藏有無字天書的秘宮的？項思龍心下狐疑想著時，即開了金盒，卻見裡面放著一卷帛布，項思龍展開一看，只見上面寫道：「恭喜恭喜，君已闖過五毒五行大陣，練成了不世神功，現在再進入湖面秘道，破了裡面的北斗七星陣，練成斗轉星移絕學，君就可見著秘宮了！開啟秘宮之門，先把太陽神珠塞入門上金龍口中，再施斗轉星移絕學，把九天神功注入門上金龍的眼睛，秘宮之門自會開啟，屆時君可取得秘宮內的無字天書，天下也便唯君獨尊了！」

項思龍看了心下暗罵道：「還有什麼鬼把戲啊！老子今日便跟你玩個到底！」

提功飛身射入了湖面現出秘道，項思龍取出了懷中的太陽神珠，秘道景象頓然盡現眼底，卻見是條甚是深遠的石階直通地底，看不著邊際。

即來之則安之，哪管你是人間地獄，我項思龍今天也要一闖到底！

項思龍大踏步向秘道行去，走了差不多盞茶工夫，卻倏見一扇巨大的鐵門阻住去路。

項思龍對機關一道也已懂得許多，可謂是個此道高手，想鬼谷子是個機關學專家，日月天帝更是機關學精深無比，項思龍得此二人真傳，哪還能會不精此道。

略略審視了一番鐵門外的佈置後，項思龍便已找著了開啟鐵門的機關開關，當下揮功開啟，「轟轟」聲中鐵門果真開了，項思龍舉目向鐵門內望去，卻見裡面是一條窄窄的巷，兩旁矗立七個高達丈許的巨大鐵人，手執刀槍斧戈，形態猙獰，油然給人一種心理壓抑感。

這便是勞什子的北斗七星陣了吧！想不到這古代竟也會打造出如此逼真的鐵人來！這些鐵人必定受了機簧控制，每個都會使一套絕世武功，它們不畏刀劍指力，要想闖過這鐵人陣卻也有些困難呢！但我項思龍難道會畏縮不前嗎？嘿，現在功力已復，且更深之從前，這幾個鐵人老子還不放在心上！

項思龍凝神提氣，體內真氣如天星運轉，形成一道通轉旋風，絞射入鐵人巷內。

「轟隆！零——隆！」勁氣擊在鐵人身上發出震天巨響，但眾鐵人卻是毫然無損。

項思龍冷哼一聲，飛身踏入了鐵人巷內的一塊石盤上，鐵人果然啟動，開始向項思龍發動攻擊，刀勢如電，捲出如風，勁猛異常，有若泰山壓頂。

項思龍根據黃金盒中玉帛所示的斗轉星移招式心法——以氣禦勁，借力打力，以彼之道，還施彼身，臨危不懼的與鐵人展開了劇烈搏鬥，漸漸的竟也被他領悟出了北斗七星陣和斗轉星移絕學之間的奧妙，原來七個鐵人按北斗七星陣式排列，可以相互應行，無論內力轉功智慧稍差之人，必會被鐵人打成肉餅，而斗轉星移的功夫則是借力化力，令七鐵人相互對擊解去己圍，此等功夫確是奧妙異常。

項思龍愈打愈是精神，不覺與眾鐵人對招已千招有餘，七鐵人的武功招式已是全然了然於胸，斗轉心移也大可運用自如，當下不想再耗下去了，再發出一道通轉旋勁，這次不是與眾鐵人硬擊，而是把自身功力都貫注到鐵人身上。

項思龍施出斗轉星移，七個被項思龍貫注內勁的鐵人相互對擊，只聽「轟！轟！」數聲巨響，眾鐵人各自被對方擊得轟然爆體，炸成無數鐵片。

北斗七星陣也終於被項思龍闖過去了！

七鐵人爆炸之際，突又聽得「轟轟轟」一陣巨響，整個鐵人巷突地向下沉去。

項思龍心下一緊，不知又有什麼變故，當即凝功戒備。

地面一沉了足有一刻多鐘，才刹然而止，項思龍眼前也赫然為之一亮。

滿入視線的竟是……竟是一扇高逾十丈有多的巨大金門！金門上更有雕刻著一條正在飛舞的金龍，氣勢甚是宏偉，金門豪光四射！

這就是……秘宮……藏有天下人夢寐以求至寶無字天書的秘宮大門？

項思龍強抑心頭的狂喜，舉目往門細望過去，卻見金門左右兩條各刻著一行字道：「秘宮藏四海，天書顯神通！」

這就是秘宮大門！可真是氣派！用黃金打造，怕不有十多萬噸之重！

秦始皇的奢侈由此亦也可以看出了！不知搜刮了多少勞苦人民的血汗來建造此宮！

單是這麼一扇秘宮金門，已足可抵整個地面阿房宮的財富了！

項思龍心下又是激憤又是感慨，又生出一股怒火。

都是這見鬼的無字天書！若沒有它，秦始皇也便不用大費心力來建這秘宮了！

老子今天就要把它毀了，免得再讓它遺禍後世！

如此想著，項思龍當即自懷中掏出太陽神珠，飛身把珠子納入門上金龍口中。

怪像頓即出現了，卻見金龍口中射出萬丈豪光，龍身竟是遊動起，龍目亦也是金光四射，煞是可稱奇觀。項思龍只略一訝然，卻也無心欣賞這奇象。

自己進入「死亡之符」谷中也不知有多少時日了，咸陽城情況也不知如何，可也得儘快了結這無字天書趕出地底去看看了！倘是發生了什麼異變，那自己一輩子可就都難以安心了！心下想著，頓又提運新成的九天神功功力至最高境界——九龍飛天，同時施出剛學會的斗轉星移絕學，卻見九條豪光四射的真氣之龍，在項思龍雙掌的揮舞之下向門上金龍的雙目貫入進去。

「嗤！嗤！嗤！」項思龍行功有半個時辰功夫後，金門和金龍突地電光四射有若雷電直閃，景象端是詭異，可也就在這時，金門已赫然發出「轟隆」巨響。開啟了！這道藏著無字天書的秘宮之門，終於被項思龍所催發的九天神功的內力所啟動了！「隆隆隆」的巨響不絕於耳，金門已緩緩上升。

項思龍見金門緩緩開啟，呼吸還是為之一滯，心下是禁不住的興奮和激動。好！無字天書的秘密即將再也不復人間了！

待會我一定要把它毀去！

項思龍強抑心頭的激動，待金門全然上升，才緩步走了神秘的秘宮。

但眼前所出現的景象卻又讓項思龍給呆住了！

裡面卻原來是……放著數萬尊兵馬俑！哪裡有什麼無字天書！

除了兵馬俑外，卻是再無其他任何一物了！

但眾兵馬俑卻是環形而立，中心有一個巨大的石盤！

四壁則有八個巨型漏斗，也不知是作什麼用的！

不是說秘宮之內放有大量的水銀，有水銀毒氣麼？

原來卻是虛言！真的會是虛言嗎？這萬座兵馬俑會有古怪！

項思龍抑下心頭的失望，雙目如電的向四周搜索，因為現在不是失望的時候，而是尋出無字天書秘密的時候！要不，自己這一趟險死還生的秘宮之行是白費了！

可是，秘宮內除了那萬座兵馬俑，便別無他物。

無字天書到底藏在哪裡？秦始皇布下的又是一個什麼玄機？

項思龍雙目凝注著秘宮內的任何一物，足有個多時辰時間，嘴角才泛起一絲會心笑意，像是已發現了什麼似的，沉聲道：「無字天書原來就藏在這個地方！

秦始皇的鬼花樣倒挺多的嘛！只可惜，還是瞞不過我項思龍的通天神眼！」

語聲方歇，項思龍身形已是縱起，逕向兵馬俑群中的其中一具掠去。

這不是一尊普通的兵俑！而是一尊具有皇者霸氣的兵馬俑！——赤帝之像！

瞧這尊兵馬俑比之其他兵馬俑都高大許多，身披戰甲，右手緊握著一把石劍，劍尖緊抵地面，目光直視遠方，像在凝思些什麼，面上更是流露出一股氣勢逼人的凌天霸氣，令人望而生敬，這尊兵馬俑的背部更是繪著一幅七十二天罡陣圖。

七十二天罡之數正是赤帝獨創的一套奇門陣術！

項思龍落在這尊兵馬俑像前，心中也油然而生起一股景仰之意。

定是這尊兵馬俑了！相傳無字天書為赤帝所譜寫，這尊兵馬俑也一定是赤帝之像！

無字天書就藏在這尊赤帝之像裡嗎？

正如此想著時，項思龍驀地感到一陣極度不安的感覺。

那是一種很奇怪的不安感覺！彷彿正有一個曠世無敵的高手，正在向項思龍釋發出一股無形的精神壓力，這股精神壓力，很重很沉。

但放眼秘宮，除項思龍之外，再無他人，這股令人不安的精神壓力，究竟來自哪裡呢？

難道是……是眼前的這尊赤帝之像？

赤帝之像也只是一尊石像，根本沒有任何生命；既然沒有生命，那又如何可以發出一股曠世無敵高手才可能有的令項思龍也感到不安的精神壓力？

已經沒有時間可讓項思龍繼續再細想下去了，一道令人喘不過氣來的無形勁風已是向項思龍迎面撲來，項思龍頓忙展開身法意圖閃避，可這道勁氣卻像是通靈似的竟追蹤項思龍身形！「嗤！」項思龍肩上赫然被割出一道血口來！

無形劍氣！這裡連鬼影也沒有一個，怎會有無形劍氣偷襲自己？

並且這劍氣……好生威猛，連八層功力的護體神功也被破了！

這劍氣……也好怪，不見鮮血不回收！……不！是見了鮮血也不回收！

項思龍倏地覺著無形劍氣接踵而至，並且愈來愈密，饒是項思龍這等絕世高手，竟也被攻了個措手不及，身上已被劃傷多處！

啊！自己像是……已被劍氣包圍！赤帝之像所發出的無形劍氣！

這……這到底是怎麼回事？赤帝之像內為何會發出無形劍氣！劍氣不是只有

活生生的高手才能發出的嗎？這……太不可思議了！

項思龍心下大駭，已把九天神功提升至了十層功力，同時拔出了鬼王劍，施出分身掠影身法與包圍身周的密集劍氣網鬥了起來！

「噹！噹！噹！噹！噹！」項思龍每發出一劍皆如被一兵刃所擋，不但未破劍氣網，反是自己被劍氣反震得手腕發麻，心頭氣血一陣翻湧。

劍氣！無形劍氣！好可怕的無形劍氣！

自己現在發出的任何一劍想來當世已無多少高手可以接下，可困身的這些無形劍氣，卻是輕易的就把自己的劍勢隔回，且反震巨大！

不可能！一尊石像怎麼會發出如此可怕的劍氣？

自己已快發出十二層功力的九天神功了！

也幸得項思龍練成了「無穴即有穴，有穴即無穴」的九天神功，所以他雖被無形劍氣劃傷多處，幾近傷痕累累，可並沒有流出多少血來，倒不至失血過多而亡。

項思龍突地清晰地感到困住自己的無形劍氣網不但在逐漸收緊，制住他不能闖出劍網之外，而且他感到，就在距他僅一丈多之遙的赤帝之像，似乎正在凝聚著一股比這無形劍氣網更雄渾數倍的無上劍氣，對自己蓄勢待發！死亡的壓迫突地讓得項思龍湧生出一股巨大的鬥志來。

我不能死！我還要尋找父親項少龍！我還要助劉邦登上帝位！

我怎可以就這樣死在這些劍氣之下？

項思龍驀地大喝一聲，把九天神功提升至了第十二層——龍飛九天的至高境界！

九條龍！九條真氣之龍！與無形劍氣網展開了殊死搏鬥！

「轟轟轟」之聲不絕於耳，無形劍氣與九天真氣頻頻對接發生巨爆！整個秘宮都為之震顫起來！終於——無形劍氣，被項思龍所釋發出的威猛絕倫的具有皇者霸氣九九之首的九天神功結擊得幾欲潰散了！

項思龍心下大是鬆了口氣，原來這無形劍氣也並非天下無敵！

正這當兒，赤帝之像的石劍倏地暴發出一道豪光，一直在蓄勢待發的那道無上劍氣，已「蓬」的一聲暴射而出。

來了！那道最強的劍氣終於向項思龍來了！

也是不見蹤影的無形劍氣！可怕的神秘莫測的無形劍氣！

有時候一件東西之所以可怕，並非在於它的強大，而是在於它的無形！無形劍氣！必殺之招！

項思龍雖感到殺機正迫體逼近，但他反而更為鎮定了！

因為他深信，一個人在絕境當中若然畏懼，只會更快把自己逼向死亡！

唯有臨危不懼臨死不懼，沉著應變，才有——險死還生的機會！

果然，就在那道最強的無形劍氣逼近之際，項思龍沉冷的雙目倏地閃過一絲精芒，彷彿發現了什麼似的，冷冷道：「原來無形劍氣也並非無形！」

項思龍的目光落在了地面一道正飛速向自己刺來的劍影上！

劍影！原來就在這必殺劍氣刺至項思龍身前四尺之遙的千鈞一髮之際，項思龍突地發現，地上竟有一道劍影向自己疾刺過來！

一望即知，這就是半空中刺自己的那道必殺無形劍氣投在地上的劍影！

項思龍體內蘊藏的吸自萬年寒冰床和寒湖的所有寒冰真氣，如九條冰龍般以排山倒海之勢湧射而出，秘宮內整個空氣為之一寒，迅速冰凍，困擾項思龍的無形劍氣網也在瞬間凝結成冰！還有——那道必殺的無形劍氣，在剎那之間，居然也被寒冰真氣凝結得變為有形，成為柄夾在項思龍雙掌之間的——冰劍！

但斗轉星移絕學已把必殺劍氣的能量同項思龍所釋發的九天神功勁氣全都轉移至了已成有形的冰劍之內，赫見那股無形劍氣驟變成的有形冰劍在這兩股絕世能量的摧擊之下——

慢慢露出無數裂痕，接著「崩」的一聲勁氣炸裂聲響起——罕世無匹的必殺無形劍氣也頓刻被炸為冰碎！

劍碎！劍碎！是真有一柄劍碎！赤帝之像此時也裂成無數碎片，碎石之中，赫然有寒光四射的金屬碎片，明顯是一柄絕世神兵的碎片！

這是……赤帝之像內原來真有一柄神劍！那無形劍網，那必殺劍氣……都是這柄碎劍所釋發出的了！難道這就是劍道傳說中的劍命境界？

項思龍曾在日月天帝所遺的雜記中看到過，當一個絕代劍手修為達到了人劍合一的最高境界地，會臻至「劍命境界」！

究竟什麼是「劍命境界」呢？原來，劍術達至頂峰的絕代劍手，他們的生命，他們的真氣，都會跟他們所持的神劍合一，屆時，劍不但是他們的生命，更是他們的一切……由於人和劍的生命互通，故若一個絕代劍手一旦逝世或仙去，他畢生所習的劍氣便會移注入他的神劍之上……

眼前的這柄碎劍，大概就是赤帝仙去前所遺下的「劍命之劍」吧！

想不到這不可思議的傳說真讓自己見到了，且還與赤帝的「劍命之劍」來了個生死搏鬥！

自己終究是勝了！這是否意味自己也可達到劍命境界呢？

項思龍終於明白赤帝之像為何會發出凌厲無匹的劍氣了！

就在項思龍看著地上的碎劍發怔之際，驀地一陣巨響傳入耳中。

項思龍舉目一看，眼前的景象讓他看呆了！

原來秘宮內所有的兵馬俑突地都旋轉了起來，兵馬俑中心的巨大石盤冉冉分開為兩半，地底一尊秦始皇巨大金像升了出來！

原來赤帝之像不是收藏無字天書的地方，而是一個機關樞鈕！

整個秘宮內的兵馬俑全都是開啟秦始皇金像的機關！

巨大的秦始皇金像，足有十丈之高，讓人看了確有一股雄霸天下的氣勢！

但項思龍的目光卻不是在打量金像，而是落在了金像手中放著的一個長約尺餘，闊約半尺的水晶匣子上。難道無字天書就藏在這水晶匣內？

項思龍突覺心中不由自主的一陣狂跳，無字天書！得之即可稱霸天下的無字天書現在就在自己的眼前了！到底毀不毀去它呢？

翻開無字天書，就可實現你最想要的一個願望！

自己翻開無字天書可不可以知道自己和父親項少龍在這古代的結局呢？可不可以知道歷史到底會不會被改變呢？劉邦會成為漢高祖嗎？

項思龍只覺心情非常緊張，「咕嚕」一聲咽了口唾沫，定了定神，提氣飛身自金像掌中取下了那讓人心動的水晶盒！裝有無字天書的水晶盒！

項思龍伸出顫抖的手正欲去開水晶盒蓋時，突聽得「嘩嘩」之聲傳來，詫異之下舉目一看，禁不住嚇得他心下大駭。

原來秘宮四壁的八大巨型漏斗此刻正噴出水銀來！

水銀毒氣頓然瀰漫空中，項思龍頓然秉住呼吸，施出龜息大法用毛孔呼吸，身形同時縱起向秘宮門外飛馳而去……

「轟隆！轟隆！」秘宮內突地傳出了震天的爆炸聲……

地動山搖，水銀四溢，看來整個秘宮都快要毀去，被水銀封固了！

項思龍加快身速，電閃暴退，如洪潮洶湧的水銀隨後直「追」！

五十丈……四十丈……三十丈，待項思龍馳入鐵人巷外的鐵門時，頓忙拉下機關，讓鐵門轟然關閉……水銀洪潮終於被堵在了鐵門內！

項思龍長長的噓了一口氣，看著手中的水晶盤，心中感慨不堪。

為了這玩意兒，自己可真是九死一生了！裡面裝的就是神秘的無字天書！可以讓人一舉成為天下霸者的無字天書！但亦也是招惹禍端的無字天書！

如讓它流傳人間，可不知會有多少人為之喪命！

成為天下霸者啊！——致命的誘惑！

項思龍凝思手中的水晶盒良久，心中波濤洶湧，突地虎牙一咬，圓目一瞪，口中暴喝一聲，運起十二層功力的九天神功，催發出體內的三昧真火向水晶盒舉掌擊去……

「轟！」的一聲巨響，在項思龍所發出的灼熱高溫下，水晶盒瞬間化為烏有，連同盒內裝著的誘人無字天書一併化為烏有……成灰成燼成氣體……

項思龍看著空中殘餘的灰燼，心下似落下了一塊沉重的巨石般，長長的鬆了口氣。

霸者是靠自身的實力闖出來的……，從今往後，天下間再也沒有什麼可以助人速成天下霸者的無字天書了……歷史還是讓其順之潮流的好！

當項思龍趕至火龍潭旁的婦人石屋時，婦人已是奄奄一息了。

項思龍心下驚極的忙揮掌往婦人心脈中渡去一股真氣，讓她暫刻回醒過來。

婦人極力的睜開雙目，見著項思龍，蒼白的臉上露出了一絲紅潤的笑意，但整個人卻顯得很平靜，只淒然一笑脆弱的道：「公子，你……你回來了！我知道你會平安回來的！在你進入五行陣後，妾身就天天為你祈禱，可是……可是十日已過，妾身……不過，能在臨死前再見著公子，能死在公子的懷裡，妾身也可含笑九泉了！公子，我……我好冷，請你抱緊我好嗎？

「其實，我也好不想死啊！可我擔心著公子……要是我能夠這樣躺在公子懷裡一輩子會有多好啊！我可以為公子生十雙兒女，我們一家人快快樂樂……」說到最後聲音越來越弱，終於……沉寂無聲了！

項思龍只覺心中一陣發酸刺痛，虎目淚珠情不自禁的落下。

女人啊，你為何要這麼傻這麼癡情呢？你我只不過萍水相逢……你卻竟然真的守了你的諾言，我項思龍從今往後又欠下了一份永遠也還不清了的情債……

生命可真是脆弱……如果有一天自己也……遭遇了什麼不幸，自己的那眾多妻妾會不會也傻得為自己……項思龍的心中突地更加悲苦起來。

項思龍抱著婦人逐漸冰冷的軀體，只覺心都快碎了。

其實說來，他對這婦人根本沒產生什麼感情，純粹是為了求生才沾染上這段情劫罷了。可是婦人這刻的死，為他癡情的割脈自殺，這一份傻傻的癡愛，卻讓得他心中湧起了情感的波濤，有憐有愛有悔，也有痛！

項思龍緊緊的摟抱著婦人軀體，也不知過了多少時候，才緩緩回神來。

死者已矣，活著的人還是得堅強的活著！

自己還有許多的事情要去做呢！無論發生多大的打擊還是得堅挺下來的！因為自己的生命並不是屬於自己，而是屬於這個時代的歷史的！

劉邦一天不登上帝位，父親項少龍一天不收斂他的野心，自己的歷史使命就沒有完！

項思龍強行忍住悲痛，抱著婦人走去石屋，選了一處較好地勢，揮掌擊出一個土坑，再最後望了一眼婦人蒼白含笑的俏面，俯首在她額上輕輕吻了一下，心道：「婦人，你平安的去吧！在我項氏的家譜中已必定會有你的名字了！我項思龍以天地為證，娶你作為我的妻子！」

輕輕把婦人的軀體放入土坑，項思龍再次呆望了片刻，驀地虎牙一咬，狠下心腸揮掌推土掩蓋了婦人的屍體，立了座新墳，取過一塊石板，提指運功寫下：「項思龍之妻墓！」幾字，再跪下向墓拜了三拜，才心情沉痛的向毒谷外行去。

外面的情況怎麼樣了呢？趙高依自己吩咐殺死胡亥立子嬰為帝了嗎？劉邦大軍現在是否已經逼近咸陽了呢？自己還得儘快去尋找父親項少龍呢！

項思龍的心情漸漸從悲痛回到了現實，一路邊走邊怔怔想著，不覺已是走出了毒谷，解靈的聲音歡呼著傳來道：「項大哥，你終於回來了！我都快擔心死了呢！」

項思龍聞聲抬頭一看，原來自己已是行至阿房宮地底的出口了！卻見解靈正一臉激動之色的向自己奔來，當下心神一斂，顯得有些木然的淡笑道：「沒有什麼困難可以難倒你項大哥的！」

請續看《尋龍記》第三輯　卷二惡宴

無極作品集

尋龍記 第三輯 卷一 驚變

作者：無極
發行人：陳曉林
出版所：風雲時代出版股份有限公司
地址：10576台北市民生東路五段178號7樓之3
電話：(02) 2756-0949
傳真：(02) 2765-3799
執行主編：劉宇青
美術設計：許惠芳
業務總監：張瑋鳳
出版日期：2025年3月
版權授權：蔡雷平
ISBN：978-626-7464-75-5
風雲書網：http://www.eastbooks.com.tw
官方部落格：http://eastbooks.pixnet.net/blog
Facebook：http://www.facebook.com/h7560949
E-mail：h7560949@ms15.hinet.net
劃撥帳號：12043291
戶名：風雲時代出版股份有限公司

風雲發行所：33373桃園市龜山區公西村2鄰復興街304巷96號
電話：(03) 318-1378　　　傳真：(03) 318-1378
法律顧問：永然法律事務所 李永然律師
　　　　　北辰著作權事務所 蕭雄淋律師

行政院新聞局局版台業字第3595號 營利事業統一編號22759935
©2025 by Storm & Stress Publishing Co.Printed in Taiwan
◎如有缺頁或裝訂錯誤，請退回本社更換

定價：340元　**版權所有　翻印必究**

國家圖書館出版品預行編目資料

尋龍記 第三輯／無極 著. -- 臺北市：風雲時代出版股份有限公司，2025.03 -- 冊；公分
ISBN：978-626-7464-75-5（第1冊：平裝）

857.7　　113007119

風雲時代

風雲時代 風雲時代 風雲時代 風雲時代 風雲時代 風雲時代 風雲時代
雲時代 風雲時代 風雲時代 風雲時代 風雲時代 風雲時代 風雲時代 風
風雲時代 風雲時代 風雲時代 風雲時代 風雲時代 風雲時代 風雲時代
雲時代 風雲時代 風雲時代 風雲時代 風雲時代 風雲時代 風雲時代 風
風雲時代 風雲時代 風雲時代 風雲時代 風雲時代 風雲時代 風雲時代
雲時代 風雲時代 風雲時代 風雲時代 風雲時代 風雲時代 風雲時代 風
風雲時代 風雲時代 風雲時代 風雲時代 風雲時代 風雲時代 風雲時代
雲時代 風雲時代 風雲時代 風雲時代 風雲時代 風雲時代 風雲時代 風
風雲時代 風雲時代 風雲時代 風雲時代 風雲時代 風雲時代 風雲時代
雲時代 風雲時代 風雲時代 風雲時代 風雲時代 風雲時代 風雲時代 風
風雲時代 風雲時代 風雲時代 風雲時代 風雲時代 風雲時代 風雲時代
雲時代 風雲時代 風雲時代 風雲時代 風雲時代 風雲時代 風雲時代 風
風雲時代 風雲時代 風雲時代 風雲時代 風雲時代 風雲時代 風雲時代
雲時代 風雲時代 風雲時代 風雲時代 風雲時代 風雲時代 風雲時代 風
風雲時代 風雲時代 風雲時代 風雲時代 風雲時代 風雲時代 風雲時代
雲時代 風雲時代 風雲時代 風雲時代 風雲時代 風雲時代 風雲時代 風
風雲時代 風雲時代 風雲時代 風雲時代 風雲時代 風雲時代 風雲時代
雲時代 風雲時代 風雲時代 風雲時代 風雲時代 風雲時代 風雲時代 風
風雲時代 風雲時代 風雲時代 風雲時代 風雲時代 風雲時代 風雲時代
雲時代 風雲時代 風雲時代 風雲時代 風雲時代 風雲時代 風雲時代 風
風雲時代 風雲時代 風雲時代 風雲時代 風雲時代 風雲時代 風雲時代
雲時代 風雲時代 風雲時代 風雲時代 風雲時代 風雲時代 風雲時代 風
風雲時代 風雲時代 風雲時代 風雲時代 風雲時代 風雲時代 風雲時代
雲時代 風雲時代 風雲時代 風雲時代 風雲時代 風雲時代 風雲時代 風
風雲時代 風雲時代 風雲時代 風雲時代 風雲時代 風雲時代 風雲時代
雲時代 風雲時代 風雲時代 風雲時代 風雲時代 風雲時代 風雲時代 風
風雲時代 風雲時代 風雲時代 風雲時代 風雲時代 風雲時代 風雲時代
雲時代 風雲時代 風雲時代 風雲時代 風雲時代 風雲時代 風雲時代 風
風雲時代 風雲時代 風雲時代 風雲時代 風雲時代 風雲時代 風雲時代
雲時代 風雲時代 風雲時代 風雲時代 風雲時代 風雲時代 風雲時代 風
風雲時代 風雲時代 風雲時代 風雲時代 風雲時代 風雲時代 風雲時代
雲時代 風雲時代 風雲時代 風雲時代 風雲時代 風雲時代 風雲時代 風
風雲時代 風雲時代 風雲時代 風雲時代 風雲時代 風雲時代 風雲時代
雲時代 風雲時代 風雲時代 風雲時代 風雲時代 風雲時代 風雲時代 風
風雲時代 風雲時代 風雲時代 風雲時代 風雲時代 風雲時代 風雲時代
雲時代 風雲時代 風雲時代 風雲時代 風雲時代 風雲時代 風雲時代 風
風雲時代 風雲時代 風雲時代 風雲時代 風雲時代 風雲時代 風雲時代
雲時代 風雲時代 風雲時代 風雲時代 風雲時代 風雲時代 風雲時代 風
風雲時代 風雲時代 風雲時代 風雲時代 風雲時代 風雲時代 風雲時代
雲時代 風雲時代 風雲時代 風雲時代 風雲時代 風雲時代 風雲時代 風
風雲時代 風雲時代 風雲時代 風雲時代 風雲時代 風雲時代 風雲時代